ANNA JANSSON

Und die Götter schweigen

ANNA JANSSON

Und die Götter schweigen

Roman

Deutsch von Eckehard Schultz

Wunderlich

Die Originalausgabe erschien 2000 unter dem Titel
«Stum Sitter Guden» bei Bokförlaget Prisma, Stockholm

Redaktion Susanne Dahmann

1. Auflage September 2002

Satz Janson PostScript, PageMaker bei
Pinkuin Satz und Datentechnik, Berlin
Druck und Bindung Clausen & Bosse, Leck
Printed in Germany
ISBN 3 8052 0710 7

Die Schreibweise entspricht den Regeln
der neuen Rechtschreibung.

Für meinen Vater, den großen
Geschichtenerzähler

Vorbemerkung der Autorin

Die Ideen zu diesem Roman habe ich in meiner Umgebung gesammelt. Niemanden erwähnt und damit niemanden vergessen. Einige Kleinigkeiten entstammen allerdings meiner eigenen Phantasie, auch wenn das unwahrscheinlich klingt. Beispielsweise weiß ich nicht, ob es vor dem Polizeigebäude in Uppsala Kleingärten oder Weidenbäume gibt. Sollte das nicht der Fall sein, so empfehle ich dem für die Außenanlagen Verantwortlichen, sich darüber Gedanken zu machen. Weiden sind schöne Bäume.
Auch keiner von den Charakteren des Buches existiert so in der Wirklichkeit. Alle Charakterzüge sind vermischt, beschnitten und dann nach meinen Vorstellungen neu zusammengesetzt. Das betrifft ganz besonders die Schwiegermutter, die in keiner Weise meiner geliebten Schwiegermutter gleicht.

STUMM SITZT DER GOTT

Wo flattern Hugin und Munin jetzt,
wenn nachts der Fenriswolf heult?
Kann man mit Odin sprechen,
wenn er schweigend dort an Mimirs Wasser sitzt?

Alles Wissen ist so hoffnungslos unbedeutend,
das gilt auch für die Asen, die hohen.
Und Jahre und Opfer helfen da wenig.

Stumm sitzt der Gott an Mimirs Brunnen
Und starrt regungslos auf sein ertränktes Auge.

Nils Ferlin
Entnommen der Gedichtsammlung
Aus meiner Tretmühle

DER 22. DEZEMBER

I Schneeflocken tanzten in der kalten Morgendämmerung. Spielerisch wirbelten sie herunter auf die Erde und ließen sich von dem feuchten Lehmboden aufsaugen. Der Himmel hing mächtig und grau wie Blei über den Bäumen. Zwischen den Fichten war die Dunkelheit undurchdringlich. Mit der Taschenlampe in der Hand bahnte sich Kriminalinspektor Hartman einen Weg in Richtung auf das dumpf schlagende Geräusch vor ihnen. Dicht hinter ihm ging Edvin, ein alter Mann in Blaumann, Sportmütze und abgetragener Lederjacke. Er atmete schwer, stolperte ungeschickt. Immer noch hielt er seinen toten Hund im Arm. Flüsternd wiederholte er den Namen des Tieres, während er mit der Hand über das weiße, blutgetränkte Fell strich. Neben dem Alten, den Arm um seine magere Schulter gelegt, ging Polizeiassistentin Maria Wern. Ihr langer heller Haarzopf wedelte auf ihrem Rücken hin und her, als sie über kantige Steine und schlüpfrige Wurzeln balancierte. Der Lichtkegel der Taschenlampe glitt unsicher zwischen den Bäumen hin und her in Richtung auf das Geräusch, das jetzt lauter und auch dumpfer wurde. Die kahlen Zweige der Laubbäume zeichneten sich gegen das Grau des Himmels ab. Mit großem ausladendem Schwung bewegten sie sich im Wind. Im Übergang zwischen Nacht und Tag waren alle Farben grau getönt.

«Da», zeigte Edvin, «da drinnen war es!» Hartman gab ihnen mit einem Handzeichen zu verstehen, dass sie stehen bleiben sollten. Der Boden war weich. Je weniger Fußabdrücke, desto besser.

Im Licht war jetzt ein großes schwarzes Bündel zu erkennen, das im Wind pendelte und gegen den Baumstamm schlug. Das weiße Gesicht und die bloßen Hände gaben einen Widerschein, nackt und bizarr. Der Mann hing steif da, mit einer Schlinge um den Hals. Das Hemd war zerrissen, der Bauch von einem groben Stab durchbohrt. Die Zunge, schwarz aufgequollen, war zwischen die Zähne gequetscht. Die Augen waren halb geschlossen. Vorwitzige weiße Flocken setzten sich in das Haar des Mannes. Vielleicht eine besondere Laune der Natur, um das Geschehen zu verstecken, kam es Hartman in den Sinn, und er merkte plötzlich, dass er fror.

Nachdem das Gelände abgesperrt und das Waldstück von der Polizei mit Beschlag belegt worden war, begleitete Polizeiassistentin Maria Wern den alten Mann nach Hause. Erika Lund von der Spurensicherung hatte den Hund an sich genommen. Nur widerwillig hatte der Besitzer ihn hergegeben, nachdem Erika ihm versprochen hatte, dass er den Körper zurückbekommen würde, damit er den Hund zu Hause auf seinem Grundstück unter der Birke begraben konnte.

Sie gingen nebeneinander den Schotterweg entlang. Schwarze Fahrspuren schlängelten sich zwischen düsteren Fichten, schlanken Birken und dunklen Wacholderbüschen dahin, bis der Wald in ein Sumpfgebiet überging. Ein halb verrotteter Hochsitz ragte in den grauen Himmel. Tief unten in den Wurzeln ruhte das Gras. Die ehemals grünen Halme des Sommers lagen welk und braun, sie schmierten an ihren Füßen. Das dunkelrote Häuschen war undeutlich am anderen Ende des Moores zu erkennen. In den tiefen Fahrspuren des Schotterweges stand lehmiges Wasser. Die beiden Wanderer stapften am Wegrand entlang. Der Alte sprach ununterbrochen über das Ereignis. Ständig wiederholte er, was geschehen war, und Maria ließ ihn reden, ohne ihn zu unterbrechen. Wer weiß, ob er jemanden hatte, mit dem er über das schreckliche Erlebnis sprechen konnte. Im Dienst hatte Maria alte Menschen erlebt, die nach einem erschütternden Vorfall völlig am Boden zerstört waren, weil sie niemanden hatten, mit dem sie reden konnten. Ein Einbruch, ein Handtaschenraub, und schon war der Schock kaum mehr zu überwinden, sie zogen sich zurück und wagten sich nicht mehr hinaus.

Die beiden ließen sich in der kleinen unmodernen Küche nieder, in der die braune großgemusterte Tapete und die türkisfarbenen Küchenmöbel ganz und gar nicht zusammenpassten. Auf einer Leine über dem mit Holz beheizten Herd hingen zwei Paar grobe Wollsocken, die leicht dampften. Die Kupferkessel an den Wänden und die Pferdeglöckchen im Fenster blitzten frisch geputzt in hellem Glanz. In einem dreibeinigen Leuchter auf der Herdplatte warteten die neuen Kerzen darauf, angezündet zu werden, wenn die Feiertage begannen. Maria faltete eine Karte auseinander. Zusammen folgten sie auf dem Papier dem Bach in den Wald hinein bis zum Tatort. Das Gebiet stand als vorgeschichtliche Kultstätte unter Schutz, es war ein steinzeitliches Grabfeld mit Steinhaufen. Der Abstand zwischen den Häusern war groß. Der nächste Nachbar wohnte beinahe fünf Kilometer weiter weg, stellte Maria fest und faltete die Karte zusammen, um Platz für die Kaffeetassen zu machen. Die Kaffeekanne kam auf den Herd, und eine Platte mit Apfelkuchen wurde auf den Tisch gestellt. Maria sah, dass der Schimmel wie ein weißer Flor über dem Gebäck lag, nahm aber höflich an, als ihr ein Stück angeboten wurde. Edvin war so schrecklich traurig. Der Hund war seine ganze Familie, sein einziger Kamerad im Leben. Loki, wie der Köter hieß, war ein so lieber und gehorsamer Hund gewesen. Auf dem Weg ins Wohnzimmer bemerkte Maria flüchtig einen vertrockneten Kranz mit einer Banderole. Der Hund hatte viele Preise auf Ausstellungen eingeheimst, erzählte der Alte. Nie hatte er angeleint werden müssen. Edvin hatte ihn nur zur Tür hinausgelassen, und dann lief er rüber in der Wald und machte sein Geschäft. Vorgestern, am 20. Dezember, war Loki nachmittags nicht zurückgekommen. Der Alte hatte gestern den ganzen Abend lang gesucht, und auch an diesem Tag war er in der Morgendämmerung schon hinausgegangen und hatte im Wald weitergesucht. Einen Dachs oder ein Fuchseisen hatte er sich vorstellen können, aber doch nicht … die Stimme versagte krampfartig.

«Haben Sie heute Nacht etwas schlafen können?» Maria schämte sich der Frage nach dem nächtlichen Tun ein wenig. Sie hatte Angst, der Mann würde sich beschuldigt vorkommen.

«Kein Auge habe ich zugetan. Zweimal bin ich aufgestanden und habe Kaffee gekocht.»

«Aber Sie waren die ganze Nacht über hier im Haus?»

«Ja, größtenteils war ich das wohl.»

«Größtenteils?»

«Ein Gentleman bringt eine Dame nicht in Verlegenheit, indem er ihr von seinen nächtlichen Verabredungen erzählt.»

«Wenn ich Sie richtig verstehe, waren Sie also zu so einer nächtlichen Verabredung mit einer Dame unterwegs?» Der Alte kniff den Mund zu einem schmalen Strich zusammen, unter dem Schirm der Mütze blitzten seine Augen dreist.

«Können Sie mir sagen, von wann bis wann Sie unterwegs gewesen sind?»

«Um sieben bin ich mit dem Rad von zu Hause aus weg, und um neun war ich wieder da.» Maria konnte ein Lächeln kaum unterdrücken. So richtig nächtlich war die Verabredung ja wohl nicht zu nennen.

«Waren Sie vielleicht in diesem kleinen Haus an der Bushaltestelle zu Besuch?» Edvin Rudbäck starrte Maria, die auf ein kleines Rechteck auf der Karte gezeigt hatte, entgeistert an.

«Woher wissen Sie das?»

«Das scheint Ihr einziger Nachbar im Umkreis von mehreren Kilometern zu sein. Wenn Sie also keinen Motor an Ihrem Rad haben, können Sie es meiner Schätzung nach in der kurzen Zeit nicht weiter geschafft haben.»

«Kann ja sein, kann ja sein», lachte der alte Mann, schob sich die Mütze in die Stirn und zeigte ein faltiges Gesicht mit kräftigen Bartstoppeln.

Das laute Pfeifen des Wasserkessels ließ Maria vom Stuhl hochfahren. Edvin blickte sie erstaunt an und goss den Kaffee ein. Der schmeckte versalzen! Mit Brackwasser gekocht! Sicher hatte Edvin Rudbäck einen eigenen Brunnen und war so an den Geschmack gewöhnt, dass er nicht merkte, wie salzig der Kaffee schmeckte. Maria schluckte tapfer und lächelte dem alten Mann freundlich zu.

Früh am Morgen hatte Edvin seine Taschenlampe genommen und in dem Gebiet oberhalb des Baches gesucht. Es war noch dunkel gewesen. Das Gelände war dicht mit Büschen bewachsen, und er kam nur langsam voran. Über den Wasserlauf war er glücklich hinweggekommen, aber dahinter über eine Wurzel gestolpert und gefallen. Als er da in der Nässe saß, war ihm etwas Großes und Schwarzes aufgefallen, das in einem Baum oberhalb des Baches hing. Die Stimme des Mannes stockte.

«Das war ein Mensch, ein Toter, der da im Baum hing, und neben ihm hing Loki. Der hatte auch eine Schlinge um den Hals. Ich ging nach Hause, holte ein Messer und schnitt meinen Hund herunter.» Die Stimme des Alten wurde leise und erstarb. Maria legte ihre Hand auf die runzlige Faust. Das Ticken der Küchenuhr, Sekunde für Sekunde, war der einzige Laut im Raum. Maria schüttelte sich, als ihr bewusst wurde, dass das Messer, mit dem der Mann den Apfelkuchen geschnitten hatte, das gleiche sein musste, mit dem er den Hund losgeschnitten hatte. Es lag kein Brotmesser in dem ansonsten vollen Spülbecken.

«Es hingen mehrere Tiere im Baum. Da waren ein Hahn, ein Kaninchen und eine Katze. Das weiß ich ziemlich genau. Elin, die an der Bushaltestelle wohnt, vermisst seit dem Wochenende ihre Katze. Vorgestern Abend haben wir darüber gesprochen. Was ist das für ein Verrückter, der die Tiere von anderen Leuten umbringt? Kann das der Tote gewesen sein, der zuerst die Tiere und dann sich selbst aufgehängt hat? Und wenn er das nicht gewesen ist, ist es doch Mord!» Die wässrigen Augen des Alten, die auf die Tischplatte gestarrt hatten, suchten Marias Blick mit neuem Eifer. Mit einer Geste der Ehrfurcht vor dem Tod nahm er die Mütze ab und legte sie auf den Küchentisch. Das graue Haar war platt und von der Kopfbedeckung geformt.

«Haben Sie in der letzten Woche hier in der Gegend fremde Leute gesehen, oder ist Ihnen irgendwas anderes Ungewöhnliches oder Merkwürdiges aufgefallen?»

Der alte Mann schüttelte den Kopf. Er war jetzt zu aufgeregt, um klar denken zu können. Maria bat ihn um den Busfahrplan, einen Stift und ein Stück Papier. Der letzte Bus fuhr um 18.00 Uhr von der Haltestelle ab, der erste um 7.00 in der Frühe. Am wahrscheinlichsten war es wohl, dass das Opfer und der Täter mit dem Auto gekommen waren, zusammen oder jeder für sich. Maria schrieb ihre Telefonnummer auf einen Zettel und gab ihn dem Mann, lehnte höflich eine weitere Tasse Kaffee ab und bedankte sich für den Apfelkuchen. In der Tür zögerte sie.

«Wenn Ihnen was einfällt, kann noch so nebensächlich sein, dann rufen Sie mich unbedingt an.» Edvin Rudbäck setzte sich die Mütze auf und zog den Schirm so weit herunter, dass seine Augen im Schatten verborgen lagen. Lange blickte er Maria nach, bis die Frauengestalt im Wald verschwunden war.

Verdammt, beinahe wäre er erwischt worden! Edvin eilte hinaus in den Holzschuppen, seine eigene Dummheit verfluchend. Sorgfältig versteckte er sein Geheimnis im Holzstapel. Zwischendurch hielt er inne und lauschte. Aber alles war ruhig und still. Die einzigen Geräusche waren sein eigenes Atmen und das Spiel des Windes mit den trockenen Blättern auf dem Hof.

2 Der Schneefall hatte kräftig zugenommen. Das Bild des Erhängten, in der Erinnerung eine unterbelichtete schwarzweiße Fotografie, hatte nun Farbe bekommen. Erleichtert stellte Maria fest, dass der Tote vom Baum abgenommen worden war, aber die Tiere hingen noch da. Hartman trat auf Maria zu. Sie stimmten die Lage ab. Ein Mensch und acht männliche Tiere waren in dem Baum aufgehängt worden, einer Esche, wie Erika festgestellt hatte. Den Mann hatte man identifizieren können. Die Brieftasche in seiner Hosentasche enthielt den Führerschein und einiges an Geld. Er hieß Dick Wallström, war Schlachter, 57 Jahre alt und allein stehend, oder zumindest allein lebend.

«Arvidsson ist jetzt in der Stadt und spricht mit seinen Kollegen. Wir müssen die Angehörigen informieren, bevor die Presse hier auftaucht und sich mit ihren Kameras an uns hängt. Wenn wir Glück haben, erscheint der Fall erst morgen in der Zeitung.»

Erika Lund erhob sich mühsam mit der Hand auf dem Rücken. Auf ihrem braunen Haarschopf lag eine weiße Schneeschicht. Steifbeinig trat sie auf die beiden zu.

«Wir haben Fußspuren gesichert. Außer den Graninge-Jagdstiefeln des alten Mannes haben wir zwei verschiedene Schuhpaare, die Abdrücke im Lehm hinterlassen haben, große Abdrücke, etwa Schuhgröße 42 und 46, würde ich meinen. Das Opfer hat keine Schuhe an. Das ist eigenartig.» Erika Lund fuhr sich mit der Hand durch die braunen Locken und blickte Hartman fragend an. «Außerdem haben wir Haare gefunden, wahrscheinlich menschliche in unterschiedlichen Farben und Längen. Es sieht so aus, als ob uns jemand hinters Licht führen will, als ob wir viel Zeit mit DNA-Analysen vergeuden sollen. Der oder die Mörder scheinen gut Zeit gehabt und gründlich geplant zu haben. Die Tat hat etwas von einem Ritual. Dem Willen, etwas zu zeigen, weniger, etwas zu verbergen. Wir haben eine Weizenähre, eine alte Sichel und getrocknete Ebereschenzweige mit Beeren dran gefunden. Auf dem Boden unter dem Toten war ein Zeichen im Lehm, viel zu kompliziert, als dass es zufällig dahingekommen sein kann. Das gleiche Zeichen ist in den Stein unten am Bach geritzt worden.» Maria sah schemenhaft einen großen Stein unten in der Senke, bei dem mehrere Kollegen standen. «Ein sehr ungewöhnliches Detail sind die Nägel des Opfers. Sie sind bis weit ins Fleisch hinein abgeschnitten, sowohl die Finger- als auch die Fußnägel», fuhr Erika fort und verzog das Gesicht. «Das muss zweifellos sehr wehgetan haben, sofern es vor dem Tod geschehen ist!»

Maria berichtete von ihrem Gespräch mit dem alten Mann und erwähnte die Nachbarin, deren Katze verschwunden war.

«Das ist der nächste Nachbar im Umkreis von mehreren Kilometern. Ich kann mit ihr sprechen und ebenso mit den Busfahrern, die in der letzten Woche diese Linie gefahren sind.» Hartman nickte.

Ein Auto näherte sich der Absperrung und bremste. Kommissar Åke Ragnarsson stieg aus, die obligatorische Kippe im Mundwinkel, die unter der dicken Oberlippe auf und ab wippte. Der allzu kurze und weite Mantel flatterte im Wind. Mit mürrischem Grunzen begrüßte er seine Untergebenen. Maria blickte ihren Chef an, und die Züge um ihren Mund wurden härter. Während ihrer kurzen Zeit in Kronköping hatte sie die Erfahrung gemacht, dass die Arbeit unter der Leitung von Kriminalinspektor Hartman am besten vorankam und umso reibungsloser funktionierte, je weniger Kommissar Ragnarsson sich einmischte. Wern und die Kollegen Arvidsson und Ek bezeichneten die beiden klammheimlich als Ruhe und Sturm. Sie Sturm und Flaute zu nennen wäre sehr ungerecht gegenüber Hartman gewesen. Sicherlich war er ruhig, manchmal vielleicht zu gelassen, aber das war eine trügerische Ruhe, hinter der sich eine ungeahnte Effektivität verbarg. Kommissar Ragnarsson-Sturm verzog niemals den Mund, niemals! Niemand hatte ihn je lachen gehört. Im Augenblick lag die Wette bei nicht weniger als 560 Kronen für den, der Ragnarsson zum Lachen brachte. Jede Woche war ein Zehner als Einsatz fällig, und die Versuche steigerten sich im gleichen Maß, wie der Jackpot wuchs. Außerdem hielt Ragnarsson nichts von Polizistinnen. Wenn er etwas zu kritisieren oder zu ironisieren fand, so tat er es. Bei passender

Gelegenheit, als Ragnarsson-Sturms kräftig gebaute Frau zu Besuch war, hatte Erika Lund Maria zugeflüstert: «Es sind die kleinen Hunde, die am lautesten bellen, die kleinen Hunde an der Leine.»

«Wern, du kannst auf die Wache fahren und ein paar Thermoskannen Kaffee machen. Frag mal, wie viele von den Jungs Pizza haben wollen. Die kannst du auf dem Rückweg abholen, wenn du sie jetzt bestellst.» Maria kniff den Mund zusammen. Diskussion war jetzt fehl am Platze.

Arvidsson saß im Pausenraum. Seine langen Beine reichten bis auf die andere Seite des Tisches. Vor sich hatte er auf einem der viel zu kleinen Teller der Wache eine enorme Pizza. Die rote Tolle hing ihm über die Augen, während er vornübergebeugt mit beiden Ellenbogen auf dem Tisch das Essen in sich hineinschaufelte. Maria hatte Mühe, Augenkontakt zu bekommen. Arvidsson konzentrierte sich völlig auf seine Mahlzeit.

«Der Neid ist das beste Gewürz, sagt man. Das da sieht gut aus. Ich habe heute nur verschimmelten Apfelkuchen gegessen.»

Arvidsson errötete. Das war einfach lästig. Er ärgerte sich sehr über sich selbst, aber auch über Maria, weil er rot wurde, als sie ihn ansprach. Sie war so herausfordernd hübsch. Damit konnte er schlecht umgehen. Wenn er nicht so fürchterlich schüchtern gewesen wäre, hätte er ihr etwas von der Pizza abgeben können. Daraus wurde nun nichts.

Arvidsson war in Kronköpings Genossenschaftsschlachterei gewesen, wo Dick Wallström gearbeitet hatte. Die Kollegen hatten Dick eigentlich nicht vermisst. Er arbeitete für die Gewerkschaft, und niemand hatte mehr Zeit, auf ihn und seine Arbeitszeiten zu achten. Als einzige Angehörige hatte Arvidsson mit einiger Mühe seine Freundin, Stina Ohlsson, ausfindig gemacht. Am Telefon hatte sie Arvidsson angeschrien und sich geweigert, mit der Polizei zu sprechen. Jedenfalls wollte sie keinen Polizisten sehen, allenfalls konnte sie sich vorstellen, mit einer Polizistin zu reden, vielleicht. Entscheiden würde sie das, wenn sie die Frau gesehen hatte. Arvidsson war sich sicher, dass die Frau angetrunken gewesen war. Maria konnte sich ein Lächeln nicht verkneifen. Es lief wohl darauf hinaus, dass sie die Pizza und das Verhör mit Edvins Nachbarin gegen Stina Ohlsson tauschte, die ungern mit männlichen Kollegen sprach. Arvidsson schien erleichtert, weil er sich nicht mehr um die Frau kümmern musste. Ein Lächeln zeigte sich auf seinem von Aknenarben übersäten Gesicht und schimmerte in seinen grünen Augen unter dem üppigen Haarschopf.

«Getauscht ist getauscht.»

Dichter Schnee fiel, als Maria nach Videvägen einbog, dem verrufenen Wohngebiet am östlichen Stadtrand. Es ist nicht richtig, vorgefasste Ansichten zu haben, aber Maria hatte in der kurzen Zeit in Kronköping bereits festgestellt, dass die Bewohner von Videvägen häufiger zum Verhör bei der Polizei vorgeladen wurden als andere Leute. Allerdings handelte es sich selten um schwerere Vergehen als Schwarzbrennen, illegalen Schnapsverkauf, kleinere Einbrüche oder Hehlerei.

Auf dem großen Parkplatz standen nur wenige Autos. Maria bemerkte, wie sich in der dritten Etage des Hauses die Gardine bewegte. Sie musste lange klingeln, ehe trippelnde Schritte ihr zu verstehen gaben, dass jemand zu Hause war. Gründlich wurde sie durch den Türspion beobachtet, ehe sie für gut befunden und hereingelassen wurde. Die Frau, die die Tür öffnete, sah aus wie eine Sahnetorte mit dem roten Mund als Cocktailbeere zur Krönung obenauf, ging es Maria durch den Kopf. Die gelben Locken hingen wie Karamelsoße über den weiten Puffärmeln. Der Rest war Marzipan. Sie sah überhaupt nicht aus wie jemand, der die Polizei am Telefon anschreit, wenn es denn für solche Leute einen gemeinsamen Nenner gab.

Ein mit Schleifchen geschmückter Pudel tänzelte vor ihnen her ins Wohnzimmer, das voller Seidenblumen, Duftbällchen, Trockensträuße und geblümter Kissen war. Überall hingen Bilder mit «weinenden Kindern». Maria hätte nie gedacht, dass es so viele unterschiedliche Bilder mit weinenden Kindern geben könnte. Diese Sammlung hätte jeden trübsinnig werden lassen. Wenn man nun auch noch eine Trauernachricht zu überbringen hatte, war es kaum auszuhalten.

«Dieser Polizist hat gesagt, irgendwas ist mit Dick passiert.» Der Alkoholgeruch drang trotz aller künstlichen Düfte in Marias Nase. Sie setzte sich unaufgefordert auf das Sofa mit dem auffälligen Blumenmuster neben Stina Ohlsson und erklärte in so schonungsvollen Worten wie möglich, was geschehen war. Zunächst saß Stina schweigend und bleich da, wie ein Kind, das sich gestoßen hat und nach Luft ringt. Maria hielt den Atem an und wartete. Ein gellender Schrei hallte durch die Wohnung, hinterher flogen ein Porzellanengel und ein Aschenbecher aus Glas. Maria spürte, wie sie erstarrte. Gewöhnt man sich jemals daran, Trauernachrichten zu überbringen? Der Schrei der Frau verstummte, aber ihr Blick war gefährlich. Ununterbrochen kniff sie sich in den kräftigen Unterarm und wiegte den Oberkörper vor und zurück.

«Sie lügen! Sagen Sie, dass Sie lügen», flüsterte sie drohend. «Dick ist nicht tot! Er ist nur weg zu einer anderen Frau. Er hat manchmal andere Frauen, aber die bedeuten ihm nichts. Dick weiß, wo sein Zuhause ist. Er kommt immer wieder zurück zu seiner kleinen Stina, immer!»

«Hatte Dick Feinde? Jemanden, der ihm möglicherweise Böses antun wollte?» Maria versuchte es mit ruhiger und fester Stimme, obwohl sie ein Zittern immer noch nicht unterdrücken konnte.

«Sicher gibt es den einen oder anderen Ehemann, der ihm mit Freuden den Pimmel abschneiden würde.» Stina stieß ein freudloses gellendes Lachen aus. Maria spürte, wie sich ihr Nacken verkrampfte. «Er hat mir immer von seinen Eroberungen erzählt, wenn er nach Hause kam. Ganz genau hat er beschrieben, wie er die dummen Kühe verführt hat. Es hat ihn scharf gemacht, wenn ich davon wusste.» Das Lachen danach ging in ein hemmungsloses Weinen über. Maria wartete ab, bis die Wogen sich ein wenig geglättet hatten, und kam dann auf ein unverfänglicheres Thema zu sprechen.

«Soviel wir wissen, arbeitete Dick in der Genossenschaftsschlachterei. Wissen Sie, wo er gearbeitet hat, ehe er dort anfing?» Stina schniefte heftig und hielt sich die Hand vor die Augen.

«Eine Zeit lang war er Busfahrer, Hollandreisen zur Tulpenblüte und so was, davor hat er in der Anstalt in Uppsala gearbeitet, glaube ich. Also in der Psychiatrie, irgendwas Privates.»

«Und außerdem hat er für die Gewerkschaft gearbeitet?»

«Ja, hat er.» Stina atmete tief durch und setzte sich aufrecht hin. Ihre kräftigen Unterarme lagen wie dicke Weißbrote auf dem Tisch.

«Wollte Dick gestern Abend hierher kommen?»

«Ja, ich hatte Beefsteak Tatar gemacht. Das mag er so gern. Ich saß am Telefon und wartete, aber er kam nicht, der Scheißkerl! Er hat nicht mal angerufen.»

«Was haben Sie getan, als er nicht auftauchte?»

«Ich hab meine Schwester Didi angerufen.»

«Um welche Uhrzeit war das?»

«Vielleicht um eins. Wir haben uns das Essen schmecken lassen, eine Flasche Rotwein dazu getrunken. Dann haben wir die angerufen, bei denen er manchmal übernachtet.»

«Frauen?»

«Ja, was glauben Sie denn? Er war doch nicht schwul! Das war lustig. Wir haben deren Männer aufgeweckt, und das gab natürlich Krach. Gehörigen Krach! Ist doch nur gerecht, oder was?» Stina blickte Maria in die Augen und wartete auf eine Antwort.

«Vielleicht», stimmte Maria zu und fühlte sich für einen Augenblick überrumpelt. «Dies ist eine schlimme Nachricht für Sie.

Haben Sie jemanden, der zu Ihnen kommen kann? Didi vielleicht?» Stina nickte stumm. Die füllige Unterlippe zitterte.

Es hatte aufgehört zu schneien. Der weiße Ford war unter einer Schneewehe beinahe begraben. Maria kroch in den Wagen und drehte den Zündschlüssel um. Der Motor sagte gar nichts mehr. Nicht den geringsten Laut wollte er von sich geben. Sie hatte das Licht angelassen! Wütend warf Polizeiassistentin Wern den Duftbaum hinaus, den Hartman an den Zigarettenanzünder gehängt hatte. Raus in den Schnee flog er in voller Fahrt. Von Düften hatte sie heute genug! Die ganze Nase war voll von Duftbällen und getrockneten Rosenknospen, hingegen schrie der leere Magen, der nichts als einen verschimmelten Apfelkuchen abbekommen hatte. Maria trat mit dem Fuß kräftig gegen den Vorderreifen und biss sich auf die Lippe, um nicht hinauszuschreien, was sie gerade dachte. Stina Ohlsson musste am Fenster gestanden und sie beobachtet haben, denn sie kam in einem eleganten rosa Synthetikpelz über den Parkplatz geschritten, in der Hand ein Starthilfekabel. Gemeinsam schoben sie den Ford mühsam so weit vor, dass er Motorhaube an Motorhaube mit Stinas kleinem roten Saab stand. Maria wunderte sich, wie kräftig diese Frau war. Sie trennten sich im besten Einvernehmen über die Widrigkeiten des Winters und die Unzuverlässigkeit von Autos.

3 Die Landstraße war schlecht geräumt. Maria stellte das Auto an den Wegrand und ging das letzte Stück auf dem Waldweg bis zur Absperrung zu Fuß. Was konnte das Opfer hier draußen im Wald vorgehabt haben? Vielleicht handelte es sich um eine geheimnisvolle Sekte, ein religiöses Ritual, das in Mord ausgeartet war. Der alte Mann und Elin mit der Katze konnten gleichermaßen Beteiligte wie Opfer sein. Vielleicht hatte Dick Wallström ihre

Haustiere getötet, und sie hatten sich gerächt, indem sie ihn an der Esche aufgehängt hatten. Maria schüttelte den Kopf. Diese Erklärung war ein wenig zu einfach, auch wenn es zwei Fußspuren im Lehm gab. Der Mord war raffiniert, bis in alle Einzelheiten ausgearbeitet, nichts, was in einem Wutanfall oder im Jähzorn geschehen war. Edvin Rudbäck war alt und klapprig. Er würde kaum die Kraft aufgebracht haben, einen Kerl wie Dick Wallström zu überwältigen.

Maria ging an einer Gruppe neugieriger Zuschauer vorbei, die sich auf dem Weg außerhalb der Absperrung angesammelt hatte. Erika Lund und zwei Polizisten, die ihr zur Hand gingen, waren noch am Tatort.

«Die anderen sind runter zur Wache gefahren. Sie wollen sich um 16.00 Uhr im Besprechungsraum treffen.» Diesmal stand Erika nicht auf. Es dämmerte schnell, und es gab noch eine Menge zu tun, bevor es richtig dunkel wurde. Zwei Scheinwerfer waren in der Esche aufgehängt worden, aber das war nicht dasselbe, wie bei Tageslicht zu arbeiten. Erika steckte eine weitere Probe in eine Plastiktüte und verschloss sie.

«Man merkt schon, dass es der dunkelste Tag des Jahres ist. Grüß die anderen und sag ihnen, dass ich innerhalb der nächsten Stunde komme.»

Die lange Autoschlange in Richtung Zentrum bewegte sich mit 70 Stundenkilometern. Sicher fuhr da ein Schneepflug an der Spitze. Der Gegenverkehr schlidderte mit deutlich höherer Geschwindigkeit vorbei. Maria schaltete das Radio ein. Das 3. Programm hatte zu dem Mord an Dick Wallström nichts zu sagen, aber es war nur eine Frage der Zeit, bis die Medien loslegen würden. Nach den Nachrichten folgte ein Programm über Weihnachtsbrauchtum. Eine glockenreine und trachtenverdächtige Frauenstimme sang: *Schneidet, schneidet Hafer. Wer soll Hafer binden. Das soll der Allerliebste mein, wo kann ich ihn nur finden. Ich sah ihn gestern Abend wohl im hellen Mondenschein. Wenn jeder nimmt den Seinen und ich nehm mir den Meinen, dann bleibt der Troll alleine. Schäm dich, schäm dich, denn keiner will dich haben …*

Maria stellte das Radio ab, die Stimmung des Liedes ließ sie aber nicht los. Eine Sichel hatte man am Tatort gefunden, eine Sichel und eine Weizenähre. Uralte Symbole für Ernte und Fruchtbarkeit. Eigenartig, dass *Schneidet, schneidet Hafer* zu den Weihnachtsliedern gehörte. Man hat eher den Eindruck, als würde das Lied in die heidnische Zeit passen, überlegte Maria. *Schäm dich, schäm dich, keiner will dich haben …* Maria konnte sich vage an ein Weihnachtsfest in der ersten Klasse erinnern, als jede sich einen gesucht hatte und ein kleiner Junge übrig geblieben war. Sie hatten mit dem Finger auf ihn gezeigt und schäm dich gesungen, genau so wie man es in dem Lied machen sollte, und er hatte angefangen zu weinen. Niemand hatte ihm wirklich etwas Böses antun wollen, und dennoch hatte man ihm so übel mitgespielt. In diesem Moment fielen Maria die Kinder ein. Krister war zu einem Kursus gefahren. Die Kinder sollten um fünf von der Tagesstätte abgeholt werden. Sie würde nun gezwungen sein, die Schwiegermutter darum zu bitten, die Kleinen abzuholen, und damit den ständigen Klageliedern neuen Stoff zu geben. Eine gute Mutter erzieht ihre Kinder selbst. Sie gibt sie nicht weg zu fremden Menschen. Eine gute Mutter sorgt für Ordnung und Sauberkeit in ihrem Haus, backt Kuchen, kocht Marmelade und umsorgt ihren Mann. Eine gute Mutter wird jedenfalls nicht Polizistin, trinkt kein Bier und fährt nicht Motorrad. So konnte man das wohl zusammenfassen. Sie hätten niemals nach Kronköping ziehen sollen. Maria sehnte sich so stark nach Uppsala, dass sich ihre Augen mit Tränen füllten. Der Schwiegervater hatte Krister eine Teilhaberschaft in der Firma verschafft, in der er nun als EDV-Berater arbeitete. In Uppsala war er selbständig gewesen. Das Einkommen war weniger sicher gewesen, aber sie waren allemal glücklicher gewesen. Ahnungslos waren sie auf das Angebot der Schwiegereltern eingegangen und hatten deren Haus übernommen. Die ältere Generation war in eine Wohnung eine Straße weiter gezogen. Das war der größte Fehler gewesen. Die Schwiegermutter hatte ihren Schlüssel behalten. Mehrere Male hatte Maria ihren Mann angefleht, er möge seine Mutter bitten, den Schlüssel herzugeben, oder das Türschloss auswechseln, aber er hatte sich nicht dazu durchringen können. Nicht mal als sie an einem Sonntagmorgen vor zwei Wochen eine Weile Zeit für sich hatten. Die Kinder saßen vor dem Fernseher. Sie waren ausgeruht. Die Lust und die Nähe waren da. Ein seltener Augenblick und eine günstige Gelegenheit. Im Augenblick wildester Begierde und heftigster Umarmung war die Stimmung plötzlich auf den Nullpunkt gesunken.

«Wir sind jetzt hier! Hier habt ihr uns! Wo sind denn meine kleinen Lieblinge? Aber Krister, seid ihr noch nicht aufgestanden, es ist doch schon fast elf!» Maria wurde bei der Erinnerung daran so wütend, dass sie unabsichtlich Gas gab und beinahe auf den Wagen vor ihr aufgefahren wäre. In Uppsala hatte sie am Küchentisch gesessen, kleine Papiermöbel ausgeschnitten und Skizzen für den geplanten Umbau der Küche und des Badezimmers angefertigt. Auf dem Papier hatte das so schön ausgesehen. In Wirklichkeit war daraus ein großer Familienkrieg geworden, als die alte Kücheneinrichtung hinausgeworfen wurde und die Schwiegermutter den Trümmerhaufen auf ihrem täglichen Spaziergang am alten Zuhause vorbei zu sehen bekam. Krister hatte zuerst geglaubt, sie würde einen Schlaganfall kriegen. Völlig hysterisch hatte sie geschrien:

«Immer raus damit! Schmeiß den Scheiß weg und kauf was Neues! Vergiss einfach, dass dein Vater bis tief in die Nacht hinein geschuftet hat, damit die Küche fertig wurde.» Das war irgendwann in den fünfziger Jahren gewesen, soweit sich Krister erinnern konnte, und der Vater hatte wirklich getischlert und sich abgerackert. Die Spüle war niedrig und wenig rückenfreundlich, und der Herd stammte aus einer Zeit, als das Wort *kindersicher* noch nicht erfunden war. Die elektrische Anlage hatte der Schwiegervater auch ausnahmslos allein installiert. Krister, der mit der Lebensweisheit aufgewachsen war «wenn du die Spüle und den Herd gleichzeitig berührst, dann stirbst du», empfand das durchaus als nicht so erschreckend und gefährlich wie Maria. Es war doch bisher niemand zu Schaden gekommen, oder? Nach dem Umbau der Küche hatte die Schwiegermutter mehrere Wochen lang geschwiegen. Jetzt nahmen sie ihren Mut zusammen und wollten das Bad renovieren.

Einmal hatte Maria in ihrer Einfalt geglaubt, es sei ihr geglückt, an den Schlüssel der Schwiegermutter zu kommen. Das war im Herbst gewesen, kurz nachdem sie eingezogen waren. Es gab einen Spielplatz in der Nähe ihres Hauses. Dort war Maria mit den Kindern gewesen. Sie war auf dem Gras herumgekrochen, war das Pferd für Emil und Linda gewesen. Der Schlüssel war verschwunden, und sie hatte ihn nicht wiedergefunden, obwohl Berit, die Nachbarin, ihr bei der Suche geholfen hatte. Das war eine ausgezeichnete Gelegenheit, die Schwiegermutter um ihren Schlüssel zu bitten. Ohne den geringsten Streit hatte er in ihrer Hand gelegen, blinkend und willkommen. Triumphierend hatte sie ihn an ihrem Schlüsselbund befestigt. Die Freude hatte genau bis zum nächsten Tag gedauert, als sie von der Arbeit nach Hause kam und die Tür unverschlossen und die Schwiegermutter am Bügelbrett stehend vorfand. Natürlich hatten sie noch weitere Schlüssel gehabt. Das hätte ja gerade noch gefehlt!

Maria vermisste Karin, ihre beste Freundin in Uppsala. Sie hatten versprochen, sich zu treffen, den Kontakt aufrecht zu halten. Aber selbst mit der besten Absicht kann es schwer werden, Verbindungen über die Entfernung hinweg zu halten. Die Einzige, der sie sich hier in Kronköping anvertrauen konnte, war Berit. Sie war weit gereist und konnte die phantastischsten Geschichten erzählen. Nichts schien für sie unmöglich zu sein. Vielleicht konnte sie es wagen, Berit zu bitten, sich um die Kinder zu kümmern, wenn es das nächste Mal kritisch wurde.

Durchgefroren und hungrig trat Maria in den Besprechungsraum. Eine große Schale mit Safrangebäck und Pfefferkuchen nahm ihren Blick gefangen. Eine Thermoskanne mit Kaffee machte die Runde. Staatsanwalt Stefan Berg ließ es sich gut schmecken, trotz der makabren Dinge, die an diesem Tisch besprochen wurden.

«Ragnarsson spricht mit der Presse», teilte Hartman mit, «wir haben schon mal ohne ihn angefangen.» Arvidsson, der bei Elin mit der Katze gewesen war, fuhr da fort, wo er in seinem Bericht unterbrochen worden war. Elin Svensson hatte die tote Katze als die ihre identifiziert. Es hatte sich auch herausgestellt, dass sie am Abend des 21. Dezembers Besuch gehabt hatte, sie hatte sich aber nachdrücklich geweigert zu erzählen, wer der Besucher gewesen war.

«Ich habe sie sehr deutlich darauf hingewiesen, wie wichtig es für uns ist, Klarheit über die Ereignisse zu bekommen, und dass wir uns mit dieser Frage nochmal an sie wenden werden. Vielleicht weiß sie etwas und fühlt sich bedroht?» Arvidsson errötete leicht und versteckte sein Gesicht im Kaffeebecher. Maria schüttelte ihren dicken weizenblonden Zopf. Ihre braunen Augen blitzten. Ein Lächeln spielte um ihre Mundwinkel.

«Elins guter Nachbar, der ein richtiger Gentleman ist, hat mir gegen das Versprechen absoluter Diskretion anvertraut, dass er sein Rad genommen hat und zwischen 19.00 und 21.00 Uhr zu einem Besuch zu Elin gefahren ist.» Arvidsson tauchte noch tiefer in seinen Kaffeebecher. «Auf seiner Radtour hat er niemanden anders als Elin getroffen.»

«Du bist bei Stina Ohlsson gewesen.» Hartman nahm sein viertes Safranstück und nickte Maria zu, die so eingehend wie möglich von dem Gespräch berichtete. Alles außer ihrem Ärger mit dem Auto, das nicht anspringen wollte, denn das war ihr persönliches kleines Geheimnis.

«Wir müssen bei der Telefongesellschaft in Erfahrung bringen, ob diese Gespräche mit den Freundinnen von Dick Wallström tatsächlich stattgefunden haben. Ek kann sich dann mit den Damen in Verbindung setzen.» Jesper Ek pfiff leise durch die Zähne. Arvidsson errötete noch ein wenig mehr. «Im Laufe des morgigen Tages müssten wir vorläufige Obduktionsresultate bekommen. Worum könnte es bei diesem Mord gehen? Was wissen wir? Der Mann ist aufgehängt worden. Der Stab, der durch seinen Bauch gestoßen wurde, ist ein Speer, wie sich herausgestellt hat. Der sah recht alt aus, ebenso die Sichel. Er hat auch eine Stichwunde am Hals, ein Messer? Wir haben die Weizenähre und die Eberesche, die nicht dort gewachsen ist, sondern aus irgendeinem Grund dorthin gebracht wurde. Ein Zeichen war in den Stein geritzt und in den Lehm gemalt. Es sieht aus wie zwei Textklammern, die ineinander gehakt sind. Fußabdrücke sind gesichert. Sieht aus, als würde es sich um kräftiges Schuhwerk handeln. Zwei Männer?»

«Erika hat gesagt, dass die Nägel des Opfers bis ins Fleisch hinein abgeschnitten waren und dass sie die Nägel am Boden bei dem Erhängten gefunden hat», warf Ek ein und fuhr sich mit der Hand übers Kinn.

«Haare in verschiedenen Farben und von unterschiedlicher Qualität waren auch über den Boden verstreut. Ich stimme Erika zu, es scheint, als wolle uns der Mörder an der Nase herumführen», fuhr Hartman fort. «Selbstmord können wir ausschließen. Der Mann kann sich kaum selbst den Speer in den Bauch gebohrt, sich in den Hals gestochen und sich danach erhängt haben, oder umgekehrt. Also kein Selbstmord.»

«Dick Wallström hatte keine Schuhe an den Füßen. Kann die eine Fußspur von ihm stammen? Ging er selbst zu seinem Hinrichtungsplatz? Wo sind die Schuhe? Er kann bei diesem Winterwetter wohl kaum barfuß gelaufen sein.» Maria zeichnete ein paar Striche auf das Papier vor sich, skizzierte den Tatort.

«Wir müssen Erika fragen, wenn sie kommt. Hat jemand irgendeine Idee, was da passiert sein kann?»

«Kann es irgendeine merkwürdige Sekte sein? Teufelsanbeter vielleicht? Das scheint so roh, eine Person auf mehrere Arten hinzurichten. Wenn sie ihn einfach umbringen wollten, hätte das Hängen ja gereicht. Wissen wir etwas über das Zeichen, das in den Stein geritzt ist? Man sollte vielleicht in einem Symbollexikon nachschlagen. Ich kann nachher mal rüber in die Bibliothek gehen, wollte nach der Arbeit sowieso hin.» Arvidsson schnippte ein nicht vorhandenes Staubkorn von seinem Hemdsärmel.

«Das Zeichen war in einen Stein geritzt, vielleicht eine Rune? Bei Runen denke ich an Nazis. Die Rune Yoga, ein nordgermanisches Schriftzeichen, wurde auch von okkultistischen Nazigesellschaften verwendet. Die SS-Zeichen beispielsweise sind stilisierte Blitze von Thors Hammer, und die Odalrune, die so viel wie Kultur, Ackerbau und Familie bedeutet, ist auch ein Zeichen, das von den Nazis verwendet wurde. Aber dieses Zeichen auf dem Stein kenne ich nicht.»

Maria zeichnete das Symbol, so wie sie es vom Tatort in Erinnerung hatte, auf ihren Block.

«Dieser Dick war ja alles andere als homosexuell, Asylbewerber war er auch nicht. Ich glaube, dass zwei Ehemänner ihn aufgehängt haben. Das scheint im Augenblick am nächsten zu liegen. Beide töten ihn, jeder auf seine Weise. Obwohl das nicht die toten Tiere erklärt. Es können auch militante Veganer sein, also solche, die nur pflanzliche Produkte und zum Beispiel keine Milch zu sich nehmen. Dick war ja Schlachter!», gab Ek zu bedenken.

«Das wäre möglich, aber militante Veganer hätten die Tiere nicht geschlachtet», sagte Hartman nachdenklich und stocherte mit dem Kaffeelöffel in seinem Ohr. «Wenn es Tiere gewesen wären, die von der Fleischindustrie geschlachtet und aufgehängt werden, hätte das einen deutlichen Symbolwert gehabt, aber Katzen und Hunde gehören ja irgendwie nicht dazu.»

Die Tür des Sitzungszimmers ging auf, und eine rotwangige Erika Lund stand in der Türöffnung. Hartman fasste schnell zusammen und schickte die fast leere Schale zu Erika, die das letzte Safranstück nahm.

«Beide Fußspuren führen zum Mordplatz und zurück hinauf zum Weg. Das Opfer ist also wahrscheinlich vom Weg bis zu dem Baum getragen worden. Es konnten Reifenspuren gesichert werden, ich glaube, die Abgüsse werden sehr brauchbar sein. Fußspuren sind auch gesichert. Im Hinblick auf die Schuhgröße ist es wahrscheinlich, dass zwei Männer die Tat ausgeführt haben, aber da kann man nie sicher sein. Überlegungen müssen frei und vorurteilslos angestellt werden.» Hartman lächelte vor sich hin. Erika Lunds Vermutungen waren stets hervorragend durchdacht, trotzdem war sie schnell mit Vorbehalten bei der Hand und sprach von Mutmaßungen. «Ich denke an eine Art Opfer», fuhr sie fort. «Ein Wintersonnenwendeopfer. Guckt im Kalender nach, es ist Wintersonnenwende. Was mich als Erstes an eine Opferung hat denken lassen, ist außer den Tierkörpern die Ausführung des Mordes. Odin wird üblicherweise der Gott der Gehängten genannt. Er hing neun Tage von einem Speer durchbohrt in der Esche Yggdrasil, dem Baum des Lebens, um Zugang zu den Runen zu bekommen, sagt der Mythos. Mein Vater war Volksschullehrer und pflegte uns Kindern aus der Hávamál vorzulesen, um uns zu bilden: *Ich weiß, dass ich hing am windigen Baum neun Nächte lang, mit dem Ger verwundet, geweiht dem Odin, ich selbst mir selbst.*»

«Das nenne ich ins Schwarze getroffen», rief Hartman beeindruckt. «Ich würde vorschlagen, wir wenden uns an einen Experten für Ethnologie oder Archäologie.»

«Ich kenne einen pensionierten Professor, der an der Universität in Uppsala gelehrt hat. Ein Freund der Familie.» Marias Augen leuchteten, als sie an den alten Mann dachte, der so oft in ihrer Familie zu Gast gewesen war. Auf den ersten Blick sah er aus wie ein räudiges Wiesel, aber wenn er über das nordische Altertum sprechen durfte, übertraf er sich selbst und bekam ein ganz anderes Format. Mit großem Ernst hatte er von Erik Blutaxt erzählt, bis

Maria, damals noch klein, überzeugt war, dass es Blutaxt in Wirklichkeit gab, genauer gesagt unter dem Bett, und sich deshalb weigerte, allein in ihrem Zimmer zu schlafen.

«Am besten wäre es, wenn er bereits morgen herkommen und sich den Platz und das fotografierte Material ansehen könnte. Setzt du dich mit ihm in Verbindung, Maria?», fragte Hartman und schielte enttäuscht zur leeren Kuchenschale.

4 Es war bereits neun Uhr, als Maria in ihrem Haus in Smedjegränd den Schlüssel ins Schloss steckte und von ihrer Schwiegermutter begrüßt wurde.

«Die haben beide tüchtig zugelangt, richtig ordentlich. Soll ich dir ein paar Fleischklößchen aufwärmen?» Einen kurzen Augenblick hatte Maria das Gefühl, als habe sie ihre Schwiegermutter zu hart verurteilt. Sie spürte, dass sie die alte Frau beinahe gern haben könnte, aber das ging vorüber. Alle Dienstleistungen haben ihren Preis.

«Artur muss sich heute Abend mit Butterbroten zufrieden geben. Ich kann ja nicht gleichzeitig überall sein, und jetzt noch Essen für ihn zu kochen schaffe ich einfach nicht mehr. Du hältst dein Heim nicht in Ordnung, Maria! Ich habe in der Küche und im Wohnzimmer gebohnert, einen schlimmeren Fußboden habe ich noch nie gesehen!» Da hab ich es, dachte Maria und versicherte wahrheitsgemäß, dass das viel zu viel Arbeit gewesen war. Die Schwiegermutter hätte sich wirklich nicht über den Fußboden hermachen müssen, und sich Fleischklöße aufzuwärmen schaffte sie bestimmt auch allein.

«So wie der aussah, war ich regelrecht gezwungen, den Fußboden zu bohnern», hörte sie die beleidigte Stimme aus der Diele, bevor die Tür zugeschlagen wurde.

In den Nachrichten um 22.00 Uhr war der Mord im Kronwald das Hauptthema. Ragnarsson genießt solche Auftritte, stellte Maria gehässig fest. Jetzt sitzt er sicher zu Hause und regt sich darüber auf, dass sie sein Interview zusammengeschnitten haben. Mit den Worten des Reporters und den Fotos auf dem Bildschirm konnte Maria die Wirklichkeit nicht mehr länger von sich fortschieben. Es war, als hätte sie gar nicht richtig begriffen, was den Tag über geschehen war, und als würde ihr das ganze Ausmaß erst jetzt bewusst, da sie es von einem außenstehenden Reporter in den Nachrichten hörte. Jetzt war sie mit ihren Kindern allein in einem großen dunklen Holzhaus. Den Tag über hatte sie immer Menschen um sich herum, hatte Aufgaben zu erledigen gehabt. Ein Mörder, vielleicht auch zwei waren *hier*, in Kronköping. Verrückte, Wahnsinnige, eiskalt planende Mörder konnten sich irgendwo in der Nähe befinden! Krister war nicht zu Hause. Er leitete einen Kurs irgendwo in Blekinge. Hier war sie, allein mit ihren Kindern. Das Haus kam ihr viel zu groß vor, und es war voller dunkler Ecken und Winkel. Hier einzubrechen war ein leichtes Spiel. Maria ging ins Kinderzimmer und sah noch einmal nach ihren schlafenden Kindern. Emil hatte die Bettdecke abgeworfen, und seine Arme hatten eine Gänsehaut von der Kälte. Das Haus wollte im Winter nie richtig warm werden. Artur, der große Handwerker, hatte bei der Isolierung gepfuscht. Linda schlief mit der Stoffpuppe Lavendela im Arm und dem Daumen im Mund. Maria stopfte die Decken um ihre Kinder fest. Neben den Kopfkissen der beiden lagen leere Bonbontüten. Sicher hatten sie sich heute Abend auch die Zähne nicht geputzt, dachte Maria verärgert und ging ins Bad. Die Zahnbürsten waren staubtrocken, genauso wie sie es erwartet hatte. Wenn wir uns das nächste Mal treffen, muss ich Berit fragen, ob sie nicht nach den Kindern sehen kann, überlegte Maria. Das Problem war nur, dass sie als Polizistin im Gegensatz zu allen anderen nicht schwarz bezahlen konnte, und einen marktgerechten Lohn zu zahlen würde die

Brieftasche über Gebühr beanspruchen. Das muss irgendwie zu lösen sein, sonst werde ich verrückt, sagte Maria vor sich hin und heftete die Augen auf Krister, der ihr vom Hochzeitsfoto entgegenlächelte.

Maria zog die Vorhänge im Wohnzimmer zu und das Springrollo im Schlafzimmer herunter. Sie zog sich für die Nacht aus. Die ganze Zeit über kam sie sich beobachtet vor. Einen Augenblick lang überlegte sie, ob sie ihre Wettkampfpistole, eine französische Unique, aus dem verschlossenen Schrank nehmen und neben sich auf den Nachttisch legen sollte. Dann dachte sie daran, was sie über die Verfügbarkeit von Waffen in den USA gelesen hatte, und schüttelte sich. Wie viele Leute waren nicht aus Versehen erschossen worden! Nicht auszudenken, wenn Krister überraschend nach Hause käme und als potenzieller Einbrecher oder Mörder erschossen würde. Nach den Ereignissen des Tages war sie wohl doch ein wenig überspannt. Die Angst folgte ihr zwischen die Decken, kroch unter ihre Haut. Bilder des erhängten Wallström und von dem Hund, der leblos im Arm des alten Mannes lag, segelten über ihre Netzhaut. Stina Ohlssons hysterische Schreie dröhnten ihr in den Ohren. Maria wälzte sich im Bett, bis das Laken so zerknüllt war, dass sie aufstehen und das Bett neu machen musste. Sie musste versuchen einzuschlafen. Morgen war wieder ein Tag. Ein Geräusch ließ sie hochfahren. Maria stand regungslos da und lauschte. Ein Auto näherte sich von weitem und fuhr vorbei. Es wurde wieder still. Sie schob das Rollo zur Seite und blickte in die Nacht hinaus. Draußen war es stockdunkel. Weder Mond noch Sterne waren zu sehen. Der Schnee war geschmolzen. Nur ein kleiner Adventsstern im Mietshaus nebenan leuchtete in die Nacht. Ein Hund jaulte traurig und eintönig. Sicher der Schäferhund von Edith Bäckman. Edith war eine ausgesprochen neugierige und gesprächige kleine Frau, die in der Wohnung gegenüber von Berit wohnte. Zeitweise soff sie unmäßig und war dann ein paar Wochen lang verschwunden, in der Zwischenzeit aber war sie über alle Maßen kontaktfreudig. Der Hund bekam wohl während der feuchten Zeiten nicht die Pflege und Zuneigung, die er brauchte. Jetzt stand Weihnachten bevor. Wenige Feiertage sind so belastend für Menschen, die einsam sind. «Edith ist kein Weihnachten nüchtern gewesen, seit ich hier eingezogen bin», hatte Berit ihr im Vertrauen erzählt. «Sie versteckt sich über die Feiertage, damit niemand sieht, wie einsam sie ist.»

Maria schlich in die Küche und wärmte ein wenig Glühwein auf dem Herd. Die weißen Hyazinthen am Fenster dufteten intensiv, und der Duft vermischte sich mit den Schwaden von Nelken und Zimt. Weiße duftende Blumen. Der Duft von Nelken. Weiße Nelken, Leichengeruch. Maria kniff sich in den Unterarm, damit der Schmerz sie dazu brachte, sich zusammenzureißen. Der Papierstern lächelte milde und golden. Die Unruhe wollte nicht weichen. Noch einmal kontrollierte sie, ob die Außentür abgeschlossen war. Ein wenig verschämt suchte sie nach einem Paket Zigaretten, das sie in ihrem Schubfach mit Unterwäsche versteckt hatte. Sie hatte schon vor längerer Zeit mit dem Rauchen aufgehört, damals, als sie Emil erwartete. Eigentlich wusste sie gar nicht mehr, was sie dazu gebracht hatte, Zigaretten zu kaufen. Auf Hartmans 55. Geburtstag hatte sie geraucht, als sie mit den Kollegen zum Gratulieren da gewesen war. Am Tag danach war dann ein Paket so mitgegangen, als sie zum Einkaufen gewesen war. Vielleicht war das eine Art von Protest. Ich fühle mich hier nicht wohl! Seht mich an! Oder war es so, wie Berit sich immer zynisch ausdrückte: «Einmal nikotinabhängig – immer nikotinabhängig?» Sie hatte die Zigaretten in dem Schubfach versteckt. Krister wusste nichts davon. Sie hatte das Paket in einen grünen Strumpf geschoben, aber der Strumpf war leer! Sie wusste sicher, dass sie das Paket in den grünen Strumpf gesteckt hatte. Nun war der mit dem zweiten sorgfältig zusammengerollt, so als ob es nie eine Zigarettenpackung gegeben hatte.

«Verdammtes Weib. Sie hat in meinen Schubladen herumgeschnüffelt», sagte Maria laut. «In dem Fach mit der Unterwäsche! Das ist so frech, da bleibt einem doch die Luft weg!» Einen Augenblick lang überlegte sie, ihre Schwiegermutter anzurufen, ließ es dann aber bleiben. Nach einer solchen Konfrontation würde sie nicht schlafen können, und schlafen musste sie. Krister hatte sich gefälligst darum zu kümmern, wenn er nach Hause kam. Es war schließlich seine Mutter, und wenn sich grundsätzlich etwas ändern sollte, mussten sie sich einig sein.

Ein lautes Klopfen am Fenster in der Küche ließ das Haus erzittern. Wenn Maria nicht so wütend gewesen wäre, hätte sie es mit der Angst bekommen. Ein Paar runde Augen starrten sie durch die Hyazinthen an. Es dauerte zwei Sekunden, bis Maria begriff, dass es sich bei der verschmierten Masse unter den Augen um Nase und Mund handelte, die gegen die Scheibe gedrückt wurden, wie ein Kaugummi unter dem Tisch im Speisesaal einer Schule. Ohne die Kraft, die ihr Zorn ihr gab, hätte sie es nie gewagt, die Balkontür aufzumachen, jetzt riss sie sie, ohne zu zögern, auf.

«Was tust du hier?»

«Ich wollte nur mal nachsehen, ob jemand zu Hause ist», lispelte Edith und hielt sich gut am Fensterbrett fest. «Wie schön, dass du zu Hause bist.»

«Wolltest du was Bestimmtes?» Maria zitterte in ihrem dünnen Nachthemd.

«Nein, ich kam nur vorbei. Du hast nicht zufällig was Starkes zu Hause, das ich über die Feiertage leihen kann? Du kriegst es zurück, sobald der Schnapsladen wieder aufhat. Das verspreche ich dir!»

«Ich glaube nicht. Willst du nicht nach Hause gehen und schlafen? Es ist Nacht!» Maria sah, wie die alte Frau mit gebeugten Knien dastand und sich mit weißgefrorenen Fingern festhielt.

«O. k., ich bringe dich nach Hause, wenn du versprichst, nicht mehr nachts in unserem Garten herumzuschleichen. Das ist nämlich alles andere als angenehm.» Edith murmelte irgendwas Unverbindliches. Maria wickelte sich in ihren langen Wollmantel und stieg in die Stiefel. Kontrollierte zweimal, dass die Haustür wirklich abgeschlossen war, und ging danach hinaus in die Nacht.

DER 23. DEZEMBER

5 Am Sonnabend, dem 23. Dezember, setzte sich Maria mit einer Tasse Kaffee an ihren Schreibtisch. Sie hatte Lust auf eine Zigarette, nur eine einzige, aber sie konnte sich beherrschen. Sie hatte ja auch gar keine Zeit, hinauszugehen und welche zu kaufen. Einen Augenblick überlegte sie, sich eine von Sturm zu pumpen, schob den Gedanken aber mit Nachdruck von sich. Wie tief war sie in ihrer Begierde schon gesunken, dass sie überhaupt auf so einen Gedanken kam. Maria biss sich in den Daumennagel. Der Kaffee malträtierte ihren Gaumen und hielt die Erinnerung an das Aroma einer Zigarette wach. Sie musste sich entspannen. Gerade jetzt war an allen Fronten Stress angesagt. Heute Morgen hatte ein toter Rabe in der Tür eingeklemmt auf ihrem Balkon gelegen. Maria wusste, dass sie die Tür abgeschlossen hatte. Oder etwa nicht? Als sie aufwachte, war das Haus ausgekühlt gewesen und die Balkontür hatte einen Spalt aufgestanden. Sicher hatte eine Katze den toten Vogel hereingeschleppt, aber dann hätte die Tür richtig offen gewesen sein müssen, nicht nur einen Spalt. Das war unwahrscheinlich! Sie wusste genau, dass sie alle Türen kontrolliert und festgestellt hatte, dass sie abgeschlossen waren, bevor sie sich hingelegt hatte. Mehrmals hatte sie die Griffe probiert. Das Ganze war so absurd, dass sie gar nicht daran dachte, mit irgendjemandem darüber zu sprechen. Maria hatte eine Plastiktüte über die Hand gezogen und das tote Tier weggeworfen, ehe die Kinder aufwachten und es entdeckten. Erst als sie im Vogelbuch nachgeschlagen hatte, hatte sie überhaupt festgestellt, dass es ein Rabe war. Raben kamen in der Küstenregion nur selten vor. Weiter im In-

land konnte man sie häufiger beobachten. Das Ganze war sehr seltsam.

Ziemlich apathisch hatte sie die Kinder am Morgen aus den Betten geholt. Maria hatte nicht besonders gut geschlafen, und als sie endlich doch eingeschlafen war, hatte Krister angerufen, er hatte Nachrichten gehört und machte sich Sorgen. Früh am Morgen, so gegen fünf, hatte die Schwiegermutter aus demselben Grund angerufen. Was sie allerdings nicht daran hinderte, später Fragen zu stellen, die für Kleinkinderohren ganz gewiss nicht geeignet waren. Emil hatte seine Mutter mit großen Augen angeschaut und sie gefragt, ob es dem Onkel wehtat, wenn er einen Speer im Bauch hatte.

Die Kinder waren bei der Großmutter. Im Augenblick gab es keine andere Lösung. Für Maria waren Überstunden angeordnet worden. Um zehn Uhr sollte sie Professor Höglund vom Bahnhof abholen, bis dahin hatte sie eine Menge Schreibarbeit zu erledigen. Hartman überließ ihr gern diesen Teil der Arbeit, und Maria fand das nicht schlecht, insbesondere nachdem sie im Schreibtisch des älteren Kollegen Formulare gefunden hatte. Diese kopierte er bei Bedarf und umging dadurch den Computer, den er «dieses unzuverlässige Monster» nannte. Maria hatte ihm versprochen, ihm ruhig und methodisch zu erklären, wie man mit dem Programm arbeiten konnte. Die geplanten Privatstunden waren auf eine Zeit verschoben, «wenn es mal ruhiger ist», was es wohl niemals werden würde.

Hartman und Erika Lund waren seit den frühen Morgenstunden in Dick Wallströms Wohnung. Erika war ungewohnt kurz angebunden gewesen, einfach nervös. Sicher litt sie an Schlafmangel. Sie hatte auch Probleme mit ihren Wechseljahren, worauf Ragnarsson-Sturm bei passender Gelegenheit gern hinwies.

«Rieche ich nach Schweiß, Jungs? Ist das so?», hatte er gefragt und seine grobporige Nase in die Achselhöhle gesteckt. «Oho, ich glaube, ich werde rot.»

«Wegen zu viel Arbeit schwitzt du ganz bestimmt nicht, du hast also Grund genug, rot zu werden, finde ich.» Hartman hatte die Stimme erhoben und seinen Vorgesetzten mit Blicken durchbohrt, der es für angebracht hielt, eine Weile hinüber zur Staatsanwaltschaft zu gehen.

Als Maria das Protokoll mit den wichtigsten Fakten aus ihrem Verhör mit Stina Ohlsson schrieb, fiel ihr ein, dass sie versäumt hatte, die Frau danach zu fragen, welcher Arbeit sie nachging. Eine Routinefrage, die von einer Tränenattacke unterbrochen worden war. Als Maria gerade nach dem Hörer griff, um dieses Detail zu klären, klingelte das Telefon. Professor Morgan Höglund war mit einem früheren Zug eingetroffen und bat darum, vom Bahnhof abgeholt zu werden.

Als die Menschenmenge sich auf dem Bahnsteig verlaufen hatte, entdeckte Maria den kleinen Mann mit runden Brillengläsern und safrangelbem Mantel.

«Maria, mein Herzenskind und mein Augenstern. Du bist schön wie ein Engel», rief Morgan fröhlich auf seine feierliche Art und sah Maria prüfend von oben bis unten an. «Nun ja, einen schönen Menschen entstellt nichts», fügte er hinzu, nachdem sein Blick deutlich gesagt hatte, was er von ihrer unweiblichen Kleiderwahl hielt.

Ein Duft von Glühwein leitete sie in den Besprechungsraum. Im Adventsständer brannten drei der vier Kerzen, und Hartman ließ sie wieder einmal in selbst gebackenen Safranskuchen schwelgen. Der Professor konnte sich nicht zurückhalten, die Form der Kuchen zu kommentieren, und sofort war ihm dadurch die Aufmerksamkeit des Publikums sicher. «Lussekatt, also Lussekatze kommt von dem Wort Luzifer. Dem Mythos nach fuhr die Göttin Freyja (wahrscheinlich auch Lusse genannt) in einem von Katzen gezogenen Wagen umher. Eine Lussekatze, also Lussekatt, ist ein Safransgebäck, das einen Wagen mit vier Rädern vorstellt. In der

Lussenacht fuhr Lusse mit einer großen Last von Läusen umher und kippte ganze Haufen von dem Ungeziefer auf den Höfen ab, die ihrem Befehl, in dieser Nacht ‹nicht zu brauen, nicht zu backen, keine großen Feuer zu schüren›, nicht gefolgt waren. Diese einfachere Form des Gebäcks mit einem Haken an beiden Enden wurde allerdings Weihnachtseber genannt», fuhr der Professor fort. Maria räusperte sich vorsichtig. Wenn der Professor nicht auf das Wesentliche hingewiesen wurde, konnte der Tag sicher für alle unvergesslich werden, aber sie würden nichts erfahren, was ihnen bei der Lösung des Mordfalles Dick Wallström weiterhelfen konnte.

Das Zeichen, das in den Stein geritzt und in den Lehm gemalt worden war, erkannte der Professor sofort.

«Das ist eine Fruchtbarkeitsrune, Jara», rief er begeistert aus und fuhr sich durch den schütteren Kinnbart. «Die Sichel und die Ähre gehören auch zu den Symbolen der Fruchtbarkeitsgöttin Freyja. Die Ebereschenzweige ordne ich eher Thor zu. Ebereschenzweige wurden ‹Thors Trost› genannt, nachdem er sich auf seiner Fahrt zu dem Riesen Geirrödr auf einen solchen Baum gerettet hatte. Über das Mittwinteropfer weiß man nicht viel mehr, als was Meister Adam von Bremen 1070 aufgezeichnet hat, er beschreibt ein Opfer im Heidentempel in Uppsala. Ihm zufolge wurden von jeder Art neun männliche Tiere geopfert, durch deren Blut man sich mit den Göttern versöhnte. Neun ist eine heilige Zahl in der Mythologie des nordischen Altertums.»

Erika wurde vor Eifer rot:

«Das waren neun männliche Wesen, ein Mann und acht Tiere! Das vorläufige Obduktionsresultat, das heute Morgen kam, zeigt, dass das Opfer mit einem Messer von vorn direkt in den Hals gestochen wurde. Ihm sind mehrere Liter Blut abgezapft worden, ebenso dem Hund. Auf dem Erdboden am Tatort befand sich aber kein Blut. Wir können uns also vorstellen, dass der Mann woanders ermordet wurde und danach zu der Esche in Kronwald gebracht wurde. Die Blutprobe ergibt, dass Dick Wallström alkoholisiert war, 2,2 Promille.»

«Es ist interessant, dass Sie die Esche erwähnen. Der Baum des Lebens, an dem Odin hing, war der Mythologie nach eine Esche. Das Opferblut der Tiere wurde in Schalen gesammelt und mit Holzspänen auf die Wände des Tempels, auf Menschen und auf Götterbilder gesprengt. Von dem Opfer im Heidentempel in Uppsala wird berichtet, dass Thor in der Mitte stand und links und rechts von ihm Odin und Freyja, ‹cum ingenti priapo›, mit einem mächtigen Phallus, wie es lateinisch heißt. ‹Im Übrigen singt man bei diesen Opferfeierlichkeiten üblicherweise vielerlei Gesänge, die unanständig sind und deshalb am besten verschwiegen werden›, berichtet Adam von Bremen. Es kamen auch Menschenopfer vor, häufig Fremde oder Sklaven, aber in schweren Zeiten schlechter Ernten wurde der König geopfert. Ihr kennt vielleicht Carl Larssons großes Werk ‹Mittwinteropfer›, wo der König von Svea geopfert wird. Das Opferfleisch wurde gekocht und gegessen. Aus dem Blut der Opfertiere las man Orakel.»

«Wie ekelhaft! Aßen die Menschenfleisch? Ich hoffe, dass bei Dick Wallström keine wesentlichen Teile fehlen», sagte Ek und runzelte die Stirn.

«Wir dürfen nicht vergessen, dass diese Schilderung von Bischof Adams Ansichten über die Heiden beeinflusst ist», gab Professor Höglund, der große Schwierigkeiten hatte, sich auch nur für einen Moment von der vorgeschichtlichen Zeit zu lösen, zu bedenken. «Es gibt keine Belege dafür, dass Menschenfleisch gegessen wurde, keinerlei Beweise, aber die Opfertiere wurden gekocht und gegessen. Bei richtigen Festessen und Feiern konnten auch Rededuelle ausgetragen werden, einfach zur Unterhaltung provozierte man sein Gegenüber mit Schamlosigkeiten. Die brauchten nicht wahr zu sein, nur grob genug, um den anderen zu verblüffen.»

Maria, die merkte, dass der Professor sich schon wieder vom eigentlichen Thema entfernte, wollte wissen, was man denn während der Wikingerzeit für Moralbegriffe und Lebensanschauungen gehabt hatte.

«Wenn der Mörder so viel vom Asen-Glauben angenommen hat, wie man bisher vermuten kann, hat er sich vielleicht auch die Wertvorstellungen jener Zeit angeeignet.»

«Natürlich gab es Moral! Das Schlimmste, was ein Mensch tun konnte, war, seinen Eid zu brechen oder einen Meuchelmord zu begehen. Außerdem waren verwandtschaftliche Bande und Rache zentrale Begriffe. Wenn beispielsweise der Ehemann den Bruder seiner Frau tötete, war sie verpflichtet, das zu rächen, indem sie ihren Mann und die gemeinsamen Kinder tötete. Gaben und Gegengaben waren auch wichtig, man sammelte keine Schätze an, sondern gab, was man hatte, stattdessen seinen Freunden. Außerdem glaubte man sehr stark an das Schicksal und fasste häufig Beschlüsse, indem man das Los warf. Die drei Schicksalsgöttinnen, die Nornen, spannen die Fäden des Lebens und verteilten das Schicksal an die Menschenkinder. Diebstahl war ein viel schwereres Verbrechen als der Mord an einem Fremden.»

«Der Mann war von einem Speer durchbohrt.» Erika nahm ein Foto der Waffe und zeigte es dem Professor, der sein Entzücken deutlich zeigte und die Brille auf die Nasenwurzel drückte, um besser sehen zu können.

«Seht ihr die Verzierung mit Silber- und Kupferdraht? Das ist einzigartig, phantastisch schön! Das könnte ein Speer aus dem achten Jahrhundert sein, der auf Valsgärde in Uppland gefunden und im November 1986 aus dem dortigen Landesmuseum gestohlen wurde. Das muss 1986 gewesen sein, im gleichen Jahr wie das Unglück in Tschernobyl. Wenn ich mich nicht täusche, so erinnere ich mich vage daran, dass kurz nach dem Diebstahl ein Mann in einem Gehölz nahe bei der Kirche in Gamla Uppsala aufgehängt wurde. Ein Mord! Ich bin mir jedenfalls sicher, dass ein solcher Speer, wie Sie ihn hier auf dem Foto haben, im November 1986 aus dem Upplandsmuseum gestohlen wurde. Für das Museum, das die Ausstellung aus Stockholm ausgeliehen hatte, war es ein großer Verlust.»

«Dann lägen also neun Jahre zwischen den beiden Morden durch Erhängen. Neun war doch eine heilige Zahl?» Hartman sah den Professor fragend an. Der lächelte zustimmend.

«Im Heidentempel von Uppsala hatte man, Adam von Bremen zufolge, alle neun Jahre ein Totenopfer.»

Erikas Gesicht hatte vor Eifer rote Flecken bekommen. Es war nicht leicht, den Professor mit Fragen zu unterbrechen, wenn er sich in die nordische Mythologie vertiefte.

«Die Nägel des Opfers waren an Fingern und Zehen weit ins Fleisch hinein abgeschnitten. Ich kann mir kaum vorstellen, dass der Mann das selbst getan hat.»

«Keinesfalls, keinesfalls. Die Nägel der Toten wurden sehr sorgfältig geschnitten. Die Riesen, die die Feinde der Asen und der Menschen waren, hatten ein Schiff, Naglfar, das aus den Nägeln der Toten gebaut war, und bei Ragnarök, dem Weltuntergang, erwartete man, dass das Schiff sich losreißen und die Riesen damit zur Walstatt gefahren würden. Man wollte für dieses Fahrzeug wohl nicht mehr Baumaterial als notwendig bereithalten. Daher wurden die Nägel der Toten abgeschnitten. Über Ragnarök kann man Folgendes lesen:

Brüder kämpfen und bringen sich Tod, Brüdersöhne brechen die Sippe; arg ist die Welt, Ehbruch furchtbar, Schwertzeit, Beilzeit, Schilde bersten, Windzeit, Wolfzeit, bis die Welt vergeht – nicht einer will des andern schonen … Die Sonne verlischt, das Land sinkt ins Meer; vom Himmel stürzen die heiteren Sterne. Lohe umtost den Lebensnährer; hohe Hitze steigt himmelan.

Großartig geschrieben, nicht wahr!?»

6 Sie machten Mittagspause. Maria und der Professor gingen in die Goldene Taube, das netteste Restaurant der Stadt. Die Hälfte der Zeit war vergangen, bevor Morgan Höglund die Weinliste studiert hatte und endlich seine Bestellung aufgab. Maria dachte sehnsüchtig an ihr Lunchpaket im Kühlschrank des Aufenthaltsraumes, den sorgfältig zusammengestellten Salat, der jetzt langsam welkte, und an den schönen Halbschlaf im Sessel mit den Füßen auf einem Hocker, den sie so gut brauchen konnte. Weihnachtslieder tönten aus den Lautsprechern; Stille Nacht und Glockenklang, Weihnachtsmann und strahlende Kinderaugen in nicht enden wollender Folge.

«Es gab eine Zeit in meinem Leben, da war Weihnachten richtig feierlich, als meine Frau noch lebte und die Kinder klein waren», sagte der Professor mit gedämpfter Stimme. Er ließ den Blick durch die Scheibe wandern und beobachtete eine Frau mit zwei kleinen Kindern, die draußen vorbeigingen. Maria konnte sich schwach erinnern, dass Morgans Söhne nach Australien ausgewandert waren. Einer von ihnen war anscheinend bei einem Reitunfall ums Leben gekommen.

«Ich bin nicht sicher, ob eine Familie die absolute Garantie dafür ist, dass Weihnachten ein Fest voller Freude wird», wandte Maria ein und biss sich auf die Unterlippe. «Wir werden bei der Schwiegermutter feiern. Kristers ganze Familie kommt da zusammen, Tanten und Kristers ältere Brüder mit ihren Familien. Ich hatte Krister gebeten, dafür zu sorgen, dass wir Weihnachten nur in unserer kleinen Familie feiern, aber Schwiegermutter hat sich furchtbar angestellt. Traditionsbruch ist das schlimmste Verbrechen, dessen man sich schuldig machen kann, das habe ich gelernt. Nichts kann so bedrohlich sein wie der Bruch mit weihnachtlichen Traditionen.»

«Ja, mein Herzchen, es steht schlimm um die Menschen, da stimme ich Strindberg zu», seufzte Morgan.

«Wenn du über Weihnachten bei uns bleiben würdest, nehmen

wir dich am zweiten Feiertag mit zurück nach Uppsala. Ich würde mich dann so fühlen, als hätte ich ein wenig von meiner Familie um mich herum, und Schwiegermutter wäre hocherfreut, einen richtigen Professor zum Festtagsessen am Tisch zu haben, glaub mir!»

«Das hört sich gut an.»

Als Maria vom Mittag zurückkam, hatten sich die anderen bereits im Besprechungsraum versammelt. Der Kaffeeduft war einladend. Irgendwie stand die Menge des gebrauten Kaffees in absoluter Proportion zu dem kollektiven Stress. Ragnarsson-Sturm war ins Kreiseln gekommen und hatte sich nun zum Orkan gesteigert. Die Aufmerksamkeit der Medien war ihm über den Kopf gewachsen. Maria bemerkte, wie er leise vor sich hin die Lippen bewegte, als er seine Informationen für das Treffen mit der Presse formulierte. Hartman tat sein Bestes, um die vom Stress angesteckten Kollegen wieder runter auf den Teppich zu bekommen. «Von Stress wird man dumm», pflegte er zu sagen. Jetzt mussten sie sich darauf konzentrieren, einen Zeitplan aufzustellen. Hartman blätterte in seinem Block zurück.

«Dick Wallström starb in der Nacht vom 21. zum 22. Dezember. Irgendwann zwischen 23.00 und 1.00 Uhr dem Obduktionsresultat zufolge. Am Abend des 21. verlässt er seinen Arbeitsplatz um 18.00 Uhr. Das bezeugen mehrere seiner Kollegen. Um 9.00 Uhr herum am folgenden Morgen findet ein alter Mann, der in dem Häuschen in der Nähe des Fundorts wohnt, Dick Wallström erhängt mit einem Seil um den Hals im Kronwald. Was hat Ek über die Freundinnen von Dick Wallström zu sagen? War Wallström an dem aktuellen Abend bei einer von ihnen? Kann die Telefongesellschaft die Angaben über die nächtlichen Telefonate bestätigen?»

«Ja. Stina Ohlsson und ihre Schwester haben tatsächlich in der Nacht zum 22. Dezember drei verschiedene Frauen angerufen. Ich habe sie alle gebeten, sich zur Vernehmung hier einzufinden. Der Zeitpunkt für das erste Gespräch steht mit 1.20 Uhr fest. Für die Zeit von 23.00 bis 01.00 Uhr in dieser Nacht haben die Schwestern also nur sich selbst als Alibi. Die erste Frau, die sie angerufen haben, ist in den Fünfzigern, allein stehend, arbeitet auch in der Schlachterei. Hier kommt also kein eifersüchtiger Ehemann ins Bild. Die zweite Frau hat einen Mann, der Handelsvertreter ist. Sie leben in einem sehr offenen Verhältnis und gönnen sich gegenseitig kleine Ausschweifungen, so jedenfalls die Frau. Ich sehe auch hier keinen eifersüchtigen Ehemann. Es spricht aber nichts dagegen, dass die Frauen selbst ein Hühnchen mit Dick zu rupfen hatten. Allerdings hat keine von ihnen ihn im letzten Monat gesehen. Das interessanteste Gespräch ist das dritte. Es wurde mit einer Familie Berggren geführt. Ich habe die ganze Familie hergebeten. Der Ehemann ist, vorsichtig ausgedrückt, unfreundlich. Die Ehefrau, Gunilla, ist etwas hysterisch. Sie haben eine erwachsene Tochter, Anneli, die zu Hause wohnt. Sie geht auf die kommunale Erwachsenenschule und wohnt vorübergehend bei den Eltern, nachdem sie sich von ihrem Partner getrennt hat.» Ek lehnte sich im Stuhl zurück und gab damit zu verstehen, dass er mit seinen Ausführungen am Ende war.

«Wir brauchen die Hilfe der Öffentlichkeit, wir müssen eine Hotline einrichten.» Hartman blickte zu Arvidsson. Der Rothaarige streckte sich und nickte.

Åke Ragnarsson-Sturm, der während des gesamten Gesprächs auf seinem Stuhl hin und her gerutscht war und die Finger auf der Jagd nach Feuerzeug und Zigaretten von Tasche zu Tasche wandern ließ, eilte nach einem hastigen Blick auf seine Uhr zur Tür hinaus.

Halblaut wiederholte er für sich selbst seine auswendig gelernten Sätze. Das Murmeln erstarb im Flur und mischte sich mit den anderen Hintergrundgeräuschen so, dass es nicht mehr zu unterscheiden war. Die rastlose Stimmung verschwand mit ihrem Urheber. In Hartmans Gesicht konnte man den flüchtigen Schatten eines Lächelns sehen.

«Dick Wallström hatte am Abend des 21. Dezember Besuch, jemand war zum Essen da. Fingerabdrücke auf den Gläsern sind gesichert. Es war für zwei Personen gedeckt, eine romantische Mahlzeit mit Rosen auf dem Tisch, Kerzenständern und Wein. Ein Abendessen, das mit größter Wahrscheinlichkeit seinen Höhepunkt in Dick Wallströms wogendem Wasserbett fand. Erika Lund hat dort ein langes dunkles Haar gefunden, das kaum auf Dick Wallströms Kopf gewachsen sein kann.» Hartman hob ein Foto des Verstorbenen hoch, er lächelte, war braun wie direkt aus dem Solarium mit auffallenden weißen Rändern um die Augen und hatte die aschblonden Haare zu einer Art modernem Hahnenkamm gekämmt. Das weiße Oberhemd war aufgeknöpft, und um den Hals trug er ein blau kariertes Tuch. Während das Foto herumgereicht wurde, schenkte Hartman Kaffee nach. Maria dachte darüber nach, dass der Mann auf dem Bild kaum so aussah, als würde er auf die sechzig zugehen. Es war nicht schwer zu begreifen, warum er bei Frauen so viel Glück hatte. Er war gut gebaut, hatte lebhafte Augen, sah gepflegt, aber nicht langweilig aus, keine grauen Schläfen oder überflüssige Kilos. Eine Narbe dicht unter dem Auge auf der rechten Wange verunstaltete ihn nicht. Sie unterstrich sogar noch sein männliches Aussehen, stellte Maria fest.

«Auf dem Badezimmerspiegel standen mit Lippenstift die Buchstaben AS geschrieben», fuhr Hartman fort.

«Das wusste ich doch, das wusste ich doch!», jubelte Ek. «Man kann nicht beliebig viele Bälle gleichzeitig in der Luft halten.»

«Da spricht jemand aus Erfahrung», flüsterte Arvidsson hörbar.

Ek tat so, als habe er das nicht gehört.

«Erika ist dabei, den Film zu entwickeln, der sich in Dick Wallströms Kamera befand. Wir haben mehrere Alben gefunden, die wenig mit den üblichen Familienalben gemein haben, ebenso mehrere nicht jugendfreie Spielsachen.» Hartman lächelte verkniffen.

«Wenn der Mann normal ist, kann ich selbst mich wohl als Eunuchen bezeichnen.» Arvidsson blickte Maria verstohlen an und starrte dann unter den Tisch.

Anneli Berggren war eine hübsche junge Frau, etwa fünfundzwanzig Jahre alt. Die grauen Augen waren groß und wirkten ängstlich, das lange dunkle Haar war von einer perlmuttbesetzten Spange zu einem Pferdeschwanz zusammengehalten. Den Polyestermantel hatte sie aufgeknöpft, aber fest um den Körper gewickelt, als würde sie frieren. Anneli Berggren setzte sich auf die äußerste Kante des Stuhls, den Maria ihr anbot. Unsicher sah sie sich im Zimmer um. Es war offensichtlich, dass die Frau geweint hatte.

«Wo sind Sie am Abend des 21. Dezember gewesen?» Maria lächelte aufmunternd und schob einen Becher mit Kaffee über die abgenutzte Tischplatte zu Anneli hin.

«Ich war bei Dick Wallström.» Maria fuhr unwillkürlich zusammen bei der Wut und dem Hass in den grauen Augen, die sie ohne das kleinste Blinzeln ansahen. «Aber das wissen Sie ja wohl schon. Es gibt Fingerabdrücke und Fotos und alles, was Sie sich nur wünschen können. Ich streite es nicht ab. Ich war da. Er war der Liebhaber meiner Mutter. Aber das wusste ich nicht, bevor diese fürchterliche Frau angerufen und mit Papa gesprochen hat. Ich schwöre, dass ich es nicht wusste, aber ich kann mir ganz gut vorstellen, dass Dick, das perverse Schwein, es toll fand, Mutter und Tochter im gleichen Bett zu haben. Dieses verdammte Schwein! Das ist ja ekelhaft! Als ich gehen wollte, zeigte er mir sein Fotoalbum. Ich hätte nicht geglaubt, dass so was möglich ist! Er tat so reif und verständnisvoll. Alles war nur ein Spiel.» Annelis Stimme steigerte sich in höchste Töne und brach dann.

»Der verdammte Scheißkerl!»

«Können Sie versuchen, sich daran zu erinnern, um welche Uhrzeit Sie in Dick Wallströms Wohnung gekommen und wann Sie wieder gegangen sind?»

«Ich war auf sieben zum Essen eingeladen und blieb bis kurz nach zehn da. Danach wollte er plötzlich ins Park. Mich wollte er nicht dabeihaben, sondern er wollte mit Freunden los, sagte er.»

«Das war, als Sie AS auf den Badezimmerspiegel geschrieben haben?» Anneli nickte. Ihre Augen blitzten wie ein grauer Gewitterhimmel. Mit einem scharrenden Laut schob sie den Stuhl über den Fußboden.

«Was haben Sie getan, nachdem Sie die Wohnung verlassen haben?»

«Ich bin wohl nach Hause.»

«Sind Sie direkt nach Haus gegangen?»

«Ich bin noch etwas rumgelaufen und dann nach Hause gegangen.»

«Wann sind Sie zu Hause gewesen?»

«Das weiß ich nicht.» Anneli drehte den Zipfel ihres Mantels fest zwischen den Fingern. Der Blick glitt hinunter auf die Tischplatte und von dort zum Fenster hinaus. «Ich weiß es nicht, ich bin einfach herumgelaufen.»

«Versuchen Sie es doch mal. War es eine halbe Stunde, eine Stunde oder noch länger?»

«Ich war wohl so halb zwölf, zwölf zu Hause.»

«Waren Ihre Eltern da zu Hause?»

«Keiner von beiden. Es war dunkel im Haus. Ich hab nicht gehört, wann sie nach Hause gekommen sind, aber sie waren beide da, als diese unverschämte Frau angerufen hat.»

«Wo sind Sie überall herumgelaufen?»

«Ich weiß es nicht. Ich bin wohl größtenteils zu Hause um den Block gelaufen, wollte allein sein. Sagen Sie meiner Mutter nichts. Sie hat jetzt genug mit ihren eigenen Problemen zu tun.»

7 Greger Berggren sah wie ein Wildschwein aus, direkt der Fabelwelt entsprungen, ging es Maria durch den Sinn, und sie vermisste spontan Ölfarben und Pinsel. Sein faltiger Nacken war kurz und kräftig, die Bürste auf dem Kopf und der Oberlippe grob und stoppelig. Wie ein wütender Eber stürmte er in den Vernehmungsraum mit entblößten Hauern im Unterkiefer und stechenden schwarzen kleinen Augen, die wachsam blinzelten. Im scharfen Licht der Lampe leuchtete die Schwarte unter dem schütteren groben Haar rosa. Widerwillig setzte er sich auf den ihm angewiesenen Stuhl.

«Können mich schlagen, aber ich weiß davon wirklich nichts», brummelte er und scharrte wütend mit den Füßen.

«In der Nacht zum 22. sind Sie von Stina Ohlsson angerufen worden, stimmt das?»

«Der Teufel soll das Weib holen!»

«Kann ich das als ein Ja auffassen?» Hartman ließ sich nieder und lehnte sich entspannt im Stuhl zurück. Maria schaute aus dem Fenster, um ein Lächeln zu verbergen, das sie nicht unterdrücken konnte.

«Wo sind Sie an dem Abend gewesen, bis zu dem Zeitpunkt, als Sie angerufen wurden?»

«Wir waren wohl zu Hause und haben ferngesehen.»

«Was haben Sie sich angesehen? War es ein interessantes Programm?»

«Nur Mist. Gibt nur Mist im Fernsehen.» Gregers Blick flackerte bedenklich. Die Hände hinterließen feuchte Stellen auf dem Tisch. Als er das bemerkte, versuchte er die nassen Stellen mit seinen Unterarmen zu verdecken. Nervös rieb er sich die Jackenärmel, um danach beide Arme in einer angestrengten Pose auf den Tisch zu legen.

«Welches Programm hatten Sie eingeschaltet?»

«Das kann ich doch verdammt nochmal nicht wissen.»

«Nein? Irgendwas wird Ihnen doch noch einfallen? Irgendeine

Sendung?» Greger Berggren schüttelte den Kopf. Schweißtropfen glitzerten auf seiner Stirn.

«Wie war das nun? Waren Sie den ganzen Abend über zu Hause, oder waren Sie woanders?»

«Zu Hause», grunzte Greger böswillig.

«Ihrer Tochter zufolge waren weder Sie noch Ihre Frau zu Hause, als sie gegen halb zwölf kam. Stimmt das?» Der Schwall von Schwüren, der die Schnauze des Wildschweins verließ, enthielt buchstäblich alles, was die schwedische Sprache auf diesem Gebiet aufzuweisen hat, sowie die eine oder andere Wiederholung. «Sie waren also unterwegs», fuhr Hartman ungerührt fort.

«Ja!»

«Wo sind Sie gewesen?»

«Meine Frau ist ins Park, das große Tanzlokal, gegangen und wollte sich dort mit einer Freundin treffen. Ich bin ihr nachgegangen, um mal zu sehen, was sie dort eigentlich macht. Sie hatte sich so fein gemacht. Verflucht!» Maria beobachtete, wie etwas in den schwarzen Augen blinkte und überlief. Ob das Schweiß oder Tränen waren, konnte sie nicht feststellen. «Als ich hinkam, saß sie allein an einem Tisch. Ein Mann kam und forderte sie auf. Sie tanzte wie eine Nutte, da ging ich rein und holte sie. Verdammt nochmal, sie soll uns mit so was keine Schande machen!»

«Wann sind Sie nach Hause gekommen?»

«Halb eins, glaube ich. Das war kurz bevor diese Frau anrief und ich erfahren habe ...»

«Haben Sie Dick Wallström in dem Lokal gesehen?»

«Ich weiß nicht, wie er aussieht. Ich hab den Scheißkerl noch nie gesehen. Hätte ich das, dann aber ...»

«Was hätten Sie dann getan?»

«Ich hätte den Kerl kaltgemacht.»

«Anneli Berggren hat einen ehemaligen Lebensgefährten. Sie haben sich nach einem Streit vor ungefähr einem Monat getrennt, sagt der Vater.» Hartman begrüßte Sturm und kam durch die Tür geeilt. «Wir müssen die Gäste verhören, die am Freitagabend im Park waren. In den nächsten Nachrichten bitten wir die Leute, sich über die Hotline zu melden, alle, die im Park oder in der Umgebung gewesen sind. Wern und ich vernehmen das Personal. Wir brauchen mehr Polizisten, wir müssen weitere Leute anfordern, Ragnarsson.»

«Zu Weihnachten Leute anfordern! Das wird nicht billig werden.» Ragnarssons zerfurchtes Gesicht zog sich zu noch tieferen Falten zusammen. Maria suchte Blickkontakt.

«Wir hatten geplant, den zweiten Weihnachtstag bei meinen Eltern in Uppsala zu verbringen. Ich hab Professor Höglund versprochen, ihn nach Hause zu fahren. Ich möchte gern in Uppsala vom …»

«Daraus wird nichts. Du musst hier bleiben. Irgendwas Sinnvolles kannst du sicher tun», unterbrach Sturm.

«Kaffee kochen oder so?», sagte Maria leichthin. Sturm verzog keine Miene.

«Professor Höglund sprach von einem vergleichbaren Fall in Uppsala vor neun Jahren. Ein Mann, der in einem Baum in der Nähe der Kirche von Gamla Uppsala hing. Der Speer in Dick Wallströms Oberkörper stammt mit großer Wahrscheinlichkeit auch aus Uppsala. Ich möchte die Angaben kontrollieren», beharrte Maria.

«Wir müssen Schwerpunkte setzen. Das, wovon du sprichst, kann sicher per Telefon erledigt werden. Deine Sehnsucht nach Muttern wirst du noch eine Weile zügeln müssen», entschied Sturm mit süßsaurer Miene und wippte mit der Zigarette im Mundwinkel. «Was hat der Professor über das Haar gesagt, das ihr am Tatort gefunden habt?»

«Er konnte nichts sehen, was einen Zusammenhang mit der nordischen Mythologie ergeben würde. Es fiel ihm nur die alttestamentarische Geschichte von Simson und Delila ein, Simson dessen Stärke in seinen Haaren lag, wie ihr wisst. Aber das stimmt nicht mit dem übrigen Bild vom Mittwinteropfer überein.»

«Wir können doch wohl kaum einzelne Haare zur DNA-Analyse schicken. Jedenfalls nicht vom Ort, an dem er hing.»

Der Schnee war geschmolzen, und ein scharfer Regen prasselte gegen die Windschutzscheibe des Ford. Die Scheibenwischer quietschten alt und rissig. Die letzten Kunden des Weihnachtsgeschäfts hasteten mit Regenschirmen und prall gefüllten Einkaufstüten zwischen den Läden hin und her. In der Storgatan waren Lichterketten mit einem gelben Stern in der Mitte geschmückt, die quer über die Straße gespannt waren. Die Schaufenster lockten mit Spielsachen, Abendkleidern und Gebäck. Bredströms Juweliergeschäft glitzerte in der Dämmerung.

Bald tauchte das große gelbe Holzgebäude des Park zwischen den Bäumen am Fluss auf. Die farbigen Lampen brannten, obwohl es noch einige Stunden hin war, bis die Abendgäste eintreffen würden. Weiße Schneeklumpen schwammen auf dem schwarzen Wasser des Flusses, verschmolzen miteinander und teilten sich wieder.

«Maria, du kannst nach Uppsala fahren. Arvidsson und Ek machen Überstunden. Ich habe mit Ragnarsson besprochen, wie wichtig es ist, dass wir in diesem Stadium der Ermittlungen nach allen Seiten offen sind. Ich glaube, Uppsala kann uns einiges bieten.» Hartman lächelte onkelhaft. Maria strahlte über das ganze Gesicht und strich Arvidsson über den Arm. Arvidsson zuckte zusammen, als ob er einen elektrischen Schlag bekommen hätte. Ek lachte lauthals los und knuffte seinem Kollegen vielsagend in die Seite. Arvidsson gab zurück, indem er Eks Hubschrauberlandeplatz, den der so sorgfältig gekämmt und mit Haargel gefestigt hatte, zerzauste.

«Das ist lieb von euch», bedankte sich Maria.

Das Personal im Park verhielt sich wie die drei Affen der berühmten asiatischen Figur: niemand hatte etwas gesehen, niemand hatte etwas gehört, und niemand wollte etwas sagen. Die Stimmung war gedrückt. Das Foto machte die Runde. Alle schüttelten den Kopf. Der Mann war ihnen vollständig unbekannt. Schließlich gerieten sie an eine ältere Köchin, deren schmierige graue Locken von einem gestreiften Kopftuch zusammengehalten wurden.

«Der ist ständig hier. Das wisst ihr doch, ständig. Immer mit neuen Frauen! So ein richtiger Don Juan ist der, sagen sie.» Die Köchin lachte geradeheraus und trocknete sich die Hände an der Schürze ab, bevor sie die Fotografie nahm.

«Darf ich ihn mal ansehen, sicher ist er das.»

«War er am Freitagabend hier?»

«Das weiß ich nicht. Am besten fragen Sie die Burschen in der Garderobe.» Die eisige Stimmung sank bei dieser Aussage noch um ein paar Grad. Die Geschäftsführung war sehr um den Ruf des Park bemüht. Polizei war grundsätzlich nicht willkommen. Die Jungs in der Garderobe waren lichtscheue Gestalten, die weder Adressen noch Telefonnummern hatten, wie sich herausstellte. Es würde großen Aufwand erfordern, sie aus der Reserve zu locken, das wusste Hartman aus Erfahrung. Sie waren gezwungen, Prioritäten zu setzen.

Im Schein der Straßenlaternen fuhren sie wieder in die Innenstadt. Hartman wollte noch einmal versuchen, Kent Asp ausfindig zu machen, Anneli Berggrens ehemaligen Lebensgefährten. Er war nicht ans Telefon gegangen und zu Hause nicht anzutreffen gewesen. Ek hatte ihn an seinem Arbeitsplatz, einer Wurstbude beim Sportplatz, aufsuchen wollen. Doch das kleine Haus war verschlossen und die Luke verriegelt gewesen. Vielleicht war Kent Asp eifersüchtig seiner ehemaligen Verlobten gefolgt, als sie zu Dick Wallström ging. Es wäre jedenfalls interessant festzustellen, ob es sich so verhalten hatte.

Im Aufenthaltsraum war die Stimmung fröhlich. Arvidsson hatte einen Tipp bekommen. Eine Frau, die von einem offensichtlich betrunkenen Dick Wallström angegrapscht und auf den Po gehauen worden war, hatte angerufen. Sie kannte ihn von früher. Es gab keinen Zweifel an der Identität. Kurz vor zwölf hatte Wallström das Park in Begleitung einer großen Frau mit blonder Frisur, sicher einer Perücke, verlassen. Der Busen war aufsehenerregend, aber sicher auch nicht echt gewesen, meinte die Frau.

Allerdings, so angetrunken, wie Dick war, hatte er den Unterschied vielleicht nicht bemerkt. Ein älterer Mann bekräftigte in einem späteren Telefonat die Aussage der Frau. Seiner Frau war Dick mit der Zunge ins Ohr gefahren, und sie hatte sich darüber sehr aufgeregt. Gleich nach diesem Vorfall hatte Dick Wallström das Park mit einer blonden vollbusigen Schönheit verlassen und war mit ihr am Fluss entlang davongegangen.

«Was wir jetzt suchen, ist eine Frau im Dolly-Parton-Look, die zusammen mit Dick Wallström das Park um 23.30 Uhr verlassen hat. Die Frau war groß, ungefähr 170 bis 180 cm, meint der Informant. Groß und kräftig gebaut.» Arvidsson sah sich zufrieden um, sofern er durch seine rote Tolle überhaupt etwas sah.

«Der Mann, den wir suchen, kann also einen Hang zu Transvestiten haben.» Hartman lächelte sein schräges Lächeln. Die Augen blitzten schelmisch. «So verworrene Verhältnisse sind mir in meiner langen Berufstätigkeit noch nicht untergekommen. Da kann ja sogar ein versierter Heiratsschwindler erbleichen.»

«Das Schlimmste, was Professor Höglund zufolge ein Wikinger tun konnte, war, seinen Eid zu brechen.» Maria malte nachdenklich auf ihrem Block neben dem Telefon herum. «Ich möchte nicht wissen, wie viele gebrochene Eide ein Mann wie Dick Wallström auf dem Gewissen hat. Vielleicht ist es doch eine Frau, die ihn umgebracht hat?»

«Zwei. Da waren zwei Fußspuren. Eine einzelne Person hätte es niemals geschafft, diesen Mann in den Baum zu heben. Die Fußabdrücke waren groß. Wie viele Frauen haben Schuhgröße 42 oder 46?»

«Trotzdem sieht das hier mit den Fruchtbarkeitssymbolen, den Ebereschenzweigen und den Weizenähren irgendwie weiblich aus. Würde ein Mann, der sich an dem Liebhaber seiner Frau rächen will, so viel Arbeit für die Ausschmückung des Tatorts aufwenden? Fälle dieser Art, mit denen ich bisher zu tun hatte, waren alle im Affekt geschehen. Der Ehemann findet seine Frau und den Liebhaber zusammen vor. Er schlägt den Liebhaber tot und versteckt die Leiche oder flieht in Panik vom Tatort. Dick Wallströms toter Körper wurde hergezeigt, kaltblütig und demonstrativ. Das hier ist Mord. Vorsätzlicher Mord.» Maria zeichnete das Gesicht von Stina Ohlsson auf das Papier und neben ihr das von Anneli und Gunilla Berggren.

«Ich habe das Gefühl, als ob dies hier nur die Spitze eines Eisbergs ist. Diese Ermittlungen können sich unendlich hinziehen, und wir müssen uns alle losen Beziehungen, die er hatte, und die dazugehörigen Ehemänner ansehen. Auch um Dick Wallströms Einkommen sollten wir uns mal kümmern. Was für ein Weihnachten liegt vor uns!», stöhnte Hartman und fuhr sich mit der Hand durch das lockige Haar.

8

Maria seufzte über die Unordnung auf ihrem Schreibtisch. Der Stapel mit unerledigten Vorgängen war in den letzten Monaten bedenklich angewachsen und würde noch größer werden. Die weniger wichtigen Akten verschwanden immer weiter nach unten, in gleichem Maß nahm das schlechte Gewissen zu, ständig geplagt nach den Gesprächen mit den Opfern von Straftaten. Alle Vorfälle rechtzeitig zu erledigen war ein Ding der Unmöglichkeit. Einbrüche und Diebstähle, bei denen niemand verletzt worden war, würden wahrscheinlich zu den Akten gelegt, bevor ein Gerichtsverfahren eröffnet werden konnte. Es gab ganz einfach nicht genug Personal, um in all diesen Fällen zu ermitteln. Hartman, der über die längste Erfahrung verfügte, hatte seine eigene Ansicht dazu: «Früher wusste man, wo die Latte lag, heutzutage kommt es mir so vor, als würde erwartet, dass wir Hindernislauf machen. Kein Wunder, wenn hin und wieder jemand davonkommt, wenn die Latte zu hoch liegt und die Zeit nicht reicht.»

Bei Besprechungen kam man immer wieder mal auf Themen wie Bürgerpolizei, problemorientiertes Arbeiten und Zeitmanagement für die Arbeit. Hartman hatte Maria vertraulich zu verstehen gegeben, dass er sich ernsthaft Sorgen machte. «Wenn wir allesamt auf Fußstreife gehen, habe ich Bedenken, dass die Qualität der Ermittlungen sinkt. Es wird noch weniger Fälle geben, die vor Gericht entschieden werden, oder wir konzentrieren uns bei der Fahndung vom Schreibtisch aus auf Kleinigkeiten, während unsere Kollegen von uns erwarten, dass wir mehr Zeit für die Arbeit draußen aufwenden. Ich fühle mich alt und müde.»

Maria nahm den Hörer ab und rief zu Hause an. Krister meldete sich. Maria erzählte ihm, dass sie Professor Höglund zu Glühwein und Janssons Versuchung eingeladen hatte. Er würde im Stadthotel wohnen, aber gegen sieben zu ihnen in die Smedjegränd kommen. Sie wollte versuchen, bis dahin zu Hause zu sein. Es wäre gut, wenn Krister das Essen vorbereiten könnte. Ein lustloses Stöhnen war die Antwort.

«Ich habe eine Überraschung für dich», kam es danach in etwas freundlicherem Ton aus dem Hörer.

«So?» Maria war misstrauisch. Kristers Überraschungen kamen oft wie kalte Duschen. Als sie gerade erst zusammengezogen waren und wenig Geld hatten, hatte Krister sie mit einer Musikbox überrascht, obwohl sie kaum Lebensmittel kaufen konnten. 5000 Kronen hatte die gekostet, und sie waren gezwungen gewesen, Marias Eltern um Hilfe zu bitten, damit sie in dem Monat auch die

Miete und die Telefonrechnung bezahlen konnten. Das war ihr erster ernsthafter Streit gewesen, leider nicht der letzte. Danach hatte der Herr des Hauses ein Reh angeschleppt, um das Maria sich seiner Meinung nach kümmern konnte, eine Kreissäge, die in der kleinen Diele stehen musste, denn so was kann man immer mal brauchen, und elf Jahrgänge Classic Car, die als ein Stapel auf der Toilette liegen blieben. Insofern ist Krister primitiv. Ein Steinzeitjäger, der Beute ins Haus schleppt und sie seiner Frau zu Füßen legt, dachte Maria und überlegte mit gemischten Gefühlen, wie der Abend wohl verlaufen würde. Mit Krister zusammenzuleben war wie über eine dünne Eisfläche zu gehen; man konnte nie wissen, wo es als Nächstes brechen würde.

Maria knipste den elektrischen Kerzenständer in ihrem Fenster an. Es sah nicht nach weißer Weihnacht aus. Im Gebäude der Staatsanwaltschaft gingen nach und nach die Lichter aus, als die Angestellten nach Hause gingen. Die Fassade auf der anderen Straßenseite wurde langsam dunkel. In Elviras Blumenladen schräg über der Straße prangten Amaryllis, Azaleen und Weihnachtssterne in unterschiedlich dekorierten Gruppen. Eine kurzbeinige Frau, von ihrem weißen Spitz an der Leine gezogen, überquerte den Zebrastreifen und verschwand im Blumengeschäft. Die schweren Einkaufstüten verklemmten sich in der Tür, und ein älterer Herr half ihr aus dem Dilemma. Ein weißer Spitz. Edvin Rudbäcks weißer Spitz hatte Loki geheißen. Warum gerade Loki? Loki war auch eine Gestalt aus der nordischen Mythologie. Maria konnte sich dunkel erinnern, dass Loki Idun, die Hüterin der Jugend, nach Jötunheim, ins Reich der Riesen, entführt hatte und dass die Asen danach zu altern begannen, runzlig und gebrechlich wurden. Loki, der Listige und Heimtückische. Warum hatte Edvin Rudbäck seinen Hund Loki genannt? Warum nicht Karo, Rufus oder Buster? Eigentlich musste man sich diesen Zeugen nochmal vornehmen und ihn fragen, was er denn von nordischer Mythologie hielt, überlegte Maria, während sie die Nummer der Polizei in Uppsala wählte.

Erleichtert stellte sie fest, dass Kriminalinspektor Hedlund nicht am Apparat war. Vor Krister war Maria mit Patrik Hedlund verlobt gewesen. Er hatte sie wie einen Bordercollie behandelt. Was zu einem Schrecken ohne Ende hätte führen können, wenn es weitergegangen wäre, hatte ein abruptes und schmerzhaftes Ende gefunden, als sie nach Stockholm zog und die Polizeiausbildung begann. Patrik hatte versucht, mit Maria in Briefkontakt zu bleiben, aber sie hatte, besorgt um ihre neu gewonnene Freiheit, nicht geantwortet. In den letzten Jahren waren die Gefühle abgekühlt, und schließlich schickte man sich nur noch Weihnachtskarten. In diesem Jahr hatte er noch gar nichts von sich hören lassen.

Maria wurde quer durch die Hierarchie verbunden und landete schließlich bei Kriminalinspektor Fast, der bedauerte, dass der Kollege, der sich damals mit dem Fall des Erhängten bei der Kirche in Gamla Uppsala befasst hatte, vorzeitig in Rente gegangen war, als sich eine Gelegenheit dazu bot. Er pflegte zu Hause seine demenzkranke Frau.

«Komm zwischen den Feiertagen gern her, dann helfen wir dir mit den Kontakten, die du brauchst. Der Mord hat kein großes Aufsehen erregt, kann ich mich erinnern. Alle Zeitungen schrieben damals über Tschernobyl. Kriminalinspektor Bernhard Myhr wird dir mehr sagen, wenn du kommst. Einiges an Material kann ich rüberfaxen. Übrigens, hier ist jemand, der dich sprechen will.» Maria holte tief Luft.

«Hallo!»

«Hallo, und frohe Weihnachten, danke für deine Weihnachtskarte. Hast du das Bild auf der Karte, die ich dir geschickt habe, wiedererkannt? Das ist von dem gleichen Künstler gezeichnet, den wir Weihnachten 1986 kennen gelernt haben. Ich hab sie eingesteckt, als ich drüben in Dänemark war. Erinnerst du dich?» Patriks ein wenig heisere Stimme tönte aus dem Hörer. Maria schüttelte den Kopf, ohne daran zu denken, dass er sie nicht sehen konnte.

«Du bist so still!»

«Ach nichts. Ich wünsche dir natürlich auch fröhliche Weihnachten. Hier sieht es nach hektischen Feiertagen aus. Wenn man zwischendurch ein wenig Glühwein und ein Stück vom Weihnachtsschinken abbekommt, kann man dankbar sein.» Sie hörte selbst, wie förmlich das klang, und zog ein Gesicht.

Maria bereitete sich auf den Heinweg vor. Es war der Tag vor Heiligabend. Ein Abend, an dem man vor dem Kachelofen sitzen, Geschenke einpacken, Glühwein trinken und von dem gerade fertig gewordenen Schinken essen sollte, an dem das Haus nach Schmierseife und frisch gewaschenen Gardinen duftete. Eigenartig, wie abgebrüht man werden konnte. Weihnachten lässt sich auch richtig schön feiern, wenn man nicht alle Schränke und Schubfächer aufgeräumt und sauber gemacht hat. Man kann sogar Weihnachtsschinken essen, ohne dass die Fenster geputzt sind, stellte Maria fest. Berit pflegte zu sagen, dass man in dieser dunklen Jahreszeit eigentlich überhaupt nicht sauber machen musste. Wenn man es so einrichtet, dass man Besuch nur nach Einbruch der Dunkelheit einlädt, was nicht schwer fällt, wenn die Dämmerung schon gegen 15.00 Uhr einsetzt, und dann eine Atmosphäre sparsamer Beleuchtung mit Wachskerzen schafft, kann man Staub unsichtbar machen.

Arvidsson steckte den Kopf aus seiner Tür und wedelte auf eine Art und Weise mit seinem Schopf, die Sturm bis zur Weißglut reizen konnte. Zu Ragnarssons Zeiten, die sich dem Ende zuneigten, hatten Polizisten die Haare kurz geschnitten zu tragen. Kein Härchen durfte über den Kragen hängen.

«Ich habe gerade einen Hinweis bekommen. Der Nachbar, der zwischen Elin mit der Katze und dem ICA-Laden wohnt, wollte mir erzählen, dass Edvin Rudbäck nachts zweifelhafte Geschäfte macht und dass wir uns seinen Schuppen mal ansehen sollten. In der Nacht zum 22. Dezember fuhren mindestens vier Autos mit Anhänger am ICA-Laden vorbei runter zu Edvins Gehöft, schätzungsweise zwischen zwei und drei Uhr. Edvin selbst fährt ständig mit seinem Anhänger in die Stadt. Was er darauf geladen hat, kann niemand sehen, denn er hat immer eine Plane über der Ladung.»

Sie wünschten sich frohe Weihnachten. Arvidsson blieb abwartend in der Tür stehen, als wolle er noch etwas sagen. Dann drehte er sich hastig um und ging zurück in sein Zimmer.

Maria lief über die Straße und blieb vor dem Schaufenster des Blumenladens stehen. Die kleine Frau mit dem weißen Spitz war nicht zu sehen. Maria ging hinein und kaufte ein Blume als Weihnachtsgeschenk für Berit, die über die Feiertage zu ihrer Schwester nach Brasilien hatte fliegen wollen. Aus irgendeinem Grund war das Ganze dann abgesagt worden. Die Schwester war scheinbar Schauspielerin, in ihrem Heimatland richtig berühmt. Vielleicht war es eine zusätzliche Vorstellung oder so etwas. Maria konnte sich nicht mehr genau erinnern. Eventuell konnte sie Berit einladen, heute Abend auf einen Happen herüberzukommen, wenn Professor Höglund nun sowieso zum Essen kam.

Die Weihnachtsbeleuchtung der Hauptstraße schaukelte im Wind. Maria beschleunigte ihre Schritte. Die Kälte biss in die Wangen, die Luft war nasskalt. Ihre Stiefel waren etwas zu eng, die Füße taten weh. Sobald der Winterschlussverkauf begann, würde sie sich neue kaufen. Die Geschäfte waren geschlossen, aber die Schaufenster einladend hell erleuchtet. Kaum ein Mensch war mehr auf der Straße. Ein stadtbekannter Alkoholiker hielt sich am Papierkorb des Zeitungskiosks fest. Eine Gruppe rotnasiger Jugendlicher stand rauchend im Kreis vor dem Kino. Die Werbeplakate der Zeitungen schrien ihre düstere Nachricht von dem aufgehängten Mann im Kronwald hinaus. Stapelweise lächelte Dick Wallström auf seiner Fotografie in den Zeitungsständern. Ganz unten in der Ecke war noch Ragnarssons süßsaure Visage zu sehen.

Der Wind war eisig kalt. Maria bog von der Hauptstraße in eine

Gasse ein, die hinter dem Restaurant Goldene Taube entlangführte. Die Straße war leer. In den Bürogebäuden zu beiden Seiten brannte über die Festtage kein Licht mehr. Ihre Absätze klapperten auf den nassen Steinplatten, das Geräusch hallte zwischen den kahlen Hauswänden. Maria hörte schlurfende Schritte hinter sich und drehte sich um. Aber es war niemand da. Die Hauseingänge lagen etwas zurückgebaut im tiefen Schatten. Ihr Herz schlug immer schneller, die Stiefel drückten. Maria fühlte sich beobachtet, ihr war unwohl. Die dunklen Fenster starrten sie mit ihren toten Augen an. Wieder war das schlurfende Geräusch da. Der Wind schob eine leere Plastiktüte durch die Gasse vor sich her. Maria legte einen Schritt zu. Ein dünnes eisiges Lachen folgte ihr auf dem Weg, klang in ihren Ohren und erstarb erst, als sie in die Smedjegränd einbog. Die Stiefel drückten gefährlich. Maria blieb stehen und versuchte die Schürsenkel etwas zu lockern. Ein keuchendes Geräusch im Nacken ließ ihr das Blut in den Adern gefrieren. Maria drehte sich hastig um und blickte in ein schwarzes Augenpaar, die scharfen Zähne blitzten im Schein der Straßenlaterne, die Spucke glitzerte auf der langen Zunge.

«Hallo, Maria! Frohe Weihnachten!» Berit stand direkt neben dem Hund und wickelte die lange Leine auf. Der Hund wollte sich nicht setzen, dachte nicht daran zu gehorchen, sträubte das Fell und knurrte Maria an.

«Ich wollte dich nicht erschrecken. Das ist Ediths Hund, Edith von gegenüber, weißt du. Sie hat sich wieder voll laufen lassen und igelt sich über die Feiertage in ihrer Wohnung ein. Ich hab den Hund die ganze Nacht lang an der Wohnungstür kratzen gehört, da habe ich heute Morgen angerufen und sie gefragt, ob ich ihn ausführen darf. Er hat mich in die Hand gebissen, als ich Edith schüttelte, um ihr ins Gewissen zu reden. Die Töle war gezwungen gewesen, in die Wohnung zu pinkeln.» Berit zeigte einen weißen Verband an ihrer rechten Hand. «Edith müsste man verbieten, ein Tier zu halten.»

«Bist du gegen Tetanus geimpft?»

«Letzten Sommer, hat verdammt wehgetan!» Maria lächelte.

«Du bist süß, Berit. Hast du Lust, heute Abend ein Weilchen zu uns zu kommen, wenn du das Untier abgeliefert hast?»

«Gern! Ich überlege, ob man von einem Hundebiss Aids kriegen kann. Was glaubst du?» Maria schüttelte den Kopf. Sie hatte nicht die geringste Ahnung.

«Papa hat eine Überraschung, eine riesengroße!» Emil zeigte mit den Armen.

«Das habe ich befürchtet.» Maria blickte ihren Mann streng an. Linda kam wie ein Wirbelwind angelaufen und warf sich in die Arme der Mutter.

«Der ist richtig fürchterlich! Der hat böse Augen und Krallen!», schrie Emil. Maria wurde an der Hand ins Wohnzimmer geführt und stand einem gigantischen ausgestopften Vogel gegenüber, der eine Maus im Schnabel trug.

«Das ist ein Mäusebussard», erklärte Krister stolz. «Mit ausgestreckten Flügeln könnte der bis zu 135 cm messen. Wie lebensecht die den ausgestopft haben mit der kleinen Wühlmaus im Schnabel. Wenn wir ihn aufs Bücherregal stellen, sieht man kaum, dass die Schwanzfedern abgewetzt sind.» Krister stellte sich auf die Zehen und balancierte unsicher mit dem enormen Vogel.

Es gibt Augenblicke, da sind Flüche matt und kraftlos, da reichen Worte nicht mehr.

«Was hat DER DA gekostet?»

«Ich habe ihn gegen den Volvo eingetauscht», antwortete Krister leichthin. «Der ist ja eigentlich ein Auto für den Sommer. Ich dachte, dann sparst du dir das Eiskratzen, das Fahren auf glatten Straßen und so. Der Volvo war nie das richtige Auto für uns. Ich habe ein gutes Angebot bekommen ...»

«Du hast ihn gegen was eingetauscht? Das ist doch mein Volvo! Ich brauche ihn, um die Kinder in die Tagesstätte zu bringen!» In diesem Augenblick klingelte es an der Tür, und Professor Höglunds senfgelber Mantel war in der Diele zu sehen.

«Gibt es hier artige Kinder?» Artig war ein Wort, das sie als unendlich weit weg empfanden, ebenso wie den Weihnachtsfrieden. Hinter Morgan stand Berit mit zwei großen Pfefferkuchenherzen. Mit Zuckerguss hatte sie *Emil* und *Linda* darauf geschrieben. Außerdem hatte sie einen Korb mit einer riesigen Rosette aus rotem Zellophan mitgebracht. Der Korb enthielt viele leckere Dinge, Schokolade, verschiedene Käsesorten, Wein und Kekse. Maria schämte sich wegen der kleinen armseligen Blume, die sie für Berit gekauft hatte. Wenn sie das gewusst hätte! Das war einfach peinlich! Emil kam in die Diele hinausgehetzt. Beinahe hatte er seine Strümpfe verloren, sie hingen wie zwei schlaffe Windhosen an seinen Zehen. Berit tollte mit ihm herum und knotete sie zusammen, sodass er nur mit ganz ganz kleinen Hopsern vorwärts kommen konnte. Emil lachte lauthals.

Sie ließen sich vor dem Kachelofen nieder, und Krister servierte fröhlich und ausgelassen Janssons Versuchung, einen Fischauflauf. Berit beobachtete ihre Freundin aufmerksam und folgte ihr in die Küche, als sie den Glühwein aufwärmte. Es war schön, sich jemandem anvertrauen zu können und Unterstützung zu finden, das ließ den Druck, der hinter der Stirn kaum auszuhalten war, ein wenig sinken. Berit war voller Verständnis und ging ins Wohnzimmer, um sich das Viech auf dem Bücherregal selbst anzusehen.

«Ausgestopfte Vögel können Ungeziefer haben. Ein Nachbar von mir musste sein ganzes Haus ausräumen, um es ausräuchern zu lassen, nachdem er auf dem Flohmarkt einen ausgestopften Vogel gekauft hatte», erzählte Berit.

«Stimmt das? Was sollen wir tun?» Maria drehte sich hin und her, spürte schon, wie mentale Läuse auf ihr herumkrabbelten.

«Wir könnten ja mal nachsehen», schlug Berit ganz ruhig vor. Maria stellte sich auf die Zehen, reichte aber nicht mal bis an das oberste Regalbrett.

«Warte mal, lass mich ihn runterholen.» Sehr sorgfältig inspizierte Berit das Federkleid. Hinten war er ziemlich gerupft, genau wie Krister gesagt hatte, aber irgendwelches Ungeziefer konnte Berit mit bloßen Augen nicht entdecken.

Der Glühwein dampfte auf dem Herd. Maria drehte sich zum Fenster und sah hinaus in die Nacht. Patriks Stimme klang ihr in den Ohren. Es war so lange her, dass sie miteinander gesprochen hatten. Patrik hatte erwähnt, dass er eine Weihnachtskarte geschickt hatte. Maria blätterte die Post durch, und ihr schwante Böses. Hastig blickte sie zur Tür und begann systematisch den Müll zu durchsuchen, Kartoffelschalen und Haushaltspapier, Windeln und Kaffeesatz. Da lag sie! Ein rot gekleideter Weihnachtsmann, triefend von Fischsoße. «Erinnerst du dich an Weihnachten 1986? Dein für immer, Patrik», stand darauf. Krister hätte so eine Karte niemals in den Müll geworfen. Er war der Ansicht, dass er den Sieg davongetragen hatte, und fühlte sich nicht bedroht, eher amüsiert. Aber die Schwiegermutter! Wenn Weihnachten erst vorbei war, musste sie eine Aussprache mit Schwiegermutter haben, ob Krister nun wollte oder nicht. Das war klar! Das Ganze wurde langsam unerträglich!

«Die Hafergarben, die wir Weihnachten aufhängen, haben auch ihre Geschichte. Früher dachte man, die Toten kämen und würden in der Weihnachtsnacht ihre Angehörigen auf den Höfen besuchen. Sie kamen im Vogelkostüm und mussten etwas zu essen haben. Manche Leute überließen ihnen in dieser Nacht ihre Betten und schliefen auf dem Fußboden, damit die Toten es bequem hätten. Der Weihnachtsgottesdienst der Toten fand demnach auch in dieser Nacht statt, in der Nacht vor Heiligabend. Es gibt viele verschiedene Überlieferungen über Menschen, die sich im Tag geirrt hatten und zum Weihnachtsgottesdienst der Toten in die Kirche kamen», flüsterte der Professor mit hochdramatischer Stimme. Die Augen der Kinder waren rund wie Geldstücke. «Man ließ in dieser Nacht die Kerzen brennen und das Essen auf dem Tisch stehen.»

«Das war nicht für die Toten, sondern für die Wichtelmännchen», widersprach Emil mit Nachdruck und sah Morgan herausfordernd an. Maria nickte dem Professor zu und verlangte Zustimmung.

«Ja, genau, das waren ja die Wichtelmännchen. Schon im achten Jahrhundert wurde man mit einer Buße bestraft, wenn man zu Weihnachten nicht genug Bier gebraut hatte. Dieses Gesetz hat der norwegische König Håkan der Gute erlassen», fuhr Morgan fort und schielte durstig zu Krister hinüber.

«Hier halten wir uns an die Gesetze, ich habe natürlich kaltes Bier im Kühlschrank, wenn jemand Lust darauf hat.»

Während Maria die aufgeregten Kinder ins Bett brachte und ihnen versprach, dass keine toten Vögel angeflogen kommen würden, erzählte der Professor weiter unheimliche Geschichten, Berit und Krister ermunterten ihn noch dazu. Als Maria wieder ins Zimmer kam, sprach er von Odin, dem Gott der Gehängten und Herrscher des Galgens. Maria versuchte zuzuhören, ohne sich ihr Interesse allzu sehr anmerken zu lassen.

»Odin musste eines seiner Augen in Mimirs Brunnen opfern, um in die Zukunft sehen zu können. Wie ein Vogel konnte er seine Seele aussenden, um Unglück oder Glück zu bringen oder die Zukunft vorauszusagen. Jeden Tag flogen seine Raben Hugin und Munin, der Gedanke und das Gedächtnis, in die Welt hinaus und sammelten Wissen für ihren Herrn. An den Wurzeln der Weltesche Yggdrasil gab es einen Brunnen, zu dem Odin ging, um sich Rat zu holen. Dort war das abgeschlagene Haupt Mimirs, das Odin im Brunnen aufbewahrte, um Anleitung in magischen Fragen zu bekommen.»

«Ein abgeschlagener Kopf, wie makaber», fand Berit und wischte den Schaum von ihrem Bier. Morgan nickte zufrieden.

«Bei Ragnarök findet Odin seinen Untergang durch Lokis

Nachkommen, den Fenriswolf, der die Sonne verschlingt und Odin im Streit tötet. Durch seine Vereinigung mit der Riesenfrau Angerboda verlagerte Loki alles Böse in die Welt der Asen.»

«Warum erlaubte man ihm denn, sich in Asgard aufzuhalten?», wollte Berit wissen. Der Professor lächelte zufrieden, hier hatte er eine aufmerksame Zuhörerin.

«Odin und Loki hatten ihr Blut vermischt und Blutsbrüderschaft geschlossen. Das gab Loki das Recht, von all dem Guten zu nehmen, das es in Asgard gab. Die Tochter Hel, die das Totenreich bewachte, war zu Hälfte blau verwest und zur Hälfte fleischfarben rot. Zu ihr kamen diejenigen, die an Krankheiten oder als alte Menschen gestorben waren. Die mutigen Krieger, die im Kampf gefallen waren, kamen nach Walhall oder nach Folkwang in Freyjas Palast. Es war eigentlich keine Strafe, ins Reich der Toten, nach Nifelhel, zu kommen. Schuld und Strafe kamen erst mit dem Christentum auf. In Hels Reich zu kommen war nur eine Fortsetzung des armseligen Lebens in Hunger und Elend in Midgard. Éljúdnir, ‹die Regennasse›, heißt ihr Saal, ‹Hunger› ihre Schüssel, ‹Esslust› ihr Messer, ‹Fußlahm› ihr Sklave und ‹Träge› ihre Sklavin. Wenn Menschen in Midgard gestorben waren, lehrte Hel sie, rückwärts zu leben, sodass sie jünger und jünger wurden und wiedergeboren werden konnten. In einem anderen Mythos, der Hadding-Saga, wird von einer Frau erzählt, die unter die Erde geführt wird. Sie bleibt vor einer unüberwindbaren Mauer stehen, dort dreht sie einem Hahn den Hals um. Den Kopf des Hahns wirft sie über die Mauer. Auf der anderen Seite beginnt der Hahn zu krähen, da begreift sie, dass die Mauer sie vom Totenreich trennt.» Der Professor stocherte mit der Feuergabel in der Glut. Die Flammen spiegelten sich in seinen runden Brillengläsern.

Als die Gäste gegangen waren, blieb Maria allein auf dem Wohnzimmersofa sitzen. Sie hatte sich geweigert, zu ihrem bierseligen Ehemann ins Bett zu gehen, da der zu einem ernsthaften Gespräch nicht mehr in der Lage war. Da konnte er noch so zärtlich sein. Der Mäusebussard starrte Maria von seinem erhabenen Platz auf dem Bücherregal triumphierend an. Die kleine Wühlmaus drehte und wand sich in dem festen Griff. Der gebogene Schnabel des Vogels mit seinem fleischigen Klumpen an der Wurzel war bereit, sein Opfer zu zerreißen. Die Augen blinzelten bösartig. Die Maus war nicht das einzige Opfer. An den Wänden des Zimmers hingen mehrere Tiere, Hunde, Katzen und sogar ein Pferd mit weißem Schaum vor der Schnauze und weit aufgerissenen blutunterlaufenen Augen. Die Tierkörper waren von Speeren durchbohrt. Das Blut floss bis zu Marias Füßen und vermischte sich mit dem Blut ihrer gemarterten Fersen, die von den Stiefeln aufgescheuert waren. Dick Wallströms blaubleiches Gesicht schaukelte vorbei. Seine bloßen Füße berührten Marias Haare und Schultern. Der Puls hämmerte hart in Marias empfindlichen Schläfen.

«Komm jetzt», flüsterte er. Maria stemmte sich mit den Füßen dagegen, hielt sich mit den Armen am Sofa fest, aber die Kissen gaben nach. Sie rutschte nach unten, hinunter nach Nifelhel, dem Reich der Urkälte. Der Hahn krähte auf der anderen Seite

«Komm jetzt», die Stimme wurde deutlicher. Dick hielt sie an den Schultern fest, schüttelte sie. Seine Augen waren leer. Da waren schwarze Löcher.

«Maria, kannst du nicht kommen und dich hinlegen. Es ist kalt und einsam. Ich entschuldige mich, wenn du willst, aber komm jetzt mit ins Bett.» Dicks Gesicht verschwand, und stattdessen war das von Krister da. Maria schrie. Es war Heiligabend.

DER 24. DEZEMBER

9 «In einer richtigen Presssülze hat man Speck und Schwarten. Das Fett ist nötig, damit die Sülze zusammengehalten und saftig wird. Das Eisbein kann man auch durch einen halben Schweins-

kopf ersetzen, der etwa drei Kilo wiegt.» Maria blickte verstohlen zu ihrer Schwiegermutter, die lebhaft und voller Stolz mit dem Professor über Presssülze sprach, dem Höhepunkt der Weihnachtstafel. Die Sülze kam gleich nach der Leberpastete mit Speckrand und natürlich dem panierten Schinken. Kristers Tante lehnte sich über den Tisch zu Maria.

«Hat die Polizei den Mörder aus dem Kronwald schon gefasst?»

«Nein», antwortete Maria höflich und biss die Zähne mit einem leise knurrenden Ton zusammen. Seit sie an diesem Tag über die Schwelle ihrer Schwiegermutter getreten war, hatte sie nichts anderes getan, als diese Frage zu beantworten beziehungsweise die Anschlussfrage: «Warum tut die Polizei nichts?» Kristers Brüder wollten Einzelheiten wissen, pikante Einzelheiten, die sie bei kommenden Festen in ihrem Bekanntenkreis ausstreuen konnten. Das Wort Schweigepflicht war ihrer Ansicht nach mit Arroganz gleichzusetzen. Maria blinzelte Morgan in stillem Einverständnis zu. Dank seiner Hilfe ersparte sie sich das Zuhören und Kommentieren jeder Einzelheit bei der Herstellung der Presssülze. Krister war in ein Gespräch mit seinem Bruder vertieft, bei dem es um die Vorteile einer Klimaanlage im Auto ging. Er schien sich überhaupt keine Gedanken darüber zu machen, wie sie das Geld für ein solches Auto aufbringen sollten. Krister saß praktisch schon in dem Auto und spürte die behagliche Temperatur an seiner glühenden Wange.

Die Frauen deckten den Tisch ab. Die Männer zogen sich zurück und tranken Punsch vor dem offenen Kamin. So war es seit Urzeiten gewesen. Das Feuer knackte, der Tannenbaum und das Kiefernreisig um den Kamin herum dufteten, Eiswürfel klirrten in den Kristallgläsern. Die Schwiegermutter hatte keine Spülmaschine. Gemeinsam deckte man ab, spülte und trocknete das Geschirr ab. Die Küche war das Reich der Frauen. Schwiegermutter dirigierte die ganze Arbeit von der Spüle aus. Dies war die Stunde, in der die Frauen für sich waren, eine Zeit der Abgeschiedenheit, Zeit für Klatsch und vertrauliche Gespräche. In diesem Jahr waren Geburten und Sterbefälle Nebensache, denn es gab ja den Mord im Kronwald.

«Es wird geredet, dass er, also Dick Wallström, vermögend gewesen sei. Er hat angeblich eine Tante in Deutschland beerbt. Das sagt mein Nachbar, der auch in der Schlachterei arbeitet. Erst kürzlich soll er jede Menge Geld gekriegt haben.» Marias Schwägerin sprach stoßweise, während sie festgebranntes Omelett aus einer feuerfesten Pfanne kratzte. «Er hatte auch eine Menge Weibergeschichten», fügte sie eifrig hinzu und sah Maria auffordernd an.

«Was sagen die in der Schlachterei denn?» Mit einer Gegenfrage zu antworten war viele Male die einzige Rettung. Eigenartigerweise funktionierte das auch meistens richtig gut.

«Manchmal wohnt er bei dieser Friseurin, wie heißt sie doch gleich? Die den Salon Seidenschwanz hat.»

«Stina heißt sie, meine ich, Stina Ohlsson.»

«Ja, Stina, weißt du, sie hat den Salon gegenüber von Bredströms Juweliergeschäft.» Alle stimmten zu.

«Wird sie alles erben, was meint ihr?» Die Schwiegermutter sah eine Schwiegertochter nach der anderen auffordernd an, ohne dabei die Bürste oder den Topf loszulassen.

Man könnte meinen, dass der Tanz um den Weihnachtsbaum in gewisser Weise einem Regentanz ähnelt. Hier oben im Norden spielte sich das nach festen Regeln ab. Wie auf Bestellung begann der Schnee wie große weiße Federn zu fallen. Vielleicht sind die Wolken da oben nichts anderes als die eigene Hühnerfarm der Engel, weit entfernt von allem, was Mäusebussard heißt, ging es Maria durch den Kopf, als sie die Schneeflocken auf ihrem Flug zum Erdboden beobachtete.

Nun wurde es Zeit für Donald Duck und seine Freunde im

Fernsehen. Die Kinder, die nicht verstehen konnten, was denn an den alten Disneyfilmen so aufregend war, ständig wurden alte Disneyfilme wiederholt, spielten unter dem großen Tisch Jurassic Park, während die Erwachsenen andächtig vor der Mattscheibe saßen. Hin und wieder wurde jemand von einer Eidechse gebissen, schrie los und wurde von den Erwachsenen zurechtgewiesen, schließlich herrschte Weihnachtsfrieden. Warm vom Glühwein und matt schlief Maria auf dem Sofa ein und wachte erst wieder auf, als Emil ihren Arm schüttelte.

«Der Weihnachtsmann ist draußen, Mama! Guck doch bloß!» Krister kam mit der Laterne und zerrupftem Bart hereingestolpert. In gebrochenem Schwedisch gab er sich als der finnische Weihnachtsmann Pavo zu erkennen, dem die Rentiere weggelaufen waren, nachdem er sich verirrt hatte. Die Weihnachtsgeschenke waren ihm auch abhanden gekommen, daher sollten die Kinder ihm helfen, im Garten, wo die Rentiere gestürzt waren, nach dem Sack zu suchen. So war das jedes Jahr.

Als der finnische Weihnachtsmann Pavo hinaus in die Weihnachtsnacht gestapft und Krister statt seiner gekommen war, begann man die Pakete zu öffnen. Maria packte eine schwarze Lackschatulle aus, die in Bredströms Juweliergeschäft gekauft worden war. Auf dem roten Samt lag eine goldene Halskette von Krister. Der Anhänger war ebenso schön wie schwer. Er sah aus wie die Kopie eines mittelalterlichen Fundstückes, vielleicht sogar ein Schmuckstück aus der Eisenzeit. Eine hübsche Arbeit, sicher furchtbar teuer! Wie in den Werbefilmen nahm Krister die Kette heraus und hängte sie seiner Frau mit dramatischer Langsamkeit um den schlanken Hals. Dann küsste er sie auf den Nacken. Solche Gesten führen manchmal mehr zu Eifersucht als das Geschenk selbst. Die Schwägerinnen starrten ihre Männer verärgert an. Der eine oder andere Knuff wurde verpasst. Die Schwiegermutter starrte enttäuscht auf ihren Eierkocher. In einem solchen Moment spürte Maria, wie sehr sie ihren Mann liebte. Seine Spontaneität, die sie zeitweise an den Rand der Scheidung trieb, war zweifellos auch seine beste Eigenschaft.

Torte mit Wunderkerzen darauf wurde serviert, und dazu gab es Moosbeerenlikör. Gerade als Maria ihr Glas erheben wollte, rief Artur aus der Küche, dass Polizeiassistent Wern am Telefon verlangt würde. Es wurde still. Alle Gespräche verstummten in gespannter Neugier. Jemand mahnte die Kinder zur Ruhe.

«Maria, es tut mir wirklich Leid, dass ich die Weihnachtsfeier stören muss. Wir haben einen zweiten Mord im Kronwald. Kann ich dich in zehn Minuten abholen?» Hartmans Stimme klang so ruhig wie immer. Maria versuchte ebenfalls gute Miene zum bösen Spiel zu machen, bis sie hinaus in die Diele getreten war. Ein hastiger Kuss auf den Mund von Krister. «Sei vorsichtig!» Maria nickte und eilte durch die Haustür hinaus, als sie die festen Schritte ihrer Schwiegermutter näher kommen hörte.

Maria stieg in Hartmans alten Ford. Die Scheibenwischer quietschten ihren sorgenvollen Gesang. Der Schnee fiel in großen Flocken und schmolz auf dem Asphalt. Hartman duftete nach Rasierwasser. Ein starker und würziger Moschusduft füllte das kleine Auto. Die Hälfte hätte völlig gereicht. Vielleicht ein Weihnachtsgeschenk, für das er sich ausführlich bedankt hatte, mehrere Male.

«Elin Svensson, Rudbäcks Nachbarin, hat angerufen, dass sie einen toten Mann in einem Auto neben dem Waldweg gefunden hat, ein paar hundert Meter von ihrem Häuschen entfernt. Sie wollte Kiefernreisig holen und stieß direkt auf das Auto. Die Polizei ist schon da. Der Mann ist noch nicht identifiziert. Wir warten auf Erika Lund. Den Staatsanwalt habe ich schon benachrichtigt.» Maria fühlte sich gereizt, missmutig und falsch angezogen in ihrem ausgeschnittenen roten Festtagskleid.

Der Tote lag mit der Wange gegen die Armstütze des Beifahrersitzes gelehnt. Der Körper war in sich zusammengesunken, die Augen geschlossen. Die ungewöhnliche Körperhaltung, das bläulich bleiche Gesicht sprachen eine deutliche Sprache. Obwohl der Geruch kaum zu spüren war, denn der Körper war ausgekühlt, wurde Maria übel. Gewöhnt man sich jemals daran? Maria warf Hartman einen verstohlenen Blick zu. Sie erinnerte sich daran, wie der Kollege bei einer passenden Gelegenheit erzählt hatte, dass man sich bedeutend besser gegen die Übelkeit schützt, wenn man sich Parfüm oder etwas anderes stark Riechendes direkt unter die Nase streicht. Das erklärte auch Hartmans übertriebenen Wohlgeruch. Die Frage ist allerdings, welche Düfte man dann später bei festlichen Gelegenheiten noch ertragen konnte.

Der Verstorbene musste ein gut aussehender Mann gewesen sein, überlegte Maria und fühlte sich kraftlos und traurig. Die dunklen Locken hingen ihm über den Kragen der Lederjacke. Die Gesichtszüge waren regelmäßig und kraftvoll, der Tod so erniedrigend. Ein junger, kräftiger Körper zersetzte sich langsam wie ein behandelter Apfel. Eine dünne frische Schale auf der Außenseite, aber innen war alles Leben längst erloschen.

Erika Lund traf gleich nach Hartman und Wern am Mordplatz ein.

«Eigentümer des Autos ist Kent Asp. Wir haben bei der Zulassungsstelle nachgefragt. Das erklärt, warum wir ihn gestern nicht erreichen konnten.» Erika zeigte den Führerschein des Mannes. Mit einem selbstsicheren Lachen blickte er Maria auf dem Foto entgegen, so lebendig und so anders als das Bündel im Auto.

«Wir müssen uns mit Anneli Berggren in Verbindung setzen. Sie müsste wissen, ob und wo er Angehörige hat», sagte Hartman gedämpft. Er nahm das Handy und rief den Staatsanwalt nochmals an. Stefan Berg meldete sich mit leicht resignierter Stimme.

«Das Opfer ist barfuß, alle Nägel sind abgeschnitten, die Kehle durchgeschnitten.» Erika Lund fasste zusammen, ohne ihre Arbeit zu unterbrechen. Auch sie sah aus, als ob sie direkt von der Festtafel käme, die langen silbernen Ohrringe glänzten im sparsamen

Licht, das aus der offenen Autotür fiel. Sie sah aus wie die Königin der Nacht persönlich.

Dankbar stieg Maria in den Ford. Ihre Hände waren steif vor Kälte, die Zehen taten ihr weh. Erleichtert verließen sie den Tatort. Hartmans kräftige Fäuste lagen auf dem Lenkrad. Leicht vornübergebeugt starrte er in den Schneefall, als er den dunklen Waldweg entlangfuhr.

«Ich hab nach Ragnarsson gefragt, er wollte innerhalb der nächsten Stunde auf die Wache kommen. Meinst du, du kannst mich dort absetzen und allein mit Anneli Berggren sprechen?»

10

Der Lärm vom Fernseher ließ die Fenster des gelben Reihenhauses erzittern. Maria klingelte mehrere Male, ehe die Tür schließlich von Gunilla Berggren geöffnet wurde. Hastig hob sie die Hand an die Wange. Trotzdem konnte Maria eine brennende Rötung unter dem linken Auge sehen.

«Ich bin von der Polizei, darf ich hineinkommen?» Gunilla Berggren riss die Augen auf. Ihr Gesicht verlor alle Farbe. Sie machte keine Anstalten, von der Tür wegzugehen, die Hand schien am Türgriff festgefroren zu sein, das Lächeln zu einer Grimasse versteinert. Maria bekam keinen Blickkontakt. Sie blieben reglos in der Türöffnung stehen. Eine Tür wurde zugeschlagen. Schritte waren auf der Treppe zu hören. Anneli Berggren schob ihre Mutter zur Seite und machte Platz für Maria. Ihre Augen in dem schmalen Gesicht waren noch größer und dunkler, als Maria sie in Erinnerung hatte. Gespannt beobachtete sie Marias Lippen, in Erwartung dessen, was nun kommen würde. Sie setzten sich an den Küchentisch.

Auf dem Wohnzimmersofa flegelte sich reichlich betrunken Herr Berggren und schaufelte Schweinerippchen in sich hinein, dabei kommentierte er die ganze Zeit über lauthals das Fernsehprogramm. Gunilla Berggren ging hinaus auf die Toilette und zeigte sich nicht mehr, solange Maria da war. Aus den kläglichen Geräuschen, die durch die Tür zu hören waren, konnte man entnehmen, dass sie sich übergeben musste.

«Es geht um Kent Asp.» Anneli schnappte nach Luft und machte einen unsicheren Schritt rückwärts, als hätte sie einen Stoß in die Magengrube bekommen. Ihre Augen wurden zu schmalen Schlitzen. «Er ist heute Abend im Kronwald in seinem Auto ermordet aufgefunden worden. Wissen Sie, wer seine Angehörigen sind, mit denen wir uns in Verbindung setzen könnten?» Mechanisch beschrieb Anneli die nächsten Verwandten, schlug Telefonnummern nach, erklärte, wo und wie sie Weihnachten feierten. Ihr Körper bewegte sich steif. Die Worte kamen leise und höflich. Dann sank sie am Tisch zusammen. Die Tränen liefen ihr über die Wangen, ein leises beherrschtes Weinen. Maria strich ihr mit der Hand über das lange braune Haar. Herrn Berggrens Kommentare auf dem Sofa erschienen ihr jetzt noch gröber und störender.

«Kent ist mit Dick ins Park mitgegangen», schniefte Anneli, «ich ging eine Runde um den Block, dann bin ich auch ins Park gegangen, um mir anzusehen, was für hohe Absätze Dicks ‹Kumpane› hatten. Kent war da. Er stand hinter einem Baum am Eingang versteckt. Als Dick und die blonde Frau herauskamen, ging er hinter ihnen her am Fluss entlang, nach hinten zum Parkplatz. Die sind in einem roten Auto weggefahren. Nach wenigen Minuten fuhr noch ein Auto vom Parkplatz, ich konnte es nur hören. Ich sah nichts, aber ich glaube, das könnte Kent gewesen sein, der ihnen mit seinem Wagen nachfuhr. Ich bin nicht hinterher, ich habe ihn nicht aufgehalten, sonst hätte es sicher Krach gegeben. Ich schäme mich so, wenn es Streit gibt und die Leute gucken. Kent konnte sehr leicht böse werden. Ihm war es egal, wenn er sich lächerlich machte, Hauptsache, er konnte sich für eine Beleidigung rächen. Ich kann das nicht.»

«Als wir uns das letzte Mal gesehen haben, haben Sie nichts davon gesagt, dass Sie im Park gewesen sind. Warum nicht?»

«Kent hatte eine Bewährungsstrafe. Ich wollte nicht, dass er in was anderes reingezogen wurde. Sie hätten sonst so lange gefragt, bis ich es doch gesagt hätte, das weiß ich.»

«Haben Sie die Frau, die mit Dick aus dem Park kam, gekannt?»

«Die hatte ich noch nie vorher gesehen. Sie war beinahe so groß wie er, blond und mit riesigen Brüsten. Sie hatte eine schwarze Lederjacke an, einen kurzen schwarzen Rock und lange Lederstiefel, die ungewöhnlich groß und ziemlich klobig waren. Im Eingang vom Park hatte es Krach gegeben, bevor sie losgingen. Ein älterer Mann hatte Dick angeschrien. Ich weiß nicht, worum es da ging.»

Bevor Maria das Haus verließ, bat sie darum, die Gästetoilette benutzen zu dürfen. Als sie den Flur entlangging, stellte sie fest, dass die Eheleute Berggren getrennte Schlafzimmer mit Einzelbetten in ihren jeweiligen Zimmern hatten. Frau Berggrens Zimmer lag gleich an der Treppe, das ihres Mannes am Ende des Flures in der Nähe der Küche.

Gegen 20.00 Uhr versammelten sie sich im Besprechungsraum. Ragnarsson-Sturm war nicht ganz nüchtern. Maria stellte fest, dass er sich immer weiter zu ihr herüberlehnte und dabei dummdreist in ihren Ausschnitt schielte. Arvidsson merkte das auch, seine grünen Augen sprühten Gift und Galle. Die Hände hatte er so um die Armlehne seines Stuhls verkrampft, dass die Knöchel weiß waren. Wie zufällig landete Ragnarssons Hand auf Marias Schenkel. Sein Atem ging schwer, und seine Fahne war deutlich zu spüren. Wie zufällig leerte sie ihren Kaffeebecher zielsicher auf sein Knie. Ek konnte sein Lachen kaum unterdrücken, Arvidsson wurde knallrot im Gesicht. Hartman blickte verwundert von seinem Protokoll auf, als Sturm hastig den Raum verließ.

«Das hat ihn noch heißer gemacht», bemerkte Erika.

«Da geht meine Beförderung hin», gab Maria zurück.

«Er bleibt nicht mehr lange. Hartman weiß, was du leistest», beruhigte Erika sie.

Hartman blickte von einer zur anderen.

«Hab ich was verpasst?» Ek zuckte mit den Schultern und breitete die Arme in einer südeuropäischen Geste aus. Erika lächelte ihr breitestes Lächeln, räusperte sich dann und setzte eine ernste Miene auf.

«Kent Asp wurde in die Brust gestochen, direkt unter die Rippen und dann zum Herzen hin. Die Kehle war durchgeschnitten. Der oder die Mörder wollten so auf jeden Fall sichergehen, dass er tot ist. Der Stich ist nicht auf gut Glück geführt, sondern genau gezielt worden. Ausschmückungen oder aufgehängte Tiere gibt es diesmal nicht. Wir haben einen Lederknopf unter dem Auto des Opfers gefunden. Es ist ein ungewöhnlicher Knopf. Er hat ein Muster eingebrannt, eine französische Lilie. Möglicherweise gehört er zu der Lederjacke der blonden Frau.»

«Jemand muss sich die Mühe machen und sich in der Konfektionsbranche umhören. Wenn wir Glück haben, handelt es sich bei der Jacke um eine nicht alltägliche Marke. Vielleicht gibt es die nur in einer kleinen Zahl von Läden», schob Hartman ein.

«Auch diesmal sind Haare am Fundort verstreut, Haare in verschiedenen Farben und Längen. Der Mord trägt, wie gesagt, nicht denselben rituellen Stempel wie der an Dick Wallström, aber es gibt ganz klar Ähnlichkeiten.»

«Kent Asp hatte eine Wurstbude beim Sportlerhaus. Zustand ohne Beanstandungen. Bewährungsstrafe 1991 wegen Körperverletzung, sieht aus wie ein Eifersuchtsdrama. Nächster Angehöriger ein Bruder. Wir haben ihn benachrichtigt. Er ist auf dem Weg von Malmö hierher», berichtete Ek und gab mit einer Geste das Wort an Arvidsson weiter.

«Bei einer Befragung der Nachbarn von Dick Wallström ist

herausgekommen, dass zwei ältere Damen, die zusammenwohnen, am Abend des Mordes einen dunklen Mann bemerkt haben, der zeitweise unten an der Tür und dann versteckt hinter einem Baum stand und an der Hausfassade zu Dick Wallströms Wohnzimmer hinaufblickte. Sie haben ihn den ganzen Abend über beobachtet, denn im Fernsehen gab es nichts Interessantes, sagten sie. Als Dick die Haustür öffnete, befand sich der Dunkle hinter dem Baum. Dann folgte er Dick im Abstand von ungefähr 50 Metern, sagen die Damen.» Hartman bedankte sich bei Arvidsson und wandte sich an Erika.

«Wissen wir, ob bei Kent Asp ebenso wie bei Dick Wallström Blut abgezapft worden ist?»

«Kann ich bis jetzt noch nicht sagen. Wir müssen das Resultat der Obduktion abwarten.»

«Kann Kent Dick Wallström umgebracht haben?» Hartman blickte fragend in die Runde.

«Wenn er Helfer gehabt hat, die blonde Frau?», überlegte Ek.

«Wir wissen noch nicht, wie lange Kent Asp tot in seinem Auto gelegen hat. Bisher haben wir nur die Aussage von Anneli Berggren, dass er Dick und der Blondine nachgegangen ist. Wir müssen uns also bei Kent Asps Nachbarn und den Leuten im Park umhören.» Erika seufzte heftig. «Kent Asp hat nichts an den Füßen, alle Nägel sind bis ins Fleisch hinein abgeschnitten. Man kann sich fragen, was hier abgeht. Was für ein Weihnachten! Hat der Staatsanwalt die Hausdurchsuchung bei Edvin Rudbäck genehmigt?» Hartman nickte und wendete die Seite in seinem Block.

«Wir können keine weiteren Leute mehr kriegen!» Sturm stürzte herein, er trug jetzt eine Uniformhose, die eine Nummer zu groß war. Die Augenbrauen waren über der Nasenwurzel drohend hochgezogen, der Mund beunruhigend zusammengekniffen.

«Edvins Hund hieß Loki. Ich hab darüber nachgedacht. Warum nennt man einen Hund Loki?» Sturm starrte Maria entsetzt an.

«Hühner- und Frauenhirne! Wir befinden uns mitten in einer Morduntersuchung, und du zermarterst dir dein kleines Hirn wegen eines Hundenamens. Wie kann das kleine Hündchen denn wohl heißen?»

«Im Hinblick darauf, welche Verbindung diese Morde zu dem alten Asenglauben haben, ist diese Frage durchaus aktuell.» Hartman legte seine große Faust auf Sturms Schulter. «Durchaus aktuell», murmelte er vor sich hin. «Die haben vielleicht irgend so eine Sekte da oben im Wald, Freunde des Mittwinteropfers. ‹Was einem am Herzen liegt, kommt leicht über die Zunge.› Irgendwo muss Edvin Rudbäck die Idee für den Namen des Hundes herbekommen haben.»

Als Hartman Maria gegen zwei Uhr morgens am ersten Weihnachtstag in der Smedjegränd absetzte, wurden sie von einem Lichterschein geblendet. Krister hatte in Finnland eine Weihnachtsbaumbeleuchtung mit farbigen Lampen gekauft. Er hatte sie auch, nachdem er mehrere Abende lange daran gearbeitet hatte, zum Blinken gebracht. Jetzt hingen die Glühbirnen von der Veranda herab, zu einem in rot, gelb und blau pulsierenden Herzen geformt. Hartman konnte sich trotz der späten Stunde ein fröhliches Lachen nicht verkneifen.

«Du, das ist eine Liebeserklärung!» Maria errötete leicht und eilte ins Haus.

Am Kachelofen saß Krister. Der Tisch war mit Leinenservietten und einer Flasche Weißwein gedeckt, und auf Marias Platz lag ein rotes Paket mit einer großen goldenen Rosette, die im Schein des Kachelofens und der brennenden Kerzen glänzte. Krister stand auf und half seiner Frau aus dem Mantel. Stolz lächelnd servierte er den Hummer und beobachtete erwartungsvoll Marias Gesicht, als sie das Päckchen aufmachte. Sie faltete das Seidenpapier auseinander und hielt ein seidenes Nachthemd hoch. Alle Müdigkeit war vergessen. Ein Gefühl der Spannung wie in den Monaten der ersten Verliebtheit kribbelte unter der Haut. Marias Wangen glühten im Feuerschein. Krister trug seine Geliebte ins Schlafzimmer. Haut brannte auf Haut. Mit streichelnden Handbewegungen fielen die Kleider zu Boden. Der Feuerschein spielte auf der nackten Haut. Ein unverkennbares Geräusch aus dem Kinderzimmer ließ Maria aus dem Bett hochfahren. Als sie die Lampe anknipste, bestätigten sich ihre schlimmsten Befürchtungen. Linda hatte das ganze Bett voll gespuckt. Alle Bestandteile des Festessens waren in halb verdautem Zustand über die kleinen Bären des Bettbezugs verteilt zu sehen.

DER 25. DEZEMBER

11 Die Morgenpatrouille, Emil und Linda, wachte am ersten Weihnachtstag um halb sechs auf. Krister schlief wie ein Toter. Unendlich müde quälte Maria sich aus dem Bett. Die Augen brannten, im Kopf hämmerte es. Emil spielte mit einem knatternden Gewehr, das er von seinem Onkel Sture bekommen hatte. Linda jammerte und hing an ihrem Rockzipfel. Ausgerechnet sie, die sonst morgens der reine Sonnenschein war. «Riesengutenmorgen» pflegte sie zu jubeln und strahlte über ihr ganzes rundes kleines Gesicht, wenn sie in das Bett der Eltern kam und sich das Nachthemd über die kleinen bloßen Füße zog.

Maria kochte Kakao und machte Butterbrote. Linda hatte keinen Hunger. Ihre Stirn war glühend heiß, und die Augen glänzten fiebrig. Kein Wunder, dass sie nur auf dem Schoß sitzen wollte. Krister brummelte schwermütig in seinem Bett, rollte sich zusammen und zog sich das Kissen über den Kopf. Das Schlafzimmer roch nach den Ausdünstungen der Nacht, Schweiß und abgestandenem Punsch.

«Ich gehe jetzt. Du hast Dienst», sagte Maria und fuhr ihrem Mann durch die Haare, nachdem sie das Kissen auf den Fußboden geworfen hatte.

Auf halbem Weg zur Goldenen Taube fiel Maria ein, dass sie ihr Lunchpaket vergessen hatte, und sie ging sofort zurück, in weiser Erinnerung an den Tag, an dem sie nur verschimmelten Apfelkuchen zu sich genommen hatte. Sie öffnete die Haustür und blieb in der Diele stehen. War das denn die Möglichkeit!

«Das ist lieb von dir, Mama, dass du dich heute um die Kinder kümmerst. Ich hab Verschiedenes zu tun, Rechnungen müssen endlich geschrieben werden. Ja, Linda geht es nicht so gut. Ich glaube, sie hat Fieber, das machst du sowieso besser als ich. Klar Mama, natürlich, dann kommst nachher. Sicher, sicher, tschüs.» Krister zuckte mit dem Telefonhörer in der Hand zusammen, als er seine Frau erblickte. Dann strahlte er wie eine Wunderkerze.

«Jetzt hast du mich aber erwischt! Ich habe eine Sache laufen. Du kannst dir nicht vorstellen, was das ist! Aber du wirst dich wundern!»

«Daran zweifle ich keinen Augenblick. Aber im Moment bin ich wirklich enttäuscht von dir. Wie kannst du deine Mutter, die den ganzen Heiligabend über Gäste gehabt hat, bitten, die Kinder zu betreuen. Linda ist dazu noch krank. Du musst auch mal versuchen, dich selbst um deine eigenen Kinder zu kümmern!»

«Heute geht das nicht, Liebes. Ich hab da große Sachen laufen. Außerdem habe ich mich um einen Babysitter bemüht, stimmt's? Mama passt gern auf sie auf.» Zu Diskussionen war keine Zeit. Maria schlug die Haustür mit der ganzen Kraft ihrer Wut zu. Wenn es am Arbeitsplatz nur erst wieder normal zuging, dann würde sie ein ernstes Gespräch mit ihrem Mann führen müssen. Im Augenblick war daran nicht zu denken. Man kann nicht an allen Fronten gleichzeitig kämpfen.

Immer noch sauer, betrat Maria den Aufenthaltsraum, um sich noch eine Tasse Kaffee zu holen. Hartman lächelte breit und freundlich.

«Auf dem Arm eingeschlafen, kann ich mir vorstellen.»

«Linda ist krank. Ich habe die ganze Nacht Erbrochenes aufgewischt. Sie hat auch Fieber.»

«Ich kann mich gut erinnern, wie das damals war. Harte Nächte und harte Tage. Man schlief im Stehen ein. Soll ich dir etwas Kaffee eingießen?» Am Fenstertisch saßen Sturm, Arvidsson und Ek. Widerwillig ließ Maria sich neben dem Chef nieder und starrte auf den Weihnachtsstern, der halb vertrocknet die Blätter hängen ließ. Maria hatte die Blumen in der vorigen Woche gegossen. Jetzt war wirklich mal jemand anders dran. Komisch war nur, dass von den anderen keiner die Topfblumen zu sehen schien. Wer weiß, vielleicht existierten sie nur in ihrer Phantasie, als Sinnbild für mangelhafte Arbeitsaufteilung und klare Regeln. Nein, Hartman sah sie. Er hatte die Blumen tatsächlich einmal begossen, als sein Kaffee kalt geworden war, weil das Telefon geklingelt hatte. Sicher hatte damals der Rest Kaffee der kleinen Pflanze das Leben gerettet.

Ek erzählte mit Finesse und großem Einfühlungsvermögen schmutzige Witze. Alles in der Hoffnung, den Jackpot einzuheimsen, der inzwischen auf 600 Kronen angewachsen war, nachdem Erika Lund ihnen auf die Schliche gekommen war und verlangt hatte, dabei sein zu dürfen. Arvidsson lachte geniert. Ihm fiel es schwer, sich in Damengesellschaft schlüpfrige Witze anzuhören, er genierte sich, obwohl er selbst ja gar nicht der Erzähler war. Hartman lachte so, dass die Kuchenkrümel über den ganzen Tisch flogen, aber Sturm rührte sich nicht. Gab es überhaupt irgendetwas, das diesen Mann dazu bringen konnte, eine Miene zu verziehen? Arvidsson konterte, indem er davon erzählte, wie Ek die Kollegen zu einem Lebereintopf eingeladen hatte. Das war vor Sturms Zeit in Kronköping gewesen.

Ek war so stolz auf sein Werk gewesen: der Lebereintopf des Kalifen, so nannte er ihn. Er hatte eigenhändig die rohe Leber auf einem Reibeisen zu Hackfleisch verarbeitet, sodass ihm das Blut die Ärmel hinunterlief. Das war so viel Arbeit gewesen, dass er die

Herrlichkeit über Nacht hatte stehen lassen, um am nächstfolgenden Sommertag weiterzumachen. Ausgezeichnetes Essen! Hatte er gesagt. Am Tag danach hatten fünf Leute von der Abteilung für Gewaltverbrechen mit schweren Magenproblemen im Bett gelegen, und denjenigen, die sich auf die Wache geschleppt hatten, konnte man kaum nachsagen, dass sie an diesem Tag gute Arbeit geleistet hatten. Da sprach Arvidsson aus eigener Erfahrung, und Hartman stimmte ihm mit allem Nachdruck zu. Sie hatten sogar Polizisten von der Schutzpolizei anfordern müssen. Das Zynische dabei war, dass Ek als Einziger unbeschadet davongekommen war. Darüber gab es viele Theorien.

«Vielleicht verträgt sein Magen Bakterien, die niemals in der Nähe einer anständigen Küche vorkommen», mutmaßte Hartman. Ek sah aus, als hätte er ein Kompliment eingeheimst, aber Sturm rührte sich nicht. Arvidsson war enttäuscht. Er hatte Sturm lange Zeit beobachtet und war zu dem Schluss gekommen, dass Schadenfreude der sicherste Weg zum Jackpot war.

An der Tür zu Marias Arbeitszimmer klopfte es. Bevor sie «Herein!» rufen konnte, wurde die Tür geöffnet, und Stina Ohlsson trat in neuem dramatischem Outfit ein. Das Haar war kurz geschnitten und rot gefärbt. Das weiße Spitzenkleid war mit einem hoffnungslos schlecht sitzenden langen Kleid mit Leopardenfellmuster vertauscht worden, das nichts von der stattlichen Figur verbarg.

«Sie haben nach mir gefragt?», erkundigte sich der Kirschenmund.

«Ja, kommen Sie und setzen Sie sich. Da sind ein paar Dinge, die ich von Ihnen wissen will.»

Stina ließ sich nieder und beugte sich vertraulich vornüber, so als wären sie von Kindesbeinen an Freundinnen.

«Ich verstehe, dass es Ihnen im Augenblick nicht besonders gut geht. Trotzdem habe ich paar Fragen an Sie.» Stina nickte entgegenkommend. «Wissen Sie etwas über die wirtschaftlichen Verhältnisse von Dick Wallström? Hatte er ein Testament?»

«Ich kann Ihnen sagen, Maria», Stina legte ihre Hand auf Marias Arm und sah der Polizeiassistentin tief in die Augen. «Ich kann Ihnen sagen, Dick war so ein richtiger Hypochonder. Wenn er nicht Aids hatte, dann war es Ebola oder Lungenkrebs. Vielleicht war das ein Zeichen von Schuldgefühlen, was weiß ich. Ständig redete er davon, dass er sich todkrank fühle, dass die Zeit knapp sei. Das fing an, als er Kontakt zu einem Medium in einer Wochenzeitung aufnahm. Er weigerte sich, sie zu bezahlen, und sie überschüttete ihn mit Unglück. Als es ihm Leid tat und er es wieder gutmachen wollte, war sie untergetaucht. So machen es alle Unseriösen in der Branche, aber das hat Dick nie verstanden. Sicher hat er darum nichts anbrennen lassen. Er war so einer, der keine Frau in Frieden lassen konnte. Je mehr, desto besser. Konnte er keine junge hübsche erobern, dann lief es auch ebenso gut mit einer alten und hässlichen. Es war die Jagd und das Erobern der Beute, was ihn reizte. Unten im Bestattungsinstitut waren sie es langsam leid. Das weiß ich, weil der Bestatter zu mir zum Haareschneiden kommt. Er hat selbst gesagt: ‹Ständig kommt dieser Dick Wallström zu mir und will seine Wünsche für den Todesfall ändern oder sein Testament umgeschrieben haben›, sagte er. Dick hatte ja Geld geerbt, müssen Sie wissen. Und seitdem wurde es noch schlimmer. 280 000 sollen das gewesen sein, nach Abzug der Erbschaftssteuer. Für das Geld wollte er sich ein eigenes Auto kaufen. Das hatte er vor, das weiß ich. Ich habe nicht nachgezählt, bei wie vielen Autofirmen wir gewesen sind, Probefahrten gemacht und Prospekte mitgenommen haben. Bis dahin hatte er immer mein Auto geliehen. Er hat die Reserveschlüssel gehabt. Manchmal hat er das Auto genommen, ohne zu fragen. Dann bin ich wütend geworden, so wie am Donnerstag, da war das Auto den ganzen Tag über weg, aber als ich am Freitag früh aufwachte, stand es draußen auf der Straße. Er hätte es wenigstens auf den Parkplatz fahren können, fand ich.»

«Meinen Sie Donnerstag, den 21. Dezember? Ich glaube, wir werden uns Ihr Auto mal ansehen. Sind Sie damit hergekommen?»

«Nein, ich bin mit dem Bus gefahren. Ich habe ein bisschen Wein getrunken, und ich besitze nicht so ein Messgerät, mit dem man feststellen kann, wie viel man trinken darf. Man hätte es ja versuchen können, aber ich dachte, ich sollte das Glück nicht herausfordern, wo ich doch auf dem Weg zur Polizei war», sagte Stina nicht ohne jeden Anflug von Ironie.

«Sie arbeiten also als Friseurin?»

«Ich besitze einen Salon!», antwortete Stina stolz.

«Läuft der gut? Haben Sie Angestellte?»

«Ich arbeite allein. Es kostet viel Kraft, wenn der Laden laufen soll, besonders vor Feiertagen, da wollen ja alle Leute hübsche Haare haben. Da muss toupiert und aufgesetzt werden, lockig und strähnig. ‹Stina, du kannst mich doch irgendwo dazwischenschieben, sei so lieb.› Didi hilft mir mit dem Papierkram. Die kann so was, ich nicht. Ich kann schneiden und reden. Das kann ich. Bei Ihrer Gesichtsform sollten Sie sich einen Pagenschnitt zulegen, mit kurzem Haar im Nacken. Kommen Sie einfach mal bei mir vorbei, dann mach ich das so, dass Sie ein bisschen mehr verwegen aussehen. So lange Haare sind schon seit Jahren nicht mehr in. Wissen Sie, wer Dick beerben soll?» Maria schüttelte den Kopf, teils weil sie nicht wusste, wer Dick beerben würde, teils weil sie das Angebot, nach Stinas Geschmack verwegen auszusehen, ziemlich beängstigend fand. «Ich bin so wütend geworden, dass ich mich am Kaffee verschluckt habe! Er hat alles Anneli Berggren vermacht. Die wohnt bei ihren Eltern in dem gelben Reihenhaus hinter der Kirche. Kennen Sie sie vielleicht? Dick hatte was mit ihr und mit ihrer Mutter. Beide waren meine Kunden. Dick war in meinem Salon und hat sie da gesehen. Mir war sofort klar, worauf das hinauslief. Es hat nie lange gedauert, wenn er in eine verknallt war. Jetzt können sie sich woanders die Haare schneiden lassen. Über meine Schwelle kommen die nicht mehr!»

«Wissen Sie was über Annelis früheren Verlobten?»

«Kent Asp! Heute Morgen stand in der Zeitung, dass er tot ist, in seinem Auto im Kronwald ermordet. Hat das was mit dem Mord an Dick zu tun?»

«Das wissen wir nicht. Kannten Sie Kent Asp?»

«Na klar, er ging in der Schule in die gleiche Klasse wie mein Sohn. Ich bin früh Mutter geworden, wie Sie sich denken können. Kent Asp war ein richtiger Einzelgänger und Schläger. Komisch, dass es so lange gut gegangen ist für ihn, als selbständiger Unternehmer und so. Ihm gehörte eine Wurstbude beim Sportlerhaus.»

«Wissen Sie, ob Dick und Kent sich kannten?»

«Keine Ahnung. Kent muss ja irgendwo seine Wurst für den Kiosk eingekauft haben. Dick hat viel mit den Schreibarbeiten in der Schlachterei zu tun gehabt. Die können miteinander gesprochen haben. Was weiß ich. Was mich ärgert, ist, dass diese Anneli Dicks Wohnung und alle seine Sachen haben soll. Wir waren ein Paar, Dick und ich. Auch wenn jeder seine eigene Wohnung hatte, waren wir doch zusammen. In Dicks Wohnung gibt es bestimmt noch Sachen, die mir gehören. Soll ich etwa zu diesem jungen Ding gehen und darum bitten und betteln, dass ich reinkommen und mein Zeug holen darf?» Die leicht hervorstehenden Vorderzähne gruben sich in die Unterlippe. Ein wütendes Rot breitete sich auf Stina Ohlssons Gesicht aus. «Und die Fotoalben. Sie soll auf keinen Fall die Fotoalben haben. Das ist eine Sache zwischen Dick und mir.»

Als die Tür nach dem Besuch ins Schloss gefallen war, sank Maria über dem Schreibtisch zusammen, den Kopf auf die Arme gelegt. Sie war so müde, dass es am ganzen Körper kribbelte. Mit der Hand auf die Tischplatte gestützt, stand sie auf, um sich mehr Kaffee zu holen. Auf halbem Weg zur Tür blieb sie stehen. Das Telefon klingelte. Es war Berit, die Nachbarin.

«Ich hab deine Schwiegermutter und die Kinder auf dem Weg

zum Laden getroffen. Ach, wie sie zog und sich abmühte, die alte Dame. Emil wollte absolut nicht mit, er wollte das Kinderprogramm im Fernsehen angucken», lachte Berit. «Krister und die Kinder werden ja wohl nicht mit nach Uppsala fahren, denn Linda ist doch krank, das sagte deine Schwiegermutter auf jeden Fall zur Kassiererin. Ich wollte mal fragen, ob du trotzdem fährst?» Maria rieb sich mit der Faust die Augen. Daran hatte sie nicht gedacht. Merkwürdig, dass die Schwiegermutter und die Kassiererin die Angelegenheit geklärt hatten, ehe sie, die Mutter der Kinder, überhaupt auf den Gedanken gekommen war.

«Ja, ich muss wohl.»

«Würde das sehr frech klingen, wenn ich dich bitte, dass du mich mitnimmst? Ich hab kürzlich erfahren, dass eine meiner besten Freundinnen aus der Gymnasiumszeit eine Gehirnblutung hat. Sie wohnt ganz in der Nähe von Uppsala. Ich habe versucht, ihr zu schreiben, aber sie hat nicht geantwortet. Vielleicht geht es ihr so schlecht, dass sie nicht schreiben kann. Wo ich nun nicht zu meiner Schwester nach Brasilien fahre, wäre es doch nicht schlecht, über die Feiertage … ach übrigens, dieser Professor – ist der Junggeselle? Das ist ja ein richtig netter Kerl!»

«Ja, er ist frei, soviel ich weiß, Witwer. Er ist lieb, aber zeitweise hoffnungslos zerstreut. Und ist er nicht ein bisschen zu alt für dich?» Berit kicherte leise.

«Wer weiß?»

12

Maria legte die Beine auf einen Hocker und lehnte sich im Halbschlaf zurück. Sie hatte ihren mitgebrachten Salat aufgegessen und war zufrieden. Wie leicht nimmt man doch zu, wenn die Weihnachtstafel von Kalorien überquillt. Danach kommen dann die Tage mit der «krankhaften Blässe des Nachsinnens», wenn die

Hosen nicht über die Schenkel wollen und der Hosenschlitz nicht mehr zugeht. Ein Salat zur Abwechslung war erfrischend. Heute hätten sie eine Runde Landbandy gespielt, wenn es ruhig gewesen wäre. So aber musste man dankbar sein, wenn man während der Ermittlungen eine Viertelstunde Pause machen konnte. Maria ließ sich in einen Ruhezustand sinken, alle die bekannten Geräusche vereinigten sich zu einem gleichmäßigen leisen Brausen. Der Körper wurde schwerer und schwerer. Die Wirklichkeit entließ die Gedanken aus ihrem harten Griff. Das Unterbewusstsein ging seine eigenen Wege und schlug Kapriolen. Etwas berührte leicht die Wange, ein Streicheln. Maria schlug die Augen hellwach auf. Arvidsson stand an der Spüle mit dem Rücken zum Zimmer. Ein schneller Blick auf die Uhr, und Maria begriff, dass sie richtig weg gewesen war. Zu dem Verhör mit Kent Asps Bruder Erik, der am Vormittag aus Malmö gekommen war, kam sie eine halbe Stunde zu spät. Es war nicht Marias Stil, Leute warten zu lassen. Das hier war einfach ärgerlich. Sie eilte auf die Toilette und fuhr sich mit dem Kamm durch die Haare. Auf den Wangen war das gleiche Muster zu sehen, das auch die Sessel hatten. Die Augen waren klein, und die Wimperntusche hatte die Wangen verschmiert.

Auf dem hellgrünen Sofa in der Eingangshalle saßen Erik Asp und Anneli Berggren. Erik hielt Anneli im Arm, sie lächelte ihn an. Sie sahen verliebt aus, stellte Maria fest.

Erik Asp sah aus wie eine etwas kleinere Kopie seines Bruders, mit dunklem lockigen Haar und tief liegenden blauen Augen. Die Körperhaltung strahlte Ruhe und Sicherheit aus. Die Hände waren hübsch und gepflegt, ohne Ring. Er lächelte Anneli höflich zu, es fiel ihm schwer, sie aus den Augen zu lassen, trotzdem folgte er Maria, wenn auch widerstrebend, in ihr Büro. Als sie sich gegenübersaßen, sah Maria die Spuren der Müdigkeit, schwarze Schatten unter den Augen und ein angestrengtes Lächeln.

«Ich habe keine Morgenzeitung gekauft. Ich wollte zuerst die Version der Polizei hören, nicht die der Presse», begann er. «Anneli und ich sind im Leichenschauhaus gewesen. Wie geht es jetzt weiter, wird er obduziert?» Maria nickte schweigend.

«Wir sind gezwungen, so viele Informationen wie möglich zu sammeln, um feststellen zu können, was ihm passiert ist. Kein Zweifel, dass es Mord ist.»

«Ich habe immer Angst davor gehabt, dass Kent mal jemanden erschlägt. Dass er selbst Opfer geworden ist, scheint mir so unwahrscheinlich.»

«Wie meinen Sie das?» Nach einem Moment des Zögerns, in dem er offenbar nach Worten suchte, sagte Erik leise:

«Er hatte eine Bewährungsstrafe bekommen, wegen Körperverletzung. Aber das wissen Sie sicher schon.»

«Ja, aber erzählen Sie doch mal, was damals passiert ist.»

«Da muss ich ganz früh anfangen, als wir klein waren. Vater ist abgehauen. Mama lebte mit verschiedenen Männern zusammen. Ich als Jüngster durfte zu Großvater und Großmutter. Aber die schafften Kent rein kräftemäßig nicht, er war fünf Jahre älter als ich und damals schon ein richtiger Rüpel. Kent zog zwischen verschiedenen Pflegefamilien hin und her, es hielt nie lange. Manchmal holte Mama uns nach Hause. Wir sollten eine neue Familie werden, mit dem Mann, den sie gerade hatte, neuen Geschwistern und neuen Papas. Das ging jedes Mal schief. Kent bekam die Schuld. Ich durfte in die Sicherheit zurückkehren. Mit Kent wollte sich keiner abgeben. Nach der letzten ‹Familienzusammenführung› haben wir uns mehrere Jahre lang nicht gesehen, wohnten in verschiedenen Städten. Als ich achtzehn wurde, kam er zu Großvater und Großmutter, um uns seine Freundin vorzustellen. Gleich danach zogen sie in die Stadt. Kent besorgte sich die Würstchenbude. Er bekam von Großvater Geld geliehen. Ich hatte guten Kontakt zu seiner damaligen Verlobten. Eine Zeit lang später erzählte sie mir, dass sie Angst vor Kent hätte. Er bewachte sie eifersüchtig. Mit anderen Männern durfte sie nicht sprechen, kaum vor die Tür gehen. Kent bildete sich ein, sie hätte was mit dem Hauswirt. Die beiden Männer trafen sich in einem Selbstbedienungsrestaurant, um die Sache durchzusprechen, und der Hauswirt verließ den Laden ohne Vorderzähne. Danach verfolgte Kent seine ehemalige Verlobte, bis er Anneli traf, und da ging alles wieder von vorn los.» Erik war während des Gesprächs immer weiter in sich zusammengesunken, mit dem Kopf tief zwischen den Schultern, ständig fasste er sich an den Hals und zupfte an den Hemdsärmeln, als ob sie zu eng wären. «Man konnte ihm keine Schuld geben. Wenn ich der Ältere gewesen wäre, wäre ich sicher genauso geworden. Auf dem Weg hierher bin ich bei Mama vorbeigefahren, jedenfalls bei dem, was von ihr noch übrig ist. Sie erkannte mich kaum noch. Das Hirn weggesoffen. Sie reagierte nicht, als ich ihr sagte, dass Kent tot ist. Sie wollte nur in Frieden gelassen werden und schlafen.»

Zur vereinbarten Zeit ging Maria in den Besprechungsraum. Auf dem Weg dahin kam sie an Sturms Büro vorbei. Durch die Glasscheibe konnte sie sehen, wie er dasaß und eine lange Kette aus Büroklammern konstruierte, langsam und konzentriert. Die sah aus wie die Ketten, die kretische Männer sich für den Ruhestand zulegen, um daran herumzufingern. So eine Art Gegenstück zu der schwedischen Angewohnheit, Daumen zu drehen. Vielleicht war diese Kettenkonstruktion eine Möglichkeit, die Jagd nach dem Mörder zu visualisieren. Das konnte man sich bestenfalls noch vorstellen. Sah man genauer hin, so war die Konstruktion auch nicht aufwändiger als die gebastelten Werke, die Emil aus dem Kindergarten mit nach Hause brachte. Maria unterbrach Sturms Arbeit durch ein Klopfen.

«Es ist Zeit.» Arvidsson und Ek hatten eine Unterredung unter sich, Maria hörte mit einem halben Ohr der ständig stattfindenden kulinarischen Diskussion zu.

«Man soll Frauen nicht zu Weißwein und Krabben einladen, das ist phantasielos, verstehst du. Das kann jeder, nur einfach losgehen und einkaufen. Das ist ungefährlich und deshalb langweilig. Nein, eine Mahlzeit soll Sorgfalt ausstrahlen, Verwegenheit und Gefühl. Da muss Spannung in der Luft liegen.»

«Was ist mit Kohlrouladen?», murmelte Arvidsson.

«Nein, nein, das muss was Leichtes sein, was Kalorienarmes und vor allem etwas fürs Auge. Da würde ich Bouillabaisse vorschlagen, gern mit frischem Basilikum und Knoblauchbrot. Ausgezeichnetes Essen. Keine Gase.»

«Ich finde, das hört sich gefährlich an. Bouillabaisse. Ist auch sicher, dass sie davon nicht krank oder ihr so übel wird, dass sie deshalb über Nacht bleiben muss?»

«Das war gemein», knurrte Ek und wandte sich von seinem Kollegen ab.

Erika Lund hatte einen ersten Bericht des Pathologen bekommen. Kent Asp war mit einem langen Messer direkt ins Herz und durch den hinteren Rippenbogen gestochen worden. Die rechte Hand war blutig. Vielleicht hatte er die Hand gegen die Wunde gepresst. Die gleiche Waffe war mit großer Wahrscheinlichkeit benutzt worden, um ihm die Kehle durchzuschneiden. Das Jagdmesser, das neben dem Auto gefunden worden war, trug Kents Fingerabdrücke. Andere Fingerabdrücke hatte man nicht gefunden. Die Zeit für den Eintritt des Todes war die gleiche wie bei Dick Wallström, etwa 24.00 bis 1.00 Uhr in der Nacht zum 22. Dezember. Es war unmöglich festzustellen, wer von den beiden als Erster gestorben war. Blut war ihm im Gegensatz zu Dick Wallström nicht abgezapft worden.

Arvidsson berichtete von einem Tipp, den er aus dem Park erhalten hatte. Dort war eine Gruppe von Handballspielerinnen auf einen dunklen Mann aufmerksam geworden, der gegen 23.30 Uhr durch ein Fenster glotzte. Von dem Bild in der Zeitung hatten sie den Mann als Kent Asp wiedererkannt. Das Bedienungspersonal hatte die Angaben bestätigt.

«Wissen wir, wer Kent Asp beerbt? Hatte er Geld?», fragte Sturm.

«Der Bruder hat gesagt, Anneli Berggren wird erben. Er hatte eine Wurstbude. Der Bruder glaubt nicht, dass da viel mehr ist», antwortete Maria. «Es scheint doch recht unwahrscheinlich, dass jemand mordet, um an eine Würstchenbude zu kommen.»

«Es sind schon für viel weniger Menschen ermordet worden. Wart mal ab, bis du ein paar Jahre auf dem Buckel hast, dann wirst du schon sehen», murmelte Sturm. «Anneli Berggren beerbt den Angaben nach sowohl Dick Wallström als auch Kent Asp. Der Staatsanwalt muss das kontrollieren.»

«Ich würde gern wissen, was bei der Hausdurchsuchung bei Edvin Rudbäck, dem mit dem Loki, herausgekommen ist.» Hartman brach einen Pfefferkuchen in drei Teile, steckte alle Stücke gleichzeitig in den Mund und sah Ek fragend an.

«Die Jungs waren auf dem Weg dahin, als sie wegen eines Einbruchs in Bredströms Juwelierladen alarmiert wurden. Das war einer der Penner, die sonst Weihnachten im Gefängnis feiern. Er war wohl vorbeigekommen und hatte versucht, ein Zimmer zu buchen, war aber abgewiesen worden. Darum hatte er eine Scheibe des Schmuckladens eingeworfen.»

Hartman hatte am Vormittag Herrn und Frau Berggren nochmals vernommen. Frau Berggren hatte ihr blaues Auge damit erklärt, dass sie in der Badewanne ausgerutscht sei und sich das Auge am Wasserhahn gestoßen habe. Herr Berggren hing mit seinem verkaterten Geiernacken über dem Tisch, deutlich ruhiger als am Tag zuvor und dem Weinen nahe. Neue Erkenntnisse hatte das Gespräch nicht gebracht.

Maria fasste die Verhöre, die sie im Laufe des Tages geführt hatte, kurz zusammen. Die Aussagen zu Stina Ohlssons Saab, der in der ganzen Mordnacht verschwunden gewesen war, ließen die anderen hellwach werden. Sturms Ohrläppchen wurden rot, und er stampfte unruhig auf den Boden wie ein überdrehtes Kaninchen.

«Die Reifenabdrücke müssen schnellstens ins kriminaltechnische Laboratorium geschickt werden. Das hat höchste Priorität. Arvidsson und Ek! Die Frau ist Friseurin! Hier stehen wir bis über die Ohren in Haaren, und da sagt diese Person erst jetzt, dass Stina Ohlsson Friseurin ist!» Sturm zeigte böswillig auf Maria. «Friseurin!» Sturm riss den Telefonhörer von der Gabel und wählte die Nummer des Staatsanwalts, verwählte sich in der Hast, bat bissig um Entschuldigung und versuchte es wieder. Da hatte er sich auf eine Kommissarstelle im Distrikt Kronköping beworben, um vor der Pensionierung noch ein paar ruhige Jahre genießen zu können, und nun war er mitten in einen Wirbelsturm geraten! «Wie sieht es mit einer Hausdurchsuchung bei Stina Ohlsson aus?»

Maria Wern ließ sich an ihrem Schreibtisch nieder. Mit dem Schreibkram war sie in Verzug. Es würde spät werden. Wenn sie sich nach Uppsala davonmachen wollte, mussten alle Papiere in Ordnung sein, sodass den anderen die Vernehmungsprotokolle zur Verfügung standen. Sie nahm den Telefonhörer ab. Zu Hause meldete sich niemand. Sie fluchte zwischen den Zähnen hindurch, als sie ihre Schwiegermutter anrief. Geduldig hörte sie sich den ganzen Sermon der Schwiegermutter darüber an, wer SCHULD daran war, dass Artur und Linda ANGESTECKT worden waren. Maria konnte beim besten Willen nicht verstehen, warum es so wichtig war, wer wen mit einer Erkältung angesteckt hatte. Als ob jemand rumgelaufen wäre und andere bewusst angesteckt hätte, aus reiner Bosheit. Die Schwiegermutter hatte zwei Hauptverdächtige: Edith Bäckman mit dem Schäferhund war gleichzeitig wie Artur im Laden gewesen. Er hatte ihr einen Zehner gewechselt, und sie hatte geschnieft und war zu dünn angezogen gewesen. Artur, der ein guter Mensch war, hatte natürlich nicht Linda angesteckt oder umgekehrt. Nein, Linda hatte sich verkühlt. Die Kälte hatte Lindas Krankheit verursacht, und das war Marias Schuld, weil sie dem Kind nie Wäsche anzog. Womit die Schwiegermutter ganz zwanglos darauf zu sprechen kam, dass Mütter zu Hause bei ihren kranken Kindern zu sein hatten. Maria murmelte, dass die Krankenkasse da ganz anderer Ansicht sei. Die Krankenkasse fand es nämlich völlig in Ordnung, dass der Vater sich, wenn er Urlaub hatte, um die Kinder kümmerte, während die Mutter arbeitete. Etwas anderes würden sie jedenfalls finanziell nicht unterstützen. Die Schwiegermutter wurde böse und irritiert, weil ihr widersprochen wurde, und fauchte, hier versuchte sie nett zu sein und zu helfen, und das war dann der Dank. Wenn ihr etwas nicht passte, konnte Maria sofort kommen und ihre Kinder holen. Das konnte sie! Maria fragte vorsichtig, wo Krister denn sei, und erhielt zur Antwort, dass der mit Professor Höglund im Hotel sei und Billard spielte. Die Schwiegermutter hatte nicht vor, ihn zu stören.

«Er arbeitet so schwer, und da braucht er manchmal auch ein bisschen Entspannung, verstehst du?»

DER 26. DEZEMBER

13 Früh am zweiten Weihnachtstag warf Maria die Bettdecke zur Seite und schlich sich ins Kinderzimmer. Linda schlief mit ausgestreckten Armen auf dem Rücken liegend. Ihre Stirn war immer noch heiß, der Daumen war aus dem Mund gerutscht. Emil hatte wie üblich die Decke weggestrampelt, sie lag auf dem Fußboden. Er selbst hatte sich in der Kälte wie ein kleiner Ball zusammengerollt. Maria hob die Decke auf und fühlte seine Stirn. Sie war kühl. Trotzdem meldete sich ein schlechtes Gewissen, ganz von allein, auch ohne die Kommentare und die rücksichtslose Fürsorge der Schwiegermutter. Hätte Krister ein schlechtes Gewissen gehabt, wenn er Maria mit den kranken Kindern allein zu Hause gelassen hätte? Selbstverständlich nicht! Wenn Krister nur ein wenig mehr Verantwortung übernehmen würde, brauchte sie sich nicht solche Gedanken zu machen. Gestern Abend hatten sie sich gestritten, als

Krister nach Hause gekommen war. Maria hatte die Kinder selbst bei der Schwiegermutter abholen müssen, zu einer Zeit, als sie längst ins Bett gehörten. Krister war um Mitternacht nach Hause gekommen, mit einem kleinen Schwips und vollkommen unbeschwert. Es dauerte, bis er überhaupt zu einem ernsthaften Gespräch im Stande war. Als sie ihn dann so weit hatte, war Maria übermüdet und wütend. Der Streit war da. Ohne sich zu versöhnen, waren sie eingeschlafen, ganz gegen alle guten Vorsätze. Krister dachte gar nicht daran, ihr zu versprechen, die Kinder nicht der Schwiegermutter zu überlassen, solange Maria in Uppsala war. Ob das eine Art von Erpressung («Fahr du nur weg, dann wirst du schon sehen, was passiert!») oder lediglich reines Phlegma war, konnte sie im Augenblick nicht beurteilen. Aber als sie die Angelegenheit überschlafen hatte und am Morgen des zweiten Weihnachtstages aufwachte, eine Tasse Kaffee getrunken und die nächste eingegossen hatte, schien Phlegma die plausibelste Alternative zu sein. Hauptsache, den Kindern geschah nichts, ansonsten war es Kristers Angelegenheit, wie er das Ganze organisierte. Wenn es der Schwiegermutter zu viel wurde, musste sie das mit Krister klären. Weihnachten war überhaupt nicht so geworden, wie Maria sich das vorgestellt hatte. Sie hatte sich darauf gefreut, dass die ganze Familie am zweiten Feiertag nach Uppsala zu ihren Eltern fahren würde. Jetzt hingen sie mitten in den Ermittlungen zweier Morde. Vielleicht würde sie gar keine Zeit haben, sich zu treffen und etwas zu unternehmen. Die Angaben über ein Opfer in Uppsala vor neun Jahren, ein erhängter Mann bei der Kirche in Gamla Uppsala, mussten überprüft und ausgewertet werden. Gab es eine Reihe von Übereinstimmungen, dann konnte es der gleiche Täter wie in Kronköping sein. Wenn Stina Ohlsson in Frage kam, musste sie einen Helfer gehabt haben. Grund dazu, wütend auf Dick Wallström zu sein, hatte sie jedenfalls mehr als genug, überlegte Maria, während sie schnell und leise ihre Sachen in den kleinen Wochenendkoffer packte. Den hatte sie voriges Jahr an Ostern von Krister geschenkt bekommen, als er sie mit einer Paris-Reise überrascht hatte. Sie waren dann doch nicht nach Paris gefahren. Schwiegermutter hatte Herzbeschwerden bekommen, und sie hatten Ostern gefeiert wie in jedem Jahr, ganz traditionell bei Kristers Eltern. Nach Ostern waren Schwiegermutters Schmerzen in der Brust wie durch ein Wunder von selbst verflogen.

Maria zog die Schublade mit der Unterwäsche und den Nachthemden auf. Sie wühlte alles durch, fand aber nicht, was sie suchte. Das seidene Nachthemd war weg! Das war doch unmöglich! Maria war sich ganz sicher, dass sie es im Seidenpapier zuoberst in die Schublade gelegt hatte. Sie weckte Krister, der zum Spaß den Kopf mit den Armen schützte, so als ob er weiteren Streit erwartete.

«Hast du das Nachthemd gesehen, das du mir zu Weihnachten geschenkt hast?»

«Nein, aber ich würde es gern jetzt sehen, wenn du als Model auftreten willst.»

«Ich meine es ernst! Es ist verschwunden! War deine Mutter noch im Haus, als du zu Morgan gegangen bist?»

«Ich glaube schon. Sie suchte überall nach Anziehsachen für Linda, und dann hat sie im Schlafzimmer die Vorhänge ausgetauscht, glaube ich.» Maria starrte betrübt auf die geblümte Nylonpracht, die vor dem Schlafzimmerfenster hing.

«Du glaubst doch wohl nicht, dass sie das Nachthemd mitgenommen hat? Doch nicht Mama! Was sollte sie denn damit anfangen? Jetzt machst du dich aber lächerlich, Maria!»

«Ich weiß nicht mehr, was ich glauben soll. Es ist jedenfalls weg!»

Der Winter hatte mit aller Macht eingesetzt. Das Thermometer im Küchenfenster zeigte minus 14 Grad, aber die Straßen waren geräumt und frei trotz des Schneefalls am Heiligen Abend. Maria zitterte in ihrem Auto vor Berits Wohnung. Warum kam sie nicht?

Hatte sie sich in der Zeit geirrt? Gereizt lief Maria mit schnellen Schritten die Treppe hoch und klingelte. Keine Reaktion. Die Klingel war vielleicht kaputt. Maria hämmerte mit der Faust an die Tür. Aus der Wohnung war kein Laut zu hören. Vorsichtig wurde die Tür gegenüber einen Spaltbreit geöffnet. Eine Nase und zwei runde Augen wurden sichtbar. Im Hintergrund knurrte Ediths Schäferhund.

»Sie hat heute Nacht nicht hier geschlafen», lispelte die Nachbarsfrau und trat neugierig ein paar Schritte ins Treppenhaus. Dann war es eben nichts. Maria konnte nicht den ganzen Morgen hier stehen und warten. Sie startete den Motor und fuhr zum Hotel, wo Morgan Höglund abgeholt werden sollte. Sie stellte das Radio an, um die Nachrichten zu hören. Während der Nacht war eine selbst gebastelte Bombe in der Genossenschaftsschlachterei detoniert. Der ganze Bürotrakt war ausgebrannt, Menschen waren nicht zu Schaden gekommen. An eine Giebelseite hatte jemand mit roter Farbe «Mörder – Tierquäler» gesprayt. Man spekulierte über einen Zusammenhang zwischen den beiden Morden im Kronwald und der nächtlichen Attacke. Die Polizei war zu einem Kommentar vorerst nicht bereit. Der Reporter hatte seine eigene Auffassung von militanten Veganern und der Fleischindustrie. Jedermann musste doch verstehen, was da los war, auch die Polizei müsste mal langsam das eine oder andere begreifen, meinte er. Ganz bewusst hatte Sturm Informationen über die toten Tiere und die anderen rituellen Details nicht an die Öffentlichkeit gegeben. Die Aufregung, die die Morde selbst in der Bevölkerung verursachten, genügte völlig, ohne dass die Telefone von beunruhigten Kleintierhaltern blockiert wurden.

Auf der Treppe des Hotels leuchtete der senfgelbe Mantel von Professor Höglund wie eine vergessene kleine Sonne im Reich der winterlichen Dunkelheit. Maria seufzte erleichtert. Dem Professor hatte sie jedenfalls die richtige Zeit genannt. Neben Morgan stand eine Dame in grauem Kostüm. Erst als Maria den Wagen geparkt hatte und ausgestiegen war, erkannte sie Berit.

«Ich habe mir gedacht, es sei einfacher für dich, uns beide an der gleichen Stelle abzuholen», sagte Berit und lächelte ein Mona-Lisa-Lächeln. Das Gesicht des Professors war unergründlich. Beide setzten sich ganz selbstverständlich auf den Rücksitz. Maria hatte gedacht, dass Morgan vorn sitzen würde, schließlich war er ihr Freund und Gast. Das wäre ganz natürlich gewesen. Nun saß sie allein vorn, wie eine Art Privatchauffeur. Maria beobachtete Berit im Rückspiegel. Sie sah ganz anders aus. Das sonst dünne und mausgraue Haar war gefärbt und zu einer kurzen kleidsamen Frisur geschnitten. Sie war beinahe hübsch, fein angezogen und munter. Glücklich? Berit war sogar geschminkt. Ohne den Blick allzu lange von der Fahrbahn zu nehmen, versuchte Maria herauszufinden, ob sie sich möglicherweise an den Händen hielten. Die Freundin mit der Hirnblutung? Stimmte das? Aber warum sollte sie in so einer Sache lügen?

In Gävle hielten sie bei einem Rasthof an, um etwas zu essen. Maria wählte das billigste Angebot, Weihnachtsteller mit Rotkohl und Schinken. Eigentlich mochte sie Rotkohl nicht, aber das spielte keine Rolle, denn sie hatte sowieso keinen Hunger. Die anderen hatten à la carte bestellt. Im Schein der brennenden Kerzen strahlten sie sich an und berührten sich unter dem Tisch, wenn sie glaubten, dass Maria es nicht merkte.

Der Professor schlug vor, die Kirche in Gamla Uppsala zu besuchen, wenn sie sowieso daran vorbeikamen. Der Platz war doch in der Frühzeit der Königssitz des Reiches Svea gewesen. Berits Augen leuchteten vor Interesse.

«1926 wurden Reste eines Holzhauses gefunden, große Löcher von Holzpfählen unter dem Boden der damaligen Kirche. Eine Zeit lang glaubte man, es seien die Reste des Heidentempels, den Adam von Bremen beschreibt. Der Tempel sei um das Dach herum mit goldenen Ketten geschmückt gewesen», schwärmte der Professor lyrisch. «Später haben die Archäologen bezweifelt, dass der Tempel genau da gestanden haben soll. Die Sache wird durch keinerlei archäologische Funde unter der Kirche bekräftigt. Dagegen finden sich Hinterlassenschaften auf dem alten Plateau des Königspalastes, die zeigen, dass dort ein großes Hallengebäude gestanden hat. Man meint, das könne der heidnische Tempel gewesen sein.» Maria versuchte ihre Einwände geltend zu machen. Sie hatte keine Lust, jetzt die Kirche in Gamla Uppsala zu besuchen. Für irgendwelche Vorlesungen war sie jetzt nicht empfänglich. Die Zeit in Uppsala war sowieso knapp genug. Der Professor lachte gutmütig über Marias gereizte Morgenstimmung. Sollte sie es sich noch anders überlegen und bei einem Vortrag dabei sein wollen, so war sie heute Abend um 18.00 Uhr willkommen. Professor Höglund war von einer kleinen Gesellschaft eingeladen worden, die sich Freyjas Nachkommen nannte. Die hatten ihm ein großzügiges Honorar versprochen, wenn er ihnen etwa eine Stunde lang einen Vortrag über Runen halten würde. Wenn die wüssten, dass er das auch gratis gern getan hätte, dachte Maria.

«Was sind Freyjas Nachkommen für Leute?»

«Das ist eine kleine Interessenvereinigung. Die wollen unser altnordisches Kulturerbe bewahren, die ursprüngliche Volksseele aus der Vergessenheit holen und ehren. Es ist eine sehr kleine Gesellschaft, nur so um die dreißig Mitglieder, fast alles pensionierte Lehrer.»

Sie fuhren an den Hügeln von Uppsala vorbei, die im Volksmund Odins, Frös und Thors Hügel genannt werden. «Das ist falsch», meinte der Professor. «Wahrscheinlich handelt es sich um die Grabstätten der jungen Adelsgeschlechter. Die Hügel dürften die sterblichen Reste der Könige Aun, Egil und Adilis enthalten.» Er zeigte auf den Thingshügel und die Opferbrunnen. Maria merkte, wie gereizt sie war, und machte sich Vorwürfe. Sie hörte Morgans Erzählungen sonst gern an, aber heute war nichts wie gewöhnlich.

Hatte sich vielleicht ein Quäntchen Eifersucht in das Auto geschlichen? Konnte sie es nicht verkraften, hier eine neue Liebe zu beobachten, wo ihre eigene zu welken schien? War das so? Mit großer Erleichterung setzte Maria den Professor und Berit in der Vaksalagatan ab und fuhr dann weiter, um das Material zu holen, das Kriminalinspektor Fast versprochen hatte, ihr herauszusuchen.

14 In der Eingangshalle wurde sie von ihrem Kollegen Patrik Hedlund mit einer großen Umarmung begrüßt. Sie war so überrumpelt, dass sie gar nicht auf die Idee kam, dagegen zu protestieren.

Kriminalinspektor Fast war wegen irgendeiner Magengeschichte krankgeschrieben, aber Patrik hatte alles, was sie brauchte, zusammengesucht, obwohl er nicht im Dienst war.

Bevor Maria noch zu Wort kommen konnte, saß sie in Patriks Auto auf dem Weg zu Ofvandahls Hofkonditorei. Es kam ihr vor, als sei die Zeit zehn Jahre zurückgedreht worden. Sie bestellten Kaffee und Kuchen. Maria konnte sich lange nicht entscheiden zwischen einem Stück Sahnegebäck und einem kleinen grünen Kuchen, der «Studentin» genannt wurde. Einmal, in der Anfangszeit ihrer Beziehung, hatte Patrik eine Kellnerin gefragt, warum dieser Kuchen denn gerade «Studentin» genannt wurde, und zur Antwort erhalten, dass «die außen grün und innen schwarz sind», was immer das auch heißen mochte. Sie lachten beide, als sie sich daran erinnerten. Die Konditorei mit ihrem besonderen Flair war zur Hälfte gefüllt. Sie setzten sich in das rosa Zimmer. Es gab da eine Ecke weit weg von den Fenstern, in der sie sich ungestört unterhalten konnten. Dort frischten sie Erinnerungen aus der gemeinsamen Zeit in Uppsala auf. Sie sprachen von dem Elch, der sich in die Innenstadt verirrt und dort Tumulte und Verkehrsprobleme verursacht hatte, bis er sich schließlich höchstpersönlich auf der Polizeiwache einfand. Genauer gesagt auf dem Parkplatz Nummer 13, wo sein Leben geendet hatte. Sie sprachen über Kollegen, und als ihnen die Themen langsam ausgingen, starrte Maria nachdenklich in ihre Kaffeetasse.

«Wie geht es dir denn nun eigentlich?», wollte Patrik wissen. Er lächelte freundlich, und die Zähne leuchteten weiß vor der Sonnenbräune, die er sich sicher bei einer beneidenswerten Auslandsreise geholt hatte. Mit dem Wort «eigentlich» gab er ihr zu verstehen, dass er nicht an irgendwelchen Höflichkeitsfloskeln interessiert war. Sie sollte offen ihre Meinung sagen. Seine grauen Augen registrierten jede Bewegung in Marias Gesicht. Sie merkte das und errötete.

«Na, und dir selbst?», antwortete Maria mit einer Gegenfrage. Es wäre schön gewesen, sich jemandem anvertrauen zu können, etwas Druck abzulassen, aber Patrik war die völlig falsche Person. Wenn sie über die Schwiegermutter und Krister sprechen wollte, konnte das nur in einer ganz anderen Gesellschaft geschehen. Einen Moment lang empfand Maria einen schmerzhaften Verlust. Der sonnengebräunte muskulöse Mann ihr gegenüber hatte einmal ihr gehört. Er besaß alles, was sie an Krister so vermisste: Verantwortungsgefühl, Zuverlässigkeit und Kondition. Trotzdem hatte ihm etwas Wesentliches gefehlt: Vertrauen. Liebe ohne Vertrauen geht von selbst die Luft aus, wenn der Sauerstoff in der eingeschlossenen Zweisamkeit nicht mehr ausreicht.

«Hast du schon mal von einer Gesellschaft gehört, die sich Freyjas Nachkommen nennt?», lenkte Maria vom Thema ab.

«Komisch, dass du danach fragst. Ich habe die Unterlagen, um die du gebeten hattest, kurz überflogen, bevor du gekommen bist. Die Frau, die den Mord bei der Kirche in Gamla Uppsala begangen hat, Disa Månsson, war Mitglied bei Freyjas Nachkommen, irgendeine kleine Sekte oder was auch immer.»

«Ich darf mit Morgan Höglund heute Abend zu einem Vortrag

zu denen gehen», erklärte Maria, die sich in dieser Sekunde dazu entschlossen hatte.

«Wenn du willst, komme ich mit.» Maria lächelte dankbar. Wenn es sich um eine eigenartige Sekte handelte, würde sie sich in Begleitung eines anders Denkenden sicherer fühlen. Außerdem hatte Maria, wenn auch widerwillig, angefangen einzusehen, dass sie sich darüber freute, Patrik wiederzusehen. Ein wenig kitzelig und richtig amüsant. Sie holten sich Kaffee am Samowar. In der guten alten Zeit war der Kaffee von rosigwangigen Kellnerinnen aus Porzellankannen serviert worden. Maria lehnte sich vor:

«Es war also eine Frau, die hinter dem Mord bei der Kirche in Gamla Uppsala steckte?» Patrik nickte.

«Was hältst du von den Morden, die ihr in Kronköping am Hals habt?» Maria berichtete kurz zusammengefasst über die Ermittlungen, wonach es aussah, als würde es sich um einen zusammenhängenden Fall handeln.

«Sie haben dich jedenfalls nach Uppsala fahren lassen. Was erwartet man denn von uns?»

«Gibt es viele Übereinstimmungen? Kann man sich vorstellen, dass es sich um die gleiche Frau handelt?», überlegte Maria und biss in ihre «Studentin».

«Ist nicht glaubhaft. Die kam in einem brennenden Auto ums Leben, bald nach dem Mord.»

«Was?» Maria wurde schwindelig, als ob der Boden unter ihrem Stuhl ins Wanken geraten wäre. Das Adrenalin stach ihr wie Nadeln in den Fingerspitzen. Vor sich sah sie Sturms böse Miene, wenn er ihren Besuch in Uppsala kommentierte: «Nach Hause zu Muttern.» Vielleicht hatte er Recht, vielleicht war sie bei ihrem Vorgehen übers Ziel hinausgeschossen. War es tatsächlich so, dass sie sich nach Hause sehnte? Was würde Sturm sagen, wenn sie erzählte, dass die Frau schon seit neun Jahren tot war? Eine einfache Sache, die man per Telefon erledigt, ehe man sich Hals über Kopf auf den Weg macht, könnte man meinen. Maria ärgerte sich über sich selbst und war sehr enttäuscht. Heute Abend würde sie Freyjas Nachkommen besuchen, dann war es Zeit, nach Hause zurückzukehren.

Der Ausverkauf zwischen den Feiertagen war in vollem Gange. Überall drängten sich die Frauen in ihren Pelzen mit überfüllten Tüten. Manche hatten ihre Männer im Schlepptau, manchmal gingen die vorweg und bahnten ihnen den Weg. Gelangweilt und schweigend drückten sie sich an den Wänden entlang wie verwelkte Klettergewächse, um in dem Gedränge nicht unterzugehen. Häufig sahen sie auf ihre Armbanduhren, klopften darauf, verglichen sie und klopften wieder. Die Zeit verlor in diesem Ausverkauf ihr hektisches Pulsieren. In der stillstehenden Luft, in den Ausdünstungen von nassen Kleidungsstücken und verschwitzten Körpern hatte sie keinen Schwung mehr und wurde zu einer träge dahinfließenden kaugummigleichen Plage für so manchen. Für andere Menschen, für das andere Geschlecht, sind das Freudentage, wenn alles, was man sich so wünscht, möglich wird. Alles, was man noch nicht einmal begehrt hatte, gab es plötzlich – welch freudige Überraschung – zu annehmbaren Preisen.

In diesem kommerziellen Chaos wanderten Patrik und Maria die Fußgängerzone entlang zu dem Kellerlokal, wo das Treffen der Nachkommen Freyjas stattfinden sollte. Ein Bus hielt vorn am Markt, und ein bunter Haufen Leute stieg aus. Aus den Augenwinkeln heraus entdeckte Maria etwas, das sie abrupt stehen bleiben ließ. Auf der anderen Straßenseite stand, mit einem grünen Wollmantel bekleidet, Frau Gunilla Berggren. Einen Augenblick lang trafen sich ihre Blicke. Dann war Gunilla Berggren verschwunden.

Hinterher konnte sich Maria das Ganze nur so erklären, dass die Frau wieder in den Bus eingestiegen war. Aber in dem Moment, als es passierte, erschien es Maria völlig unwirklich. Die Frau verschwand einfach im Nichts, wie eine Halluzination, hervorgebracht von einem überspannten Hirn. Natürlich hätte sie es Patrik sagen, der Frau nachlaufen oder ihr etwas zurufen müssen. Aber nichts von dem geschah. Maria blieb nur unentschlossen am Straßenrand stehen, und der Bus Nummer 52 glitt aus seiner Haltebucht, fuhr weg und verschwand im Verkehrsstrom.

Das Zusammensein mit Freyjas Nachkommen wurde ganz anders, als Maria es sich vorgestellt hatte. In ihrer Phantasie hatte sie die Leute mit Alphörnern aus Birkenrinde und Trommeln ausgestattet. In Sackleinen gekleidet und mit langen Ketten aus Tierzähnen, sah sie sie im Wald tanzen und schreien. Sie konnte sie in Trance wanken, in Vogelgewändern durch die Luft fliegen und Tierblut auf Holzskulpturen spritzen sehen, wobei sie primitive Laute ausstießen. Die Göttin Freyja stand in der nordischen Mythologie für Wollust, Fruchtbarkeit und Magie. Das beflügelte die Phantasie. Auch Menschen sollen zu ihrer Ehre geopfert worden sein, hatte Morgan gesagt.

Die anständigen Damen und Herren, die ordentlich auf ihren Stühlen saßen und Professor Höglund hochintellektuelle Fragen stellten, stimmten mit Marias Vorstellungen überhaupt nicht überein.

Das Licht ging aus, und der Professor zeigte Dias aus ganz Nordeuropa, um seine Ausführungen zu ergänzen. Marias Körper wurde schwerer und schwerer, die Augen brannten. Sie rieb sich die Augen, blinzelte, zwinkerte, und schließlich fielen die Augenlider zu.

Als das Licht wieder angemacht wurde, kehrte Maria aus den Versteckspielen ihrer Kindheit zurück und stellte fest, dass ihr Kopf an Patriks Schulter lag. Seinen starken Arm hatte er um ihre Schulter gelegt.

«Entschuldige», sagte Maria, «das war nicht meine Absicht.»

«Du bist abgearbeitet, brauchtest sicher mal Schlaf. Das ist doch in Ordnung, völlig o. k.» Maria riss sich zusammen und sah sich geniert um. Kaffee und kleine Kuchen wurden serviert. Die

Kassiererin des Vereins überreichte Morgan feierlich ein Kuvert. Maria nahm ihren Mut zusammen und sprach die Frau in dem hellbraunen Leinenkleid an. Sie setzten sich in eine ruhige Ecke des Raumes. Die Frau zeigte sich deutlich enttäuscht, als sie feststellte, dass es weder um eine Spende noch um eine neue Mitgliedschaft ging.

»Ich habe von dem Mord bei der Kirche in Gamla Uppsala vor neun Jahren gehört …»

«Und nun sind Sie gekommen, um nachzufragen, ob Disa Månsson Mitglied in unserer Vereinigung war? Stimmt's?» Maria nickte. «Sind Sie Journalistin? Ich weiß, dass die Zeitungen von einem ähnlichen Mord weiter oben im Land schreiben. Ja, sie war Mitglied bei Freyjas Nachkommen. Das hat uns sehr geschadet. In dem Jahr haben wir viele Mitglieder verloren, besonders Gymnasiasten. Eltern, soziale Dienste und der Rektor der Schule haben uns geächtet. Ich dachte schon, die schlimmste Heimsuchung sei vorbei. Aber jetzt geht es offenbar wieder los.»

«Wie würden Sie Disa Månsson beschreiben?» Maria lächelte entwaffnend und lehnte sich im Stuhl zurück, um zu signalisieren, dass sie bereit war, lange zuzuhören.

«Manchmal war sie richtig charmant, manchmal schroff und schwierig. Meiner Meinung nach war sie unzuverlässig. Einmal ist die ganze Vereinskasse verschwunden. Die Sache wurde nie aufgeklärt, aber etwa zur gleichen Zeit erhielten wir von ihrem Vater, Henrik Månsson, eine Spende in etwa gleicher Höhe wie der verschwundene Betrag. Nach dem Tod des Vaters wurde sie erst recht sonderbar. Am Tag vor dem Autounfall besuchte sie uns. Sie wollte, dass wir ihre Göttlichkeit anerkennen. Das war doch recht peinlich. Sie trat ungebeten ans Rednerpult und erzählte von der Zauberin Gullveig, eine Sage aus der nordischen Mythologie.»

Die Kassiererin der Gesellschaft begann, die Kaffeetassen vom Tisch zu räumen, und wischte sich die Krümel in die Hand. Sie schien fertig gesprochen zu haben. Vielleicht wollte sie schnell nach Hause. Maria hängte sich an sie wie ein halb verhungerter Staubsaugerverkäufer.

«Worum geht es bei dieser Geschichte? Ich habe keinerlei Ahnung von nordischer Mythologie. Das bisschen, das man in der Schule gelernt hat, habe ich im Laufe der Jahre völlig vergessen. Ich möchte es wirklich wissen!» Das Zusammenstellen der Kaffeetassen wurde unterbrochen. Ein geduldiges und pädagogisches Lächeln breitete sich auf dem Gesicht der Frau aus.

«Die Göttin Gullveig war so hübsch, ihre Schönheit so strahlend, dass sie bei den Menschen das Verlangen nach Gold hervorrief. Der Rausch verdarb die ganze Gesellschaft und führte zum Krieg. Die Asen beschlossen daher, sie auf dem Scheiterhaufen zu verbrennen. Dreimal wurde sie verbrannt, und jedes Mal stieg sie noch schöner, noch edler aus dem Feuer. Disa behauptete, der Mythos handele von ihr selbst. Sie würde aus dem Leiden steigen, aus dem Feuer, jedes Mal noch edler, und für uns sei es nun an der Zeit, ihre Göttlichkeit anzuerkennen. Sie war sehr krank. Wir litten, als wir da saßen und ihr zuhörten. Gleichzeitig durfte man dankbar sein, dass ihr Vater das nicht mehr miterleben musste. Henrik Månsson war Archäologe. Er hielt mehrmals Vorträge hier. Ein Mann mit großem Wissen über die nordische Mythologie. Sicherlich hatte er Probleme mit seiner Tochter. Größere, als wir jemals geahnt haben.»

«Wie sah Disa aus?»

«Sie war kräftig gebaut, so als ob unser Herr sie mit einer Axt erschaffen und vergessen hätte, die Feinheiten mit der Feile nachzuarbeiten. Sie hatte ein kräftiges Kinn, recht maskuline Gesichtszüge. Üppiges Haar. Ich schätze, sie hatte früher auch kräftige Augenbrauen, die waren völlig abrasiert, und dann malte sie neue darüber. In der letzten Zeit trug sie eine Perücke. Im Sommer wie im Winter trug sie eine schwarze Lederjacke. Aber sie ist tot. Sie starb kurz darauf bei einem Autounfall oder einem Brand, irgend so was. Ich weiß, dass sie als Zahnarzthelferin bei einem privaten

Zahnarzt namens Eriksson arbeitete. Der hat immer noch seine Praxis in Uppsala. Mit Mühe und Not hat er die schweren Jahre nach dem Mord überstanden, als die Kunden ihn mieden. Ich habe ihn neulich auf einem Fest getroffen, daher weiß ich, dass er noch in der Stadt ist.» Maria bedankte sich und ging hinaus in den Vorraum, wo die Herren auf sie warteten.

«Können wir uns heute Abend treffen, irgendwo hingehen», fragte Patrik. Er sprach leise und schnell, aus Angst, abgewiesen zu werden, noch ehe er seinen Vorschlag unterbreitet hatte. Maria zögerte. Sie hatte ihre alte Freundin Karin Bengtsson angerufen, sie wollten sich in einem Restaurant in der Stadt treffen. Patrik konnte auch dazukommen. Das war Maria ihm schuldig, so wie er sich um sie gekümmert hatte. Sie wollte nur vorher noch nach Hause gehen und sich umziehen. Sie verabredeten sich für neun Uhr.

Erwartungsvoll hatte Maria den Bus in die Stadt genommen. Es würde schön werden, Karin wiederzutreffen. Sie hatten sich seit dem Sommer nicht gesehen. Ein bisschen Unruhe war auch dabei – bis man feststellte, dass alles wie immer war, dass es keine Hindernisse gab und die vertrauliche Offenheit wieder da war.

Patrik wartete am Eingang. Maria hängte ihren Mantel in die Garderobe. Sie setzten sich an einen Tisch weit weg von den Lautsprechern. Patrik bestellte einen Aperitif für jeden.

«Karin hat im Restaurant angerufen und nach dir gefragt. Du warst noch nicht gekommen, da bin ich ans Telefon gegangen. Ihr Vater hat einen Herzinfarkt bekommen, sie ist auf dem Weg nach Stockholm. Karin lässt dich grüßen. Es tut ihr sehr Leid, dass ihr euch nicht sehen könnt, wo du nun endlich mal in Uppsala bist.»

«Was hat Onkel Erik in Stockholm gemacht?»

«Das weiß ich nicht. Vielleicht hat er Bekannte besucht. Wir haben darüber nicht gesprochen. Karin hörte sich gestresst an. Es geht ihm offenbar ziemlich schlecht.»

Maria hatte Mühe, ihre Enttäuschung zu verbergen. Sie wollte

Patrik den Abend nicht verderben, nachdem er sich so freundlich um sie gekümmert hatte und es so lange her war, dass sie sich gesehen hatten. Sie bestellten Schaschlik und Zaziki, eine Karaffe mit dem offenen Rotwein des Hauses und griechischen Salat.

«Es scheint, dass ich völlig umsonst nach Uppsala gefahren bin. Wenn die Frau, die den Mann bei der Kirche in Gamla Uppsala ermordet hat, bei einem Fahrzeugbrand umgekommen ist, ist hier nicht mehr viel zu holen.»

«Da täuschst du dich. In Uppsala gibt es viel zu holen, wenn man will», sagte Patrik mit bedächtiger Stimme und zeigte sein offenes Lächeln.

«Wie meinst du das?», fragte Maria und schlug einen sachlich geschäftsmäßigen Ton an, um zu verstehen zu geben, dass sie nicht bereit war, sich Zweideutigkeiten anzuhören.

«Es gibt deutliche Parallelen: Der Mann hing in einer Esche, die Tiere, die Sichel, die Weizenähre und die Rune Jara. Disa Månsson hatte einen Helfer. Es könnte interessant sein herauszufinden, wo der sich jetzt aufhält. Und du darfst dich mit mir treffen! Mitten in aller Arbeit haben wir uns wiedergefunden. Dieser Fall hat dich zu mir zurückgeführt. Ich habe darauf gewartet.» Maria kam sich etwas überrumpelt vor. Meinte er, was er so feierlich sagte, oder war es ein Scherz? Maria entschloss sich, es von der heiteren Seite zu nehmen.

«Na klar, ich bin nur nach Uppsala gekommen, um mich an deiner Schulter ein bisschen auszuruhen. Schlaf ist zurzeit Mangelware. Ich schlafe ein, wenn ich mich nur hinsetze.»

«Dann schlage ich vor, dass wir tanzen.»

Patrik tanzte unverschämt gut. Einfach zu gut. Maria hatte jahrelange Übung und ließ sich bei den schwierigen Figuren leicht führen, und obwohl sie in letzter Zeit wenig zum Tanzen gekommen war, fand sie die richtigen Rhythmen und Schritte. Das Tanzen machte Spaß. Die Musik war ausgesprochen gut, Lieblingsmelodien aus den achtziger Jahren. Maria tanzte und genoss. In der

Pause kam ein eleganter junger Mann und setzte sich neben Maria an die Bar. Er bestellte ein Bier und sah sich nach Gesellschaft um.

«Warm ist es hier drin. Schön, dass man sich mit was Trinkbarem abkühlen kann.» Maria lächelte höflich. «Sind Sie von hier, oder …»

«Ich hab früher hier gewohnt. Es ist eine schöne Stadt.»

«Darf ich Sie vielleicht zu etwas einladen?»

Maria schüttelte den Kopf. «Danke, ich bin zufrieden.»

Patriks Körpersprache veränderte sich sofort. Er biss die Zähne zusammen, die Augen wurden schmal, die Nasenflügel bebten und weiteten sich. Die auf der Brust gekreuzten Arme waren ein Warnsignal.

«Ruhig!» Maria legte eine Hand auf seinen Arm. «Ruhig!» Der Rausch war vorüber. Patrik hatte die Grenze überschritten, begann sie zu bewachen. Er betrachtete sie als sein Eigentum. Er hatte auf sie gewartet. «Auf ewig, Patrik.» Maria merkte, dass es an der Zeit war, nach Hause zu fahren. Patrik begleitete sie zur Bushaltestelle. Er versuchte, die Stimmung wiederherzustellen, scherzte, flirtete ein wenig. Aber Maria spürte, wie sich das Unbehagen tief in ihrem Magen bemerkbar machte. Dort hatte es lange abwartend gelegen.

Das große Ausziehbett in ihrem Mädchenzimmer knarrte auf altbekannte Weise, als Maria zwischen die frisch gebügelten Betttücher kroch. Das Bild mit den Engeln, die die Kinder vor dem Fall in die Schlucht retten, hing an seinem Platz über dem Kopfende, wo es hingehörte, seit Maria sich entsinnen konnte. Auf der weißen Spiegelkommode stand das Schmuckkästchen mit Muscheln, das Linda so hübsch fand, und beiderseits der Tür konkurrierten «Die Lebensalter des Mannes» und «Die Lebensalter der Frau» mit der blumigen Tapete. Marias Bruder pflegte immer zu sagen, dass man sich so etwas ansehen konnte, solange man auf dem Weg nach oben, also bis 50 Jahre alt, war. Wenn es erst abwärts ging, machte es keinen Spaß mehr hinzugucken. Wohl aus diesem Grund waren die Bilder im Mädchenzimmer gelandet. Maria knipste die Lampe aus. Die kahlen Zweige des Apfelbaumes veranstalteten im Schein der Straßenlaterne ein Schattenspiel auf dem Rollo. Im Wind schwangen sie hin und her, griffen ineinander, ließen sich los und glitten zur Seite. Die Düfte im Haus waren die gleichen wie in ihrer Kinderzeit, ein spezieller Hausgeruch, Kaffee, grüne Seife und Küchendunst. An der Grenze zwischen Schlaf und Wachen tauchte das Wort auf. Das Wort, das Maria in dieser Nacht den Schlaf rauben würde: JARA, das Runenzeichen Jara.

Woher konnte Patrik wissen, dass die Rune Jara auf den Stein am Tatort im Kronwald gezeichnet worden war? Wie konnte er das wissen? Der Gedanke machte sie schwindeln, kam schnell hoch und wurde kristallklar. Maria hatte die Rune nie erwähnt! Das gehörte zu den Informationen, die Sturms Anweisungen zufolge unter der Decke gehalten werden sollten. Ebenso die Sichel und die Weizenähre. Disa Månsson hatte einen Helfer. «Du bist mein auf ewig, Maria! Ich habe auf dich gewartet, gewartet! Wir sind wieder vereinigt. Ich wusste, dass du kommen würdest!» Woher wusstest du das? Jara! Wie konntest du das mit der Rune wissen? Woher konntest du wissen, dass ich nach Uppsala kommen würde? Eins achtzig groß. Die Puzzlestücke fielen reihenweise auf das Brett. Schuhgröße 42 und 46. Patrik hatte Schuhgröße 42, meinte Maria sich zu erinnern. Sie hatte mit ihren Pumps genau Platz in seinen Schuhen gehabt. War Patrik in den Mord im Kronwald verwickelt? War er dort gewesen, in der Nähe ihres Hauses? Der eine Einfall wilder als der andere ließ die Nacht aufleuchten. Das Zigarettenpaket, das aus der Schublade verschwunden war, das Nachthemd. In das Holzhaus einzubrechen war ein Kinderspiel. Die Schlösser waren so standardisiert, dass sicher jeder dritte Nachbar mit seinem eigenen Hausschlüssel ohne Mühe hineinkommen konnte. Dagegen hatten sie nichts unternommen. Ein Einbruch in der Smedjegränd war ebenso undenkbar wie ein Vulkanausbruch auf dem Kinnekulle, dem bekannten Berg in Västergötland. Der tote Vogel, der in die Tür eingeklemmt auf dem Balkon lag, wo kam der her? Wenn es nun nicht die Schwiegermutter war, die in den Schubfächern gewühlt hatte? Der Gedanke an sich war unwahrscheinlich. Ein Hirngespinst in später Nacht. Patrik war ein angesehener Kriminalinspektor. Wer würde sich Maria Werns vage Spekulationen anhören? Niemand! Niemand würde ihr glauben! Alter Liebeskummer. Sie musste irgendwie Beweise erbringen. Als Erstes musste sie Patriks Dienstplan kontrollieren, ohne dass er etwas merkte. Wenn er im Dienst gewesen war, ein Alibi für die Tatzeit hatte, würde Maria über sich selbst lauthals loslachen, aber dazu war es noch zu früh. Der Gedanke hatte sich festgefressen und würde weiterwachsen, bis er durch Beweise seiner Unschuld erstickt wurde.

Maria zog die Spieldose in Form einer kleinen weißen Kirche auf, die auf ihrem Nachttisch stand. «Stille Nacht» klang es durch das Dunkel, erst in rasendem Tempo, dann mit leichtem Bremseffekt in einem Andante, bevor der letzte schwache Ton zaghaft ausklang. Es lag Sicherheit in der einfachen, von der kleinen Spieldose gespielten Melodie, ein Geborgenheitsgefühl. Sie konnte ihren Vater und ihre Mutter natürlich nicht mitten in der Nacht wecken und ihnen von ihren Befürchtungen erzählen, aber sie konnte ein wenig von der Obhut ihrer Kindheit ausleihen.

DER 27. DEZEMBER

15 «Ich war im Dienst im Winter 1986. Das ist richtig.» Kriminalinspektor Bernhard Myhr stopfte langsam und sorgfältig seine Pfeife, riss mühsam ein Streichholz an der schon lange abgenutzten Fläche an und hielt es über den Tabak. Mit kleinen saugenden Bewegungen, die in komischem Kontrast zu seinen rustikalen männlichen Gesichtszügen standen, sog er den Rauch ein.

Er blinzelte mit den Augen, nahm einen tiefen Zug und lehnte sich in den Ledersessel zurück.

«So, Sie sind also gekommen, um von mir etwas über den Mord bei der Kirche in Gamla Uppsala im Winter 1986 zu hören?» Maria Wern bejahte und blickte ihren Kollegen aufmerksam an. Sie sah, dass die Müdigkeit dauerhafte Spuren wie tiefe Falten in seinem Gesicht hinterlassen hatte. Die schwerfällige Körperhaltung. Die Sorge in seinen Augenwinkeln. Bernhard war vorzeitig in Pension gegangen, um seine demenzkranke Frau zu Hause zu pflegen. In den letzten beiden Jahren hatte er keine einzige Nacht durchschlafen können, nur immer ein paar Stunden, erzählte er. Louise hatte Tag und Nacht in ihr Gegenteil verwandelt. Tagsüber konnte sie sich kaum wach halten. Nachts wanderte sie unruhig umher. Jetzt saß sie auf dem Wohnzimmersofa und döste mit offenem Mund vor sich hin. Maria konnte sie vom Arbeitszimmer aus durch die Glasscheibe sehen. Das Gebiss im Oberkiefer war heruntergekippt und entblößte das künstliche, viel zu rosafarbene Zahnfleisch.

Bernhard Myhr fuhr sich mit der Hand über den Schnurrbart und seufzte tief.

«Ich habe die Ereignisse in Kronköping mit größtem Schaudern verfolgt. Mehrmals war ich drauf und dran, euch anzurufen, habe mich aber zurückgehalten. Es ist nicht sicher, ob ich euch weiterhelfen kann. Ich hätte eure Zeit vielleicht nur unnötig in Anspruch genommen. Die Frau, die den Mord in Uppsala verübt hat, Disa Månsson, ist tot. Sie starb in einem brennenden Auto, verkohlt bis zur Unkenntlichkeit. Wir haben sie nur über das Zahnschema identifizieren können. Sie hatte einen Abschiedsbrief geschrieben. Es war Selbstmord. Sie ist gegen eine Bergwand gefahren, das Auto geriet in Flammen. Hier ist ihr Abschiedsbrief, wenn Sie ihn sehen wollen.» Bernhard nahm ein vergilbtes Stück Papier aus der dicken Mappe.

Eine Esche weiß ich, sie heißt Yggdrasil,
die hohe, umhüllt von hellem Nebel;
von dort kommt der Tau, der in die Täler fällt,
immergrün steht sie am Urdbrunnen.

Von dort kommen Frauen, vielkundige,
drei, aus dem Born, der beim Baume liegt:
Urd hieß man eine, die andre Werdandi –
Sie schnitten ins Scheit –, Skuld die dritte;
Lose lenkten sie, Leben koren sie
Menschenkindern, Männergeschick.

Ich, Disa Månsson, fühle mich in Midgard, der Welt der Menschen, nicht länger wohl. Ich habe meine Rache genommen. Leben für Leben. Ehre und Ruhm gerettet. Von Odin, Odin selbst, werde ich nun erhöht zu einer Ase. Mein Name soll War sein und mein Zuhause in Asgard.

Maria reichte den Brief zurück. Verwirrt schüttelte sie den Kopf. «Ich fürchte, ich verstehe nicht viel davon. Mir kommt es nur merkwürdig vor.»

«Den ersten Teil des Briefes begreife ich als eine Art Glaubensbekenntnis. Er stammt aus dem ersten Lied der Edda und handelt von der Weltesche Yggdrasil und den drei Nornen, die den Faden des Lebens spinnen und das Schicksal jedes Menschen bestimmen. Skuld ist die Zukunft, Urd das Geschick und Werdandi das Sein. ‹Die Esche Yggdrasil muss mehr aushalten, als die Menschen wissen.› Die Frucht des Untergangs wurde bei der Erschaffung selbst gesät. Die Nornen begießen die Weltesche mit heilendem Wasser. Der Abschiedsbrief handelt davon, dass Disa das Leben, Midgard, die Welt der Menschen, verlassen und sich eine neue Gestalt nehmen will. Sie nennt sich Asin War. In den letzten Jahren habe ich mir die Zeit damit vertrieben, ein bisschen über nordische Mythologie zu lesen. Die Göttin War ist eine Art Racheengel, der denjenigen bestraft, der seinen Eid bricht. Asgard ist das Land der Götter.»

«Sie nimmt sich ein neues Schicksal und bestraft denjenigen, der seinen Eid bricht. Taucht bei den Ermittlungen, die Sie geleitet haben, der Name Dick Wallström auf?» Bernhard schüttelte den Kopf.

«Weder Kent Asp noch Dick Wallström stehen in den Unterlagen. Das habe ich kontrolliert, lange bevor Sie gekommen sind. Trotzdem gibt es große Ähnlichkeiten bei den Morden. Der Zeitpunkt: Mittwintersonnenwende. Es war wie ein Opfer ausgeführt. Ich vergesse niemals den Wintermorgen, als ich zu der Kirche in Gamla Uppsala gerufen wurde und einen von einem Speer durchbohrten Mann vorfand. Er hing in einer Esche, auch das hat rituelle Prägung. Er hing da barfuß mit einer Schlinge um den Hals. Die Nägel an Händen und Füßen waren bis ins Fleisch heruntergeschnitten. In den Bäumen ringsumher hingen tote Tiere. Zwei kleine Kinder haben ihn gefunden. Die waren unterwegs und probierten ihre neuen Ski aus. In der Nacht war viel Schnee gefallen. Der Schneepflug musste uns helfen hinzukommen. Fußspuren konnten wir sichern. Disa hatte einen Helfer. Einen Mann mit Namen Vidar, eine Bekanntschaft, die sie in einem privaten psychiatrischen Krankenhaus gemacht hatte, wo sie eine Zeit lang untergebracht gewesen war. Vidar war, was man zu meiner Zeit stumpfsinnig nannte. Kräftig wie ein Stier, aber ohne Willenskraft. Er ging nur mit und tat, was Disa ihm sagte. Für sie war es kein Problem, ihn für einen kurzen Urlaub da herauszuholen. Er wurde als völlig ungefährlich betrachtet, ohne Initiativkraft. Mir fällt ein, dass er Schuhgröße 46 hatte. Disas Fußspuren waren auch dabei. Vidar sagte später, sie hätte ein Paar Herrenschuhe mit Zeitungspapier ausgestopft, um in Größe 42 zu passen.»

«Vidar, lebt der noch, wissen Sie das?»

«Ich habe ihn im Sommer noch in der Zeitung gesehen. Das war in einer Artikelserie über die Wohnverhältnisse von geistig Behinderten. Vidar war auf der ersten Seite mit einer Motorsäge in der Hand abgebildet. Ich hab den Artikel gar nicht lesen können, weil Louise die Zeitung nahm, um Feuer im elektrischen Herd zu machen. Ihr fallen Dinge ein aus der Zeit, als sie Kind war», erklärte Bernhard. «Der Ermordete, Bertil Simonsson, war Gynäkologe. Auf seinem Unterarm konnte man die Worte LEBEN FÜR LEBEN lesen, eingeritzt mit einer Nadel und gefärbt mit seinem eigenen Blut. Damit Sie das richtig verstehen können, muss ich Ihnen erzählen, wie Disa Månsson aufgewachsen ist.»

«Disa wuchs bei ihrer Mutter auf. Die Eltern hatten sich früh scheiden lassen. Der Vater war Archäologe und reiste viel. Nach der Scheidung traf er sein Kind ganz selten, bei der Konfirmation, dem einen oder anderen Geburtstag. Nachdem die Mutter auf Dauer in die psychiatrische Anstalt Halleråker eingewiesen worden war, bekam er das Sorgerecht für seine heranwachsende Tochter. Disas Mutter, Saga Månsson, war schwer psychotisch. Als sie das erste Mal ins Krankenhaus kam, war Disa fünfzehn. Wie lange Saga ihre Krankheit versteckt hatte, oder wie lange Disa ihr geholfen hatte, sie zu verbergen, weiß man nicht. Während die Mutter im Krankenhaus war, durfte Disa bei einer Nachbarin wohnen. Als Saga nach ein paar Jahren aus dem Krankenhaus kam, geschah etwas mit Disa. Sie hatte eine Zeit lang intensiv über ihren Vater nachgedacht und alles gelesen, was dieser über nordische Mythologie geschrieben hatte.

Ein Nachbar fand Saga bewusstlos in der Waschküche. Niemand weiß sicher, was da geschehen war, aber als der Krankenwagen kam, stand Disa mit dem rechten Auge ihrer Mutter wie mit einem Schleimklumpen in der Hand da. Offensichtlich hatte sie es mit einem Messer herausgeschnitten. Danach wurde auch sie ein Fall für die Psychiatrie. Das Verblüffende daran war, dass Disa keine Schuld für das empfand, was sie getan hatte. Sie hatte der Mutter das Auge in bester Absicht genommen, nämlich damit diese weise würde. ‹Odin musste ein Auge opfern, damit er in die Zukunft sehen konnte›, sagte sie. Nach einiger Zeit in einer privaten psychiatrischen Klinik wurde Disa schwanger. Wer der Vater des Kindes war, wurde nie festgestellt. Disa wurde gezwungen, einen Antrag auf Abtreibung und Sterilisation zu stellen. Das Gesetz über Sterilisation wurde 1934 erlassen und betraf Personen, die wegen ‹Geisteskrankheit, Schwachsinn oder anderer Einschränkung der geistigen Frische dauerhaft nicht in der Lage sind, eigene Entscheidungen zu treffen … und wenn Personen auf Grund seelischer Störungen nicht fähig sind, das Sorgerecht für ihre Kinder auszuüben›. Im Gesetz heißt es auch: ‹Niemand darf bei Verweigerung oder gegen seinen Willen sterilisiert werden.› Nach dem Eingriff und dem Ausbruch von Raserei, der folgte, als sie begriff, was dem Kind, das sie erwartete, geschehen war, zog Disa zu ihrem Vater. Er war im gleichen Jahr nach Schweden zurückgekehrt. Es gelang Henrik Månsson, Ruhe in das Leben seiner Tochter zu bringen. Disa machte eine Berufsausbildung und zog nach einiger Zeit in eine eigene Wohnung in der Innenstadt von Uppsala. Alles ging seinen Gang, solange der Vater lebte. Als er kurz nach einem Herzanfall am Morgen des Luciatages 1986 verstarb, verlor Disa wieder den Halt in ihrem Leben. Kurz vor Weihnachten, zur Mittwintersonnenwende, folgte sie Bertil Simonsson auf seinem Heimweg von einer Vorlesung im akademischen Krankenhaus von Uppsala durch den Stadtpark. Zwei Zeugen haben das ausgesagt. Der Platz für den Mord war sorgfältig ausgewählt. Ein Kultplatz, vom Weg aus nicht einzusehen. Der Tatort war mit Fruchtbarkeitssymbolen geschmückt: Weizenähre und Sichel. In den Stamm des Baumes, an dem er hing, war ein Zeichen eingeritzt.» Maria spürte, wie der Schweiß ihre Achselhöhlen herunterlief. Während Kriminalinspektor Myhr erzählte, hatte sie ihre feuchten Hände unter der Tischplatte zwischen den Knien gerungen. Patrik! Die Rune Jara! Die Göttin War, die denjenigen bestraft, der seinen Eid bricht, vielleicht eine Verlobung?

«Das Zeichen konnte ich nicht deuten, aber es gibt hier eine Fotografie», sagte Bernhard. «Die habe ich mit meiner eigenen

Kamera aufgenommen und hier zu Hause aufgehoben. Ich hätte sie zu den Ermittlungsunterlagen legen sollen, aber daraus ist nichts geworden. Der Fall wurde nach Disa Månssons tragischem Tod zu den Akten gelegt.» Maria verlangte mit Nachdruck, das Foto ansehen zu dürfen, und ihr Verdacht bestätigte sich. Es war das Runenzeichen Jara.

«Haben Sie über diesen Mord mit Kriminalinspektor Patrik Hedlund gesprochen?»

«Nein, habe ich nicht. Da bin ich sicher. Patrik war Polizeiassistent, arbeitete 1986 in Västerås. Über diesen Mord haben wir nie geredet», antwortete Bernhard erstaunt.

«Diese Rune, die Sie fotografiert haben, haben Sie die irgendjemandem gezeigt?»

«Nein, dazu ist es nicht mehr gekommen. Wie ich schon sagte, die Ermittlungen wurden eingestellt, als Disa Månsson sich das Leben genommen hatte. Das Foto befand sich in der Kamera, damals habe ich einfach nicht daran gedacht, später ist es dann zwischen die Familienbilder geraten.»

Ein beißender Gestank nach verbranntem Plastik drang durch die Küchentür, durchdringend trotz des Pfeifenrauchs. Sofort war Bernhard da. Ganz ruhig schaltete er die Platte ab, stellte den Ventilator an und kratzte das Plastik mit dem Bratenwender ab. Marias Augen tränten von dem scharfen Gestank. Louise saß am Küchentisch und zählte laut und konzentriert Münzen in ihre Schürze.

«Wie lange will sie noch bleiben? Ich will nicht, dass sie hier bleibt! Sucht sie Arbeit?» Louise musterte Maria von Kopf bis Fuß. Mit unendlicher Geduld geleitete Bernhard seine Frau aus der Küche zum Fernseher, stellte einen alten Film an und kam zurück. Kein böses Wort über das, was passiert war.

«Sie wird nur ungeduldig und aufgeregt, wenn ich von Gefahren spreche. Das führt zu nichts.»

«Sie sind ein guter Ehemann, Bernhard Myhr», sagte Maria

anerkennend und legte ihre Hand auf seinen Arm. Der kräftige Mann begann zu weinen. Ohne sein Gesicht zu verbergen, ließ er die Tränen die Wangen hinunterlaufen.

«Das Schlimmste ist, so angebunden zu sein. Wir können nicht länger zu unseren Freunden gehen. Louise wird nur unruhig, wenn sie die Leute nicht erkennt. Sie sagt ganz laut, dass sie nach Hause will, sobald wir aus der Tür treten, sie sagt falsche und hässliche Worte, Dinge, die sie nie aussprechen würde, wenn sie gesund wäre. Unsere Freunde kommen nicht mehr zu uns. Ich weiß, dass es Wohnmöglichkeiten für Demenzkranke gibt, in die sie einziehen könnte. Aber ich kann sie nicht allein lassen. Sie würde noch verwirrter und unglücklicher werden. Sie würde schreien, wenn ich wegginge, und ihre Schreie würden in meinem Kopf widerhallen, bis wir uns wiedersehen. Darum denke ich, ich will sie bei mir haben, solange ich es bewältigen kann und solange sie mich erkennt. Wir haben keine Kinder, nur uns selbst.»

«Ist sie schon lange krank?»

«Es hat vor zwei Jahren angefangen. Louise wollte einkaufen gehen und fand nicht wieder nach Hause. Danach wurde es immer schlimmer. Sie war in guter physischer Verfassung und konnte weit laufen. Manchmal kamen meine Kollegen mit ihr nach Hause. Häufig waren sie so nett und beförderten sie in ihren privaten Autos, der Nachbarn wegen. Sie lief zu ihrem Elternhaus. Als ich sie fragte, wie alt sie sei, antwortete sie: Du weißt doch, dass ich gerade in die Schule gekommen bin. Nein, nun wollen wir nicht länger über Louise und mich sprechen. Das belastet mich zu sehr. Gibt es noch etwas, was Sie wissen wollen?»

«Es gibt Männer, die leiden grässlich an einem Schnupfen, sie sprechen ständig über ihre Schmerzen, wenn sie sich bei einem Fußballspiel den großen Zeh gestoßen haben, warum sollten Sie also nicht darüber sprechen, wie es Ihnen geht, wo Sie wirklich etwas zu erzählen haben?» Bernhard murmelte undeutlich vor sich hin und bat Maria mit einer Geste, zum Thema zurückzukehren.

«Haben Sie ein Foto von Disa?»

«Ja, müsste ich hier irgendwo haben.» Bernhard blätterte in der dicken Mappe und zog ein kleines Passfoto heraus. Beim ersten Anblick der maskulinen Frau bekam Maria den Eindruck, als käme ihr das Gesicht bekannt vor. Irgendwas mit den Augen, das Fehlen der Augenbrauen, ein gespannter Zug um den Mund. Nein, eigentlich konnte sie nicht sagen, dass Disa einer bestimmten Person ähnelte, die sie kannte. Eigentlich nicht. Das Wiedererkennen war eher eine Ahnung, ein Puzzle mit austauschbaren Teilen, bei dem einige Teile passten und andere überhaupt nicht dazuzugehören schienen.

16 Maria setzte sich in ihr Auto und fuhr einen Block weiter, bevor sie ihr Handy herausholte. Sie fühlte sich ungestörter, wenn Bernhard Myhr sie nicht von seinem Fenster aus sehen konnte. Sie musste einfach wissen, wie es Karins Vater ging. Wenn das Schlimmste eingetroffen war, wenn er seinen Infarkt nicht überlebt hatte, wollte sie mit ihrer Verzweiflung allein sein. Bernhard hatte schon genug Probleme. Vielleicht war jemand von der Familie aus Stockholm zurückgekommen oder hatte eine Nachricht auf den Anrufbeantworter gesprochen.

«Aber Maria, von wo rufst du an? Patrik hat gesagt, dass du schleunigst nach Kronköping zurückgemusst hättest. Wie geht es deiner kleinen Linda? Ist sie noch im Krankenhaus? War es der Blinddarm?»

Maria verstummte … Was in aller Welt …

«Hallo, bist du noch dran? Ist was Ernstes passiert?»

«Nichts anderes, als dass Patrik ein Scheißkerl ist!»

«Ja, aber das haben wir doch vorher gewusst!», lachte Karin. «Das ist doch nichts Neues.»

«Ein großer verdammter Lügner! Wie geht es denn deinem Vater?»

«Weiß nicht. Er wird bei der Arbeit sein. Gestern Abend ging es ihm jedenfalls prima, als ich zum Essen zu Hause war. Weshalb fragst du?»

«Darüber sprechen wir später. Können wir uns heute Abend treffen? Ich ruf an.»

«Na klar. Ich hab schon so darauf gewartet, dass du nach Hause kommst.»

Maria fühlte ihre Wangen glühen. Das anhaltende Unruhegefühl war während des Gesprächs stärker geworden. Sie musste auf die Wache und sich Patriks Dienstplan für den 21. und 22. Dezember ansehen. Warum setzte er seinen guten Ruf mit so billigen Lügen aufs Spiel? Er musste sich doch denken, dass sie ihm früher oder später auf die Schliche kommen würde. Was hatte er sich von dem Abend zu zweit versprochen? Informationen über den Mord an Dick Wallström? Was die Polizei in Kronköping wusste oder nicht wusste? Hatte er sich vorgestellt, dass sie nach einigen Gläsern Wein gesprächiger würde, unbedacht Geheimnisse preisgeben würde? Oder ging es um ganz andere Dinge? Ein neuer Anlauf, wieder zueinander zu finden, wieder ein Paar zu werden? Ein starker Widerwillen machte sich in ihr breit. Maria steckte sich eine Zigarette an. Nur dieses eine Paket. Das war das Letzte. Danach würde sie endgültig aufhören.

Vielleicht ging es ja nur um Rache. Rache! Wie würde ein Gemeinwesen aussehen, in dem jedermann verpflichtet war, die seiner Familie angetane Schmach zu rächen? Das wäre eine Art Mafiagesellschaft, in der die Frauen ein Kind nach dem anderen gebären müssten wie hochprämierte Legehennen. Die größte Familie siegt! Oder die Mitbürgergarde, in der sich Nachbarn und Freunde zusammenfinden, um das Recht durchzusetzen. Sind wir auf dem Weg dorthin, wenn das Rechtswesen den Einzelnen nicht mehr zu schützen in der Lage ist, wenn der lange Arm des Gesetzes Stück für Stück amputiert wird? Rache! Ein Racheengel in unserer Zeit, der diejenigen bestraft, die ihre Eide brechen? Das hörte sich ganz so an, als wären Politiker eine Risikogruppe. Besonders wenn es sich um eine ganze Schar von Engeln handelte. Maria drückte verschämt ihre Zigarette aus. Sie überlegte, was Emil dazu sagen würde, wenn er erfuhr, dass sie rauchte. Er konnte mehr als alle anderen den Wächter der Moral spielen.

Rache! Die Frage war nur, ob Patrik sich wirklich rächen wollte. Das Zeug dazu hatte er. Daran zweifelte sie nicht.

Maria parkte ihren Wagen einen Block vom Polizeigebäude entfernt und ging den Fußweg zwischen den Schrebergärten und dem Wohngebiet entlang. Ein eisiger Wind biss in ihre Ohrläppchen und Wangen. Die Lederhandschuhe waren viel zu dünn und zu eng. Die raue Feuchtigkeit fand ihren Weg unter die Jacke. Maria fror sowohl wegen der Kälte als auch durch die Anspannung. Die Schrebergärten lagen im Winterschlaf. Eine dicke Schneeschicht bedeckte Obstbäume und Hecken. Keine Fußspur in dem frisch gefallenen Schnee. Es war wie in Dornröschens hundertjährigem schlafendem Reich, still und unberührt. Die Fenster sahen leer und schwarz aus, bis auf die eine oder andere Geranie aus Plastik. Die Vögel schwiegen, saßen wie Skulpturen in den Bäumen. Der Atem dampfte aus dem Mund.

Am westlichen Flügel des Polizeigebäudes angekommen, aber vom Weg aus hinter einer Trauerweide verborgen, schlich sich Maria zur Garageneinfahrt. Ihre einzige Chance war, dass jemand versehentlich die Tür nicht abgeschlossen hatte. Das passierte manchmal, wenn Kollegen ihre Autos wuschen. Maria hatte früher einmal darauf hingewiesen, man hatte sie aber nicht ernst genommen. Diesmal hatte sie Glück. Richtiges Glück! Am wenigsten wünschte sie sich jetzt, am Empfang vorbeigehen, sich ausweisen und ihr Anliegen nennen zu müssen. Der Pförtner würde selbstverständlich Patrik Hedlund anrufen und ihren Besuch ankündigen.

Lautlos schlüpfte sie durch die Außentür, nahm die Treppe nach oben, glitt den Flur entlang. Leise ging sie an der ersten Tür links vorbei. Das hier war wahnsinnig! Die nächste Tür war Patriks. Kriminalinspektor Hedlund stand mit deutlichen Buchstaben auf dem Schild. Sie klopfte vorsichtig. Warten. Kein Laut war aus dem Zimmer zu hören. Maria öffnete die Tür und schlich hinein. Ihr Herz pochte laut. Der Blutdruck lief auf Hochtouren.

Auf dem Schreibtisch und in den Regalen herrschte peinliche Ordnung. Alles lag symmetrisch gerade und ordentlich an seinem Platz. Keinerlei persönliche Sachen, kein Schmuck störte die quadratische Einförmigkeit. Die Tapete war grau kariert, zweifellos von Patrik selbst ausgewählt. Was Maria zu Beginn ihrer Beziehung so überkultiviert und geschmackvoll bei Patriks Wahl der Kleidung, der Einrichtung und der Farben vorgekommen war, empfand sie mit der Zeit nur noch als langweilig. Dahin hatte sich das alles entwickelt. Eingeschlossen und fade war es geworden. Maria sah sich in dem Zimmer um. An der Pinnwand entdeckte sie ein lächelndes Foto, ihr eigenes Gesicht. Schwarzweiß und in eine Ecke gedrängt war es da eingeklemmt, um Platz zu schaffen für wichtige Informationen. Auf dem Hintergrund der Fotografie rauschte schäumend, kraftvoll und stürmisch das Wasser des Fyrisån. Der Ring, den er ihr gegeben hatte, blinkte an ihrer Hand, die sie unter dem Kinn hatte. Sie hatten sich damals blitzschnell ineinander verliebt und ebenso hastig und kopflos verlobt. Der Traumprinz war im richtigen Moment erschienen, als Maria gerade besonders anfällig dafür gewesen war. Sie hatte sich einsam und ausgeschlossen gefühlt. Er hatte sie mit Fürsorge und Aufmerksamkeit umgeben, einer Fürsorge, die bald in eine regelrechte Bewachung übergegangen war. Hier und heute das Foto an der Pinnwand zu sehen verstärkte Marias böse Ahnungen. Er hatte sie nie richtig losgelassen. Eine aufgelöste Verlobung. Die Göttin War. Möglicherweise hatte die Asin eine männliche Gestalt angenommen. Ein maskuliner Racheengel. Konnte er Dick Wallström ermordet haben, um sie nach Uppsala zu locken? Woher konnte er wissen, dass ausgerechnet sie sich bereit erklären würde, nach Uppsala zu fahren, dass sie gerade im Dienst war und dadurch gezwungen, an den Ermittlungen mitzuarbeiten? Das war doch an den Haaren herbeigezogen. Trotzdem konnte sie den wahnsinnigen Gedanken nicht wegwischen.

Dem Kalender auf dem Schreibtisch nach hatte Patrik am 21. und 22. Dezember Dienst gehabt. Maria blätterte schnell den Posteingangskorb durch. Da! Ein genehmigtes Urlaubsgesuch für die Zeit vom 21. bis 23. Dezember. Ihre Muskeln wurden lahm, der Mund knochentrocken. Schritte näherten sich auf dem Flur. Maria entdeckte die Schranktür. Die Beine wollten sie nicht schnell genug dorthin tragen. Es kam ihr vor, als ob die Anziehungskraft der Erde sich verdreifacht hätte. Mit letzter Kraft konnte Maria die Tür hinter sich schließen, bevor Patrik über die Schwelle trat. Er pfiff auf seine eigene unnachahmliche Weise, kein richtiges Pfeifen, eher ein zischender Laut mit kräftigem Ansatz. Ganz plötzlich war es still. Maria hielt den Atem an. Patrik pfiff wieder und rutschte mit dem Stuhl. Maria versuchte vorsichtig auszuatmen. Jeder Atemzug hörte sich an, als würde ein Luftballon mit Gas gefüllt. Die Atemzüge wurden von den Schrankwänden reflektiert. Wie oft kann man die gleiche Luft einatmen, ohne wegen Sauerstoffmangels ohnmächtig zu werden? Atmet man nicht schneller, wenn man Angst hat? Dann verbraucht man auch mehr Sauerstoff. Sehr bequem stand sie nicht da. Wahrscheinlich hatte sie die Füße auf Patriks Schuhen. Dann wurden die jetzt schmutzig. Seine stets frisch geputzten und blanken Schuhe. Er würde verrückt werden, wenn er feststellte, was sie mit seinen Schuhen getan hatte. Maria kniff sich in die Nase, um ein Kichern zu unterdrücken. Die Anspannung ließ ein wenig nach. Sie wagte nicht, sich neben die Schuhe zu stellen. Der geringste Laut, und Patrik war mit gezogener Dienstwaffe über ihr. Vielleicht hatte er ausgerechnet diese Schuhe angehabt, als er Dick Wallström die Kehle durchschnitt. Vielleicht waren auf dem Ledermantel Blutspuren. Nein, so unvorsichtig würde Patrik Hedlund niemals sein. Er war Pedant.

Die Pulsadern an der Stirn begannen wieder zu pochen. Der schmale Lichtspalt an der Tür vibrierte leicht im Luftzug. Hoffentlich ging er bald. Hier konnte sie nicht ewig stehen bleiben, ohne dass die Beine sich verkrampften. Das Telefon klingelte. Maria verstand jedes Wort seines Gesprächs mit dem Staatsanwalt: ein Fall, der zu den Akten sollte, ein anderer, der vor Gericht kommen würde. Der rechte Fuß war in seiner unbequemen Stellung eingeschlafen. Patrik pfiff wieder. Der Stuhl scharrte über den Fußboden. Maria hörte, wie er mit Papieren raschelte, aufstand und zur Tür ging. Gott sei Dank, Maria jubelte innerlich. Bald würde sie draußen in der Freiheit sein, frische Luft atmen können. Zehn Schritte und sie war außer Gefahr. Zuallererst würde sie Hartman anrufen. Er würde sie ernst nehmen, selbst wenn niemand anders im Polizeibezirk Kronköping das tun würde. Die Schritte verschwanden im Korridor. Maria wartete noch einen Moment, öffnete die Schranktür lautlos und inspizierte Patriks Mantel und Schuhe. Vorsichtig öffnete sie die Zimmertür und trat auf den Flur. Dann schlug der Blitz ein! Eine eiserne Faust schloss sich um ihren Nacken. Maria sank zu Boden.

«Ich hab dein Parfüm wiedererkannt, meine Schöne, Escape! Was hast du in meinem Schrank zu suchen?» Maria wurde mehr oder weniger in das Zimmer zurückgeschleppt, viel zu überrascht, um nach Hilfe zu rufen. Sie musste ihre Angst beherrschen. Sie musste sinnvoll vorgehen.

«Du warst am 21. und 22. Dezember nicht im Dienst!»

«Nein, das stimmt. Findest du, das reicht als Erklärung dafür, dass du dich in meinem Schrank versteckst und auf meinen Sachen herumtrampelst? Sieh dir an, was du mit meinen Schuhen gemacht hast! Sieh sie dir an! Was hast du gemacht, verdammt? Darauf herumgesprungen?»

«Warst du am 21. und 22. Dezember in Kronköping?» Patriks Augen verfinsterten sich ein wenig, der Zug um seinen Mund wurde hart. Mit einem kräftigen Griff um ihren Arm schob er Maria durch den Flur zum Aufenthaltsraum. Sie unterdrückte den Impuls, laut zu schreien. Es tat weh! Sie hatte Angst. Wenn er sie erwürgen wollte, hätte er das sofort getan und sie dann zurück in den Schrank gestopft, bis die anderen nach Hause gegangen wären. Jetzt waren sie auf dem Weg zum Aufenthaltsraum. Patrik ließ sie los und stieß sie durch die Türöffnung. Die Gespräche verstummten, und alle Blicke waren auf die bleiche Frau gerichtet, die über die Schwelle gestolpert kam.

«Wo waren wir am 21. und 22. Dezember, Jungs?»

«In Helsinki», jubelten drei Polizisten ganz hinten in der Ecke und schwangen ihre Kaffeetassen.

«Was haben wir auf dem Schiff gemacht?»

«Den Karaokewettkampf gewonnen!», jubelten sie.

«Wer war das, wir?»

«Die Burschen!»

«Dazu darf ich gratulieren», sagte Maria kraftlos und wandte sich der Tür zu.

Sie eilte den Flur entlang, Patrik folgte ihr.

«Du bist mir eine Erklärung schuldig! Glaubst du wirklich, ich hätte einen Mord begangen?»

«Du hast Karin angelogen!»

«Eine kleine Notlüge, um nach all den Jahren ein paar Stunden mit dir allein zu sein. Ist das so schlimm?»

«Es gibt nichts, was ich mit dir unter vier Augen besprechen will!»

«Und trotzdem schleichst du dich her, kriechst in meinen Schrank und verdirbst meine ….»

«Was weißt du über das Runenzeichen Jara?»

«Sieh mich nicht so böse an! Ich krieg ja richtig Angst. Ich weiß, was ich bei dem Vortrag von Professor Höglund gehört habe.

Als wir bei Freyjas Nachkommen waren und du mit der Kassiererin gesprochen hast, haben wir uns bestens unterhalten. Morgan hat mir erzählt, dass er in seinem Vortrag nicht über die Fruchtbarkeitsrune gesprochen hat, weil die Polizei in Kronköping ihn gebeten hatte, solche Details möglichst nicht zu erwähnen. Außerdem hat er gesagt, dass du einen Leisetreter zum Mann hast, der seiner Mutter nicht widersprechen kann. Ich habe geglaubt, du seist deshalb hergekommen und hast deinen Kopf an meine Schulter gelegt, um mal zu spüren, wie es ist, sich bei einem richtigen Kerl anzulehnen.»

«Es tut mir Leid, Patrik, es tut mir aufrichtig Leid. Was zwischen uns gewesen ist, war vorbei, ehe ich Krister kennen gelernt habe. Mag sein, dass wir im Augenblick einige Probleme haben, aber ich habe mich entschieden, mit ihm zu leben, und sehe dich nicht als eine vorstellbare Reserve, wenn die Partnerschaft auseinander brechen sollte. Das musst du mal begreifen, Patrik!»

17 Bibbernd und vollständig am Boden zerstört, wanderte Maria den Fußweg entlang zum Auto. Was wäre passiert, wenn sie in Kronköping mit Anschuldigungen gegen Kriminalinspektor Patrik Hedlund angefahren gekommen wäre? Was hätte Ragnarsson-Sturm glücklicher machen können als ein schlagender Beweis für die Untauglichkeit von Frauen? Er hätte vielleicht sogar gelacht, dann hätte sie den Jackpot gewonnen. Von einer Ehre konnte man in einer solchen Situation allerdings kaum sprechen. Maria fühlte sich elend, überflüssig und vollständig leer. Hier hatte sie ihr Privatleben in eine Ermittlung hineingezogen, das würde ihr nie mehr passieren, nie nie mehr! Sie hätte wegen Hausfriedensbruchs belangt werden können. Noch nie hatte sie sich so maßlos lächerlich gemacht. Die Gefühle ließen ihre Haut brennen, sodass sie die

Kälte kaum spürte. Jetzt blieb ihr wohl nur noch übrig, nach Hause zu fahren, zu Kreuze zu kriechen und sich mit Initiativen gefälligst zurückzuhalten. Keine voreiligen Schlüsse zu ziehen. Erika Lund zog nie voreilige Schlüsse. Sie vermied Schlüsse bis zum letzten Moment. Aber sie hatte andererseits auch viele Jahre mehr an Erfahrung. Vielleicht hatte sie sich auch mal die Finger verbrannt, als sie jung und der Topf zu heiß gewesen war. Wer weiß. Nein, nun musste Maria sich zusammennehmen. Manche Erfahrungen sind teuer erkauft, so war das nun mal.

Wenn Patrik unschuldig war, musste sie einen neuen Gedankengang entwickeln. Das vorhandene Wissen ohne allzu viele Bindestriche aneinander reihen.

Der Mörder von Dick Wallström und Kent Asp besaß gute Kenntnisse in der nordischen Mythologie. Es musste auch jemand sein, der Einzelheiten über den Mord an Doktor Bertil Simonsson kannte, jemand, der wusste, wie Disa Månsson üblicherweise gekleidet gewesen war. Mann oder Frau? Jemand, der Fruchtbarkeit verehrte oder sich in diesem Zusammenhang für etwas rächen wollte. Wer konnte, ehe die Ermittlungen begonnen hatten, über die Rune Jara Bescheid wissen? Vielleicht sollte man den Täter doch unter Freyjas Nachkommen oder in einer ähnlichen Gruppe suchen. Konnte jemand von denen Dick Wallström gekannt haben? Er hatte in Uppsala gearbeitet. Wie lange war das her? Danach zu fragen hatte sie vergessen. Eine private psychiatrische Klinik, hatte Stina Ohlsson gesagt.

Als Maria wieder im Haus ihrer Eltern ankam, saßen Vater und Mutter am Tisch und aßen eingelaugten Stockfisch mit Béchamelsoße und grünen Erbsen. «Schleimig, aber sättigend», hätte Emil gesagt. Linda! Maria musste zu Hause anrufen. Das war ja wohl die Höhe. Hier befand sie sich in Uppsala, obwohl Linda krank war, in der Obhut ihres verantwortungslosen Vaters gelassen. Sie war nicht nur eine schlechte Polizistin, sondern auch eine schlechte

Mutter. Es war das Beste, wenn sie schon morgen nach Kronköping zurückkehrte.

«Kriminalinspektor Hartman hat zweimal nach dir gefragt, und dein Ehemann hat viermal angerufen. Krister wollte wissen, ob wir bereit seien, uns als Bürgen zur Verfügung zu stellen.»

«Als Bürgen? Davon weiß ich gar nichts.»

«Nein, das sollte eine Überraschung sein, sagte er.»

«Überraschung?» Maria sank auf ihrem Stuhl zusammen und starrte in die Kartoffelschüssel, als wäre die Erklärung für alles Übel auf der Welt darin versteckt und würde von selbst herausgekrochen kommen, wenn sie den Inhalt nur geduldig beobachtete.

«Ich rufe Krister zuerst an. Es kann ja was mit Linda sein. Ihr geht es vielleicht schlechter.»

Marias Vater winkte abwehrend mit der Hand und lächelte:

«Er sagte, dass es Linda schon wieder besser gehe, sie würde bei der Großmutter Honigwasser trinken und fernsehen. Ihm liegt im Moment wohl was anderes mehr am Herzen, Geschäfte.»

«Dann rufe ich Hartman zuerst an.»

«Tu das.»

Es tat gut, Tomas Hartmans tiefe ruhige Stimme zu hören. Er hatte sich viel von seinem gotländischen Dialekt bewahrt. Er redete nicht viel, aber was er sagte, war stets gut gemeint und offen. Ein unerschrockener und zuverlässiger Mann. Seine Frau musste glücklich und zufrieden sein, ging es Maria durch den Kopf. Gewohnheitsmäßig malte sie auf dem Block neben dem Telefon herum. Daraus wurde eine Ragnarsson-Sturm-Ratte mit Ohren und Schwanz.

«Stina Ohlsson ist als vermisst gemeldet worden. Wir haben es nicht geschafft, Abdrücke von den Reifen ihres Saab zu machen. Als wir gestern Abend zu ihr wollten, war sie nicht zu Hause. Das Auto stand nicht auf dem Parkplatz. Didi, die Schwester, hat sie heute Morgen als vermisst gemeldet. Stina hatte Termine mit Kunden fürs Schneiden und Legen gemacht, kam aber heute Morgen nicht, um ihren Laden aufzuschließen. Da war so viel Lärm auf der Straße, dass die Nachbarn Didi anriefen und sich beklagten. Mit dem Schlüssel der Schwester gingen wir in die Wohnung, aber Stina Ohlsson war nicht da. Niemand hat sie gesehen, seit sie am ersten Weihnachtstag bei dir zum Verhör war. Alle Zeichen deuten darauf hin, dass sie seitdem nicht in ihrer Wohnung geschlafen hat. Wir haben eine Karte mit Antibabypillen in ihrem Bad gefunden. Die letzte hatte sie am Sonntag genommen, Heiligabend? Der Kaffeefilter war staubtrocken.»

«Und Didi weiß von nichts?»

«Sie ist völlig verzweifelt. Die rufen sich normalerweise mehrmals am Tag an. Stina hat nie was unternommen, ohne die Schwester in ihre Pläne einzuweihen. Wenn diese Verzweiflung gespielt ist, muss man das einfach filmreif nennen, das sage ich mit Nachdruck. Ich glaube, ihre Unruhe ist echt. Entweder hat Stina Angst bekommen und ist mit dem Auto verschwunden, oder es ist ihr etwas zugestoßen. Du hast in deinem Protokoll geschrieben, dass Stina Ohlsson noch Sachen in Dick Wallströms Wohnung hatte. Erwähnte sie irgendwelche speziellen Dinge, die ihr gehörten?»

«Fotoalben. Das Einzige, was sie ausdrücklich erwähnte, waren Fotoalben.» Maria vervollständigte die Sturm-Ratte mit einer Kippe unter der Oberlippe. Richtig lustig war, dass Herr und Frau Sturm so gut zusammenpassten. Sturm hatte einen kräftig vorstehenden Oberkiefer und Frau Sturm einen ebenso kräftig vorstehenden Unterkiefer. Die passen zusammen wie Puzzlestücke, lächelte Maria vor sich hin.

«Hallo, bist du noch dran? Fotoalben, ich habe mir beinahe vorgestellt, dass es so was sein musste. In Dick Wallströms Wohnung fehlt ein Fotoalbum. Das älteste. Es stand ein wenig abseits ganz unten im Bücherregal. Ich weiß, dass Ragnarsson eine Reihe von Fotos kopieren ließ, aber ich glaube nicht, dass er an das alte Album, das nicht neben den anderen stand, gedacht hat. Erika

Lund hat entdeckt, dass es verschwunden war. Niemand ist in Wallströms Wohnung eingebrochen. Sie war mit einem Schlüssel aufgeschlossen worden, die Tür war unverschlossen. Ich weiß mit Sicherheit, dass Erika die Tür abgeschlossen hat, als wir weggingen. Es ist denkbar, dass Stina sich ihr Album selbst geholt hat. Sie hatte ja wohl einen Schlüssel.»

Maria vollendete ihre Zeichnung der Sturm-Ratte in den Krallen einer gefräßigen Katze, die deutliche Züge von Frau Ragnarsson trug, während sie von dem Gespräch mit Bernhard Myhr berichtete.

«Spontan finde ich, du solltest dir den Mann vornehmen, der Disa Månsson damals bei dem Mord in Uppsala behilflich war. Vidar … was sagtest du, wie er hieß? Vidar Larsson. Er lebt in einer Wohngemeinschaft, sagtest du. Nach Disas Mutter solltest du auch suchen, sofern sie noch lebt. Möglicherweise müssen wir Kontakt zur Reichskriminalpolizei aufnehmen und um Hilfe bitten. Ragnarsson hält nicht viel davon, aber ich glaube, es bleibt uns nichts anderes übrig. Wenn wir allerdings Stina Ohlsson finden, kann das ein Durchbruch sein.»

«Ich habe Gunilla Berggren hier in Uppsala in einen Bus steigen sehen. Ich bin ganz sicher, dass sie es gewesen ist. Der blaue Fleck war noch größer und beinahe gelb-blau. Ich hab es aber nicht geschafft, sie zu fragen, was sie hier machte. Sie sah mich und floh in den Bus, ehe ich reagieren konnte. Der Professor und ein Polizist aus Uppsala waren dabei. Wir waren auf dem Weg zu einer Versammlung von Freyjas Nachkommen, einer Gesellschaft, in der Disa Månsson Mitglied war. Dieser Verein will das Wissen über unser nordisches Kulturerbe fördern.»

«Wir werden uns mal um Gunilla Berggren kümmern. Sie darf mir ruhig erzählen, was sie in Uppsala vorhatte.»

18 Als Maria nach dem Gespräch mit ihrem Mann den Hörer auf die Gabel gefeuert hatte, war sie einem Zusammenbruch nahe. Er hatte mit seinen Eltern, seinen Brüdern und den Schwiegereltern über eine Bürgschaft gesprochen. Das stritt er keine Sekunde ab. Dagegen weigerte er sich, ihr zu sagen, wozu er das Geld brauchte. Maria hatte ihn vergeblich davon zu überzeugen versucht, dass sie von solchen Überraschungen nicht froh, sondern wütend wurde.

«Was würdest du sagen, wenn ich von deinen Eltern Geld leihen und dafür ein Flugzeug oder ein Gartenrestaurant auf Island kaufen würde?»

«Prima, obwohl es das komplizieren würde, was ich vorhabe. Du wirst überglücklich sein.»

«Das glaube ich nicht. Ich glaube auch nicht, dass ich es noch länger aushalte, nicht dabei sein zu dürfen, wenn du unser gemeinsames Leben planst.»

«Du darfst nicht so ungeduldig sein. Wer auf etwas Gutes wartet, harrt niemals zu lange aus.»

«Das war genauso dumm, wie es gesagt wurde!»

«Ich bin jedenfalls nicht so lächerlich intrigant wie du. Nur weil ich den Bussard schön fand und ihn mit nach Hause brachte, musst du ja nicht gleich tote Vögel unter mein Bett legen. Es stinkt im Schlafzimmer, sag ich dir. Ich verstehe den Wink. Aber du hättest an die Kinder denken sollen. Es war natürlich Emil, der ihn gefunden hat. Der hat sich vielleicht aufgeregt, kann ich dir sagen. Das war verdammt kindisch!»

«Ich würde sicher nicht so wütend werden, wenn ich ihn nicht lieben würde», vertraute sie ihrer Freundin Karin an, als sie am Fyrisån spazieren gingen. Karin grub in den Taschen ihres Parka und holte trockene Brotkanten heraus, die sie den Spatzen hinwarf. Sie bogen in Drottninggatan ein und gingen um den Block zum Fyristorg, umrundeten die Domkirche und liefen weiter in Richtung

Odinslund. Maria hatte Karin angerufen, um sich mit ihr auszusprechen, ehe der Deckel dem Druck nicht mehr standhielt und explodierte.

«Was soll ich denn nur mit Krister machen?»

«Ich an deiner Stelle würde probeweise ausziehen. Er müsste eine Zeit lang allein leben und lernen, Betten zu machen», antwortete Karin und warf den kleinen Vögeln, die ängstlich aufflogen, ehe sie begriffen, was das auf sich hatte, eine Hand voll Brotkrümel hin.

«Das Risiko dabei ist nur, dass dann jemand anders ihm das Bett macht. Und damit meine ich nicht seine Mutter. Ich will ihn nicht verlieren.»

«Wenn du so leicht zu ersetzen bist, dann ist er nichts für dich. Er muss verstehen, dass du es ernst meinst. Wo ist denn nur meine alte zähe Maria geblieben?» Maria ließ den Kopf hängen und zeigte auf ihre Zehen.

«Hier irgendwo, glaube ich.»

«Du musst aufgemuntert werden. Das ist ganz deutlich.» Karin legte schützend den Arm um Marias Schultern, grub in den Taschen ihres Parkas und zog eine ziemlich mitgenommene Schokoladenpraline hervor.

«Nimm die mal. Es ist die letzte», sagte Karin sehnsüchtig. Maria wusste, was diese Geste wert war. Feierlich steckte sie das gute Stück in den Mund, ließ es am Gaumen schmelzen. Seit den Teenagerjahren hatten sie beide eine Vorliebe für teure dunkle Schokolade.

Nachdem sie eine halbe Stunde umhergelaufen waren und hin und her diskutiert hatten, fanden sie ein Chinarestaurant mit gedämpfter Beleuchtung und humanen Preisen. Maria spürte plötzlich, wie hungrig sie war, das war ihr nicht in den Sinn gekommen, als der Stockfisch auf dem Tisch gestanden hatte. Normalerweise aß sie viel zu viel, wenn der Kummer sie übermannte und das Leben zu kompliziert wurde, aber heute hatte sie ihren Hunger tatsächlich verdrängt. Eine Kleinigkeit, über die sie sich bei allem Elend freuen konnte. Krister hatte bei passender Gelegenheit einmal gesagt, dass der häufigste Grund für eine Gewichtszunahme ein reines Konstruktionsproblem sei: Der Mund sitzt zu nahe am Gehirn. Dagegen kann man nichts machen. Damit muss man leben. Maria musste vor sich hinlächeln.

Die Einrichtung des Restaurants war in rot und schwarz gehalten, tomatenrote Tapeten und schwarzlackierte Tische. Über jeder Sitzgruppe hing eine viereckige Papierlampe mit roten Troddeln und sinnreichem Blumenmuster. Auf den Tischen standen einladende Schalen, in denen Kerzen schwammen. Karin und Maria ließen sich an dem ihnen zugewiesenen Tisch am Fenster nieder. Die kleinen Kerzen flackerten im Luftzug. Ein eintöniger Gesang kam aus den Lautsprechern. Der Heizkörper strahlte intensiv Wärme ab, beinahe verbrannten sie sich die Beine. Ein sicherer Trick: In einem überheizten Lokal werden mehr Getränke verkauft. Das Restaurant war beinahe voll besetzt. Während sie auf das Essen warteten, beobachteten sie die Gäste. Karin entdeckte ihn zuerst.

«Ist das nicht ein guter Freund deines Vaters? Der Professor? Es scheint ihm nicht gut zu gehen.» Maria drehte sich um und erblickte Professor Morgan Höglund, der dort saß, zusammengesunken mit verschwommenem Blick und der Nase wenige Zentimeter über dem Teller. Heute war keine Rede von ‹feinem Wein›, heute waren offenbar stärkere Sachen gefragt. Maria ging hinüber und suchte Augenkontakt.

«Wie geht es dir, Morgan?»

«Sic transchit gloria mundi», nuschelte der Professor.

«Was heißt das?»

«So vergeht alle Herrlichkeit der Erde … Herr…lich…keit! In vino veritas. Im Wein ist Wahrheit. Auf Frauen kann man schich nisch verlassen. Nein!»

«Was meinst du damit?» Maria tat der Professor Leid, der sich verlegen hinter seinem Latein verbergen wollte.

«Die schint grüüün innen, aber schwarsch außen. Ich schag dir, wie dasch ischt, Maria.» Der Professor starrte Maria an und flüsterte mit überdeutlichen Lippenbewegungen:

«Frauen, ach Frauen schind phantastische Weschen, aber ihnen fehlt dasch kleine Gehirn. Darum, deschhalb schind schi scho enttäuschend. Schtatt diesem Gefühlsschentrum haben schie nur eine dunkle Leere. Leere, verstescht du», lallte der Professor. Und bei diesen Worten kippte er schnarchend mit der Nase auf den Teller, sodass die drei kleinen Gerichte zu einem einzigen Matsch wurden.

«Wir müssen ein Taxi bestellen und ihm nach Hause helfen», sagte Maria mit einem Blick auf Karin, die ihr zu Hilfe gekommen war, als sie das Krachen gehört hatte.

«Ein Unglück kommt selten allein, sagte das Mädchen, das aus der Nase blutete! Die Welt ist voller Männer, die sich das Leben schwer machen», sinnierte Karin respektlos. Mit Hilfe des Restaurantpersonals gelang es ihnen, Professor Höglund in ein Taxi zu bugsieren und ihn anzugurten, damit er nicht zu Boden rutschte und beim Aussteigen den Fahrer voll spuckte. Mit sorgenvollem Blick zog Maria ihre Brieftasche heraus und bezahlte. Das Bargeld des Professors war bis auf die letzte Krone vertrunken. Sie halfen sich gegenseitig bei der Suche nach seinem Türschlüssel. Morgan kreischte vor Lachen und strampelte mit den Beinen. Trotz seines volltrunkenen Zustandes war er kitzelig. In der linken Manteltasche fand Maria den Abschiedsbrief, der der Auslöser für den Zusammenbruch des Professors gewesen war.

Ich glaube nicht, dass du der richtige Mann für mich bist. Danke für die nette Gesellschaft, solange sie währte.

Schöne Grüße, Berit

«Das hätte er doch begreifen müssen, der alte Mann, dass Berit zu jung für ihn war. Er würde erheblich besseres Jagdglück haben, wenn er sich um Frauen in seinem Alter bemühte. Für Witwen und Geschiedene zwischen 60 und 70 Jahren müsste er Hochwild sein!»

Maria knipste das Licht in der Diele an. Es roch stickig und staubig mit einem stechenden Geruch nach einer Art Salbe. Alle Wände in Morgans kleiner Zweizimmerwohnung waren vom Boden bis zur Decke mit Bücherregalen zugestellt. Gemeinsam schleppten sie den Willenlosen zu seinem Bett und legten ihn in die stabile Seitenlage. Das Schnarchen wurde lauter.

Maria sah sich in dem Zimmer um. In der Mitte stand ein gigantischer Schreibtisch in heller Eiche, übervoll mit Büchern und Papierstapeln. Direkt vor ihr, neben einem Tintenfass mit dazugehörigem Gänsekiel, lag ein Buch, dessen Titel sogleich Marias Aufmerksamkeit auf sich zog: «Unser nordisches Kulturerbe» von H. Månsson, und darunter weitere zwei Bücher des gleichen Autors. Disa Månsson! H. Månsson konnte ihr Vater sein. Maria blätterte vorsichtig in dem obersten Buch. Die Einleitung handelte von Nazis und nordischer Mythologie. Der Verfasser machte geltend, dass die Bewohner des Nordens auf ihr Kulturerbe stolz sein und den Nazis nicht das alleinige Recht an der nordischen Geschichte und Mythologie überlassen sollten. Darüber hinaus schien das Buch sich an Wissenschaftler und Forscher zu richten. Der Text befasste sich hauptsächlich mit Forschungsresultaten und Methoden zur Altersbestimmung archäologischer Funde. Auf der letzten Seite konnte man eine kurze Biografie des Autors lesen. Henrik Månsson, geboren 1915. Disa Månsson wäre eine Frau in den Fünfzigern gewesen, wenn sie noch lebte. Henrik Månsson konnte gut und gerne ihr Vater sein.

Karin war draußen und beschäftigte sich in der Küche, sie stand da und guckte neugierig in den Kühlschrank, als Maria über die Schwelle trat.

«Ich wollte nur mal nachsehen, ob der Professor etwas zu essen hat, wenn er aufwacht. Sieht schlecht aus, hier ist nur eine kleine Flasche Wodka, eine Platte Blätterteig und Essig. Kein Brot!», stellte Karin fest und zog ein halb leeres Paket Kekse aus der Tasche ihres Parka.

«Die müssen zum ersten Frühstück reichen.»

«Armer Mann.» Maria schielte durch die Tür zu dem schlafenden Professor. «Und ich glaubte, das mit dem Liebeskummer wäre vorbei, wenn man ins Pensionsalter kommt, aber da habe ich wahrscheinlich Unrecht. Wer weiß, vielleicht wird das ja sogar schlimmer, je älter man wird, je teurer und kostbarer die Zeit ist, die man mit jemandem, den man liebt, verbringen kann.»

«Er liegt so nicht gut. Wir nehmen ihm die Brille ab und ziehen die Schuhe aus, ehe wir gehen. Er macht sonst vielleicht seine Brille kaputt, wenn sie hinunterfällt und er drauftritt, sobald er aufsteht. Harnisch, Nylonhemd und eingenähte Bügelfalten, ich frage mich, wann die mal Mode waren? Kann das in den Sechzigern gewesen sein? Blieb das Leben stehen, als seine Frau starb?» Karin entfernte im Vorbeigehen ein paar welke Blätter vom Ficus, nahm die Brille, klappte sie zusammen und legte sie oben auf den Bücherstapel auf dem Nachttisch. Maria band die Schuhe auf. Aristokrat Größe 42! Vielleicht gab es eine halbe Million Männer, die Schuhgröße 42 hatten. Sie musste versuchen, besonnener zu sein! Keine übereilten Schlüsse! Schließlich war sie selbst es gewesen, die den Professor ins Spiel gebracht und um Hilfe gebeten hatte. Dadurch war er überhaupt erst hinzugezogen worden.

Aus reiner Routine kontrollierte Maria den Kalender des Professors, der aufgeschlagen neben dem Telefon lag. Am 21. und 22. Dezember gab es keine Eintragungen, die letzte Vorlesung war auf den 17. Dezember datiert. Danach gab es keine Notizen bis zu dem Diavortrag bei Freyjas Nachkommen. Frau Höglund und die beiden Söhne lächelten sie von einem retuschierten Foto über dem Fernseher an. Eine Erinnerung an eine glückliche Zeit. Maria spürte einen Stich. Wie hielt sie es denn mit ihrer Familie, mit ihrem Glück? Suchte sie an der falschen Stelle? Das Heimweh zupfte an ihrem Herzen. Was hatte sie hier in Uppsala zu suchen?

Der Spaziergang im eisigen Wind war unangenehm. Der Hunger machte sich erneut bemerkbar. Karin schlug vor, mit dem Bus in die Innenstadt zu fahren, und das taten sie.

«Das Schlimmste ist wirklich meine Schwiegermutter. Sie beherrscht die ganze Familie mit ihrem schwachen Herzen. Passt ihr was nicht, wird sie krank. Außerdem glaube ich, dass sie an meine Schubladen geht, wenn ich weg bin. Das Seidennachthemd, das ich von Krister zu Weihnachten bekommen habe, und ein Paket Zigaretten sind weg. Das Nachthemd war so schön. Der Stoff machte richtig scharf. Ich glaube, sie hat mir das nicht gegönnt! Ich bin beinahe sicher, dass sie es aus meiner Schublade genommen hat.»

Karin lachte lauthals los.

«Aha, du meinst, sie würde es dir stehlen, um Artur damit ein bisschen munter zu machen? Vielleicht ist das nötig!»

«Ich meine es ernst. Die Sachen sind verschwunden! Kurze Zeit habe ich sogar Patrik verdächtigt.»

«Patrik? Was sollte der denn in Kronköping zu tun gehabt haben?»

«Ja, was sollte der wohl in Kronköping zu tun gehabt haben?»

DER 28. DEZEMBER

19 Mit Unterstützung von Kriminalinspektor Bernhard Myhr bekam Maria die Adresse der Station heraus, auf die Disas Mutter Saga Månsson verlegt worden war. Ein Neubau gleich oberhalb des Sten-Sture-Denkmals auf dem Gelände des Akademischen Krankenhauses. Ursprünglich hatte man das Gebäude direkt an den Fluss setzen wollen, aber das Personal hatte protestiert. Obwohl es sich um eine geschlossene Abteilung handelte, kam es vor, dass Patienten den Weg nach draußen fanden, wenn ein Besucher die Tür nicht sorgfältig genug verschlossen hatte. Auch wenn der geplante Standort hübsch gelegen war, konnte man sich vorstellen, dass es nicht lustig war, gerade hier nach verschwundenen Patienten zu suchen. Es war tatsächlich vorgekommen, dass eine verwirrte Patientin mit dem Ausflugsdampfer versehentlich bis nach Skokloster gekommen war, was eine aufwendige Suche der Rettungsdienste mit allen Mitteln und sogar Tauchern zur Folge hatte, ehe man herausfand, wohin die Frau gefahren war, erzählte eine Putzfrau, die mit ihrem Wagen in die gleiche Richtung wie Maria unterwegs war.

«Der Türcode ist 2412, das Datum von Weihnachten. Kann man leicht behalten. Aber vielleicht wollen Sie lieber an der Tür klingeln», sagte die Frau und verschwand auf der nächsten Station.

Es roch nach einer Mischung aus Weihnachtsblumen, Kaffee und Urin. An der Wand entlang saßen ein paar kleine, in sich zusammengesunkene Frauen und brüteten in ihren Rollstühlen vor sich hin. Eine ältere Frau wankte umher und sammelte die Kaffeetassen der anderen ein, wobei sie unablässig angeschnauzt und zurechtgewiesen wurde. Weit hinten im Korridor rief jemand nach seiner Mutter. «Mama, Mama, Maaama!» Maria spürte, wie sich ihr Magen zusammenzog, ein unbestimmtes Kneifen. Das war schrecklich. Wenn nun der verwirrte kleine Mensch dort hinten glaubte, er sei ein kleines Mädchen, das seine Mutter verloren hatte, das sich nach seiner Mutter sehnte, dann war das einfach schrecklich! Eigentlich ebenso schrecklich, wie wenn Linda nach ihrer Mama weinte. Das Gefühl war ja sicher das gleiche. Maria fühlte sich überhaupt nicht wohl. Sie war noch nie in einer solchen Abteilung gewesen. Bisher kannte sie Krankenhäuser nur von der Geburt ihrer Kinder und oder wenn sie dienstlich in der Ambulanz zu tun gehabt hatte.

«Zu wem möchten Sie?»

«Ich möchte mit Saga Månsson sprechen, ich bin von der Polizei.» Die weiß gekleidete Frau riss die Augen auf. Ein freundliches Lächeln erhellte den abgearbeiteten Gesichtsausdruck. Polizei, das war etwas für die Kaffeepause nachher.

«Von der Polizei! Ich weiß nicht, ob Sie etwas aus ihr herauskriegen werden. Worum geht es denn? Handelt es sich um diese Tochter da, die einen Arzt ermordet hat? Sie sind aber nicht von der Klatschpresse, oder?»

«Ich möchte mit Saga Månsson allein sprechen», antwortete Maria und zeigte demonstrativ ihren Dienstausweis.

«Bitte sehr», sagte die Schwester schmollend. «Da sitzt sie. Gehen Sie nicht zu nahe ran, sie kann ziemlich übel kratzen.»

Ganz hinten im Korridor saß eine weißhaarige Frau in einem hellblauen kuscheligen Jogginganzug am Fenster.

«Guten Morgen, ich heiße Maria Wern. Ich bin von der Polizei. Darf ich mich setzen?» Die Frau antwortete nicht. Ihr Blick folgte einigen vorbeigehenden Patienten an der anderen Seite des Flurs. Maria ließ sich auf dem durchgesessenen Plastiksessel neben ihr nieder.

«Guten Morgen! Darf ich Ihnen ein paar Fragen stellen, Saga?», versuchte sie es wieder.

Langsam drehte die Frau ihren Kopf vom Fenster weg. Maria sah das hellrote Narbengewebe rund um das eine Auge und den stummen Blick. Schaudernd erinnerte sie sich, was Bernhard Myhr über den Verlust des Auges erzählt hatte. Das Glasauge starrte groß in den Raum. Das andere Auge war klein, verschrumpelt und lag versteckt hinter mehreren Hautfalten. Die Frau sah bleich und krank aus. Der blaue Anzug verstärkte diesen Eindruck noch.

«Saga Månsson, ich würde gern wissen, ob Sie einen Mann kennen, der Vidar Larsson heißt? Er war ein Freund von Disa.»

Die Weißhaarige, die dagesessen und vor sich hin gekaut hatte, nahm ihr Gebiss heraus, leckte es sorgfältig ab und steckte es dann nachdenklich wieder in den Mund.

«Vidar, Vidar aus Vidi …

Gesträuch wächst und starkes Gras
auf Widars Waldgebiet;
auf Rosses Rücken, zu rächen den Vater,
verheißt dort der Heldensohn.

Der starke Sohn Siegvaters kommt,
Widar, zum Kampf mit dem Waltiere:
Es stößt seine Hand den Stahl ins Herz
dem Riesensohn; so rächt er Odin.

«Grimnismál und Vǫluspá», sagte die Alte und nickte nachdrücklich.

«Grimnismál?»

«Kennst du die Götterlieder nicht, du dumme Gans?» Saga lachte hart und kalt. Dann wurde sie ernst und blickte Maria scharf an.

«Vidar *war* nicht Disas Freund. Er *ist* Disas Freund!» Maria legte bekümmert ihre Stirn in Falten. War der Frau nicht bewusst, dass ihre Tochter nicht mehr lebte?

«Disa schickt jedes Weihnachten Blumen!» Saga Månsson zeigte mit zitterndem Finger auf den Tisch neben dem Bett, da stand ein großer Strauß weißer Lilien in einer der rostfreien Vasen des Krankenhauses. «Da siehst du!»

Maria ging in das Zimmer und drehte die Karte um, die gegen die Vase gelehnt war. Eine ganz normale Weihnachtskarte mit dem Buchstaben D als einzigem Hinweis auf den Absender und in der linken Ecke ein Zeichen mit roter Tinte: die Rune Jara. Der Poststempel war aus Västerås.

«Haben Sie jedes Jahr zu Weihnachten einen solchen Strauß bekommen?»

«Jedes Weihnachten, jedes Weihnachten», bestätigte Saga.

«Darf ich mir die Karte für einige Tage von Ihnen ausleihen? Das ist sehr wichtig. Sie bekommen sie so schnell wie möglich zurück.»

«Ich will pinkeln!»

«Ich hole jemanden, der Ihnen helfen kann. Dieses Zeichen», Maria zeigte auf die Rune und beugte sich vor, «was bedeutet das?» Sagas Gesicht verkrampfte sich, als ob sie starke Schmerzen hätte. Maria sah die Hand mit den scharfen Nägeln zu spät, konnte aber gerade noch die Augen zukneifen. Erschreckt zuckte sie zurück. Die Wange brannte.

«Das ist der Wunsch nach einem Kind», flüsterte die Alte laut und heiser. Dann begann sie zu schreien. Maria versuchte ihr beruhigend zuzureden, aber das Schreien wurde immer lauter.

Saga schlug wild um sich, kniff das gesunde Auge zu und schrie vor sich hin. Das Personal kam angelaufen. Neugierige Mitpatienten steckten ihre Köpfe aus den Zimmertüren. Das Schreien war durch die Wände zu hören. Maria wandte sich an die Schwester, die sie zu Saga gebracht hatte.

«Können wir irgendwo ungestört miteinander sprechen?»

«Sie hat Sie ja gekratzt! Ich habe Sie doch gewarnt! Kommen Sie mit raus in den Behandlungsraum, dann kann ich die Wunde reinigen. Wie Sie aussehen!»

Maria folgte der Weißgekleideten hinaus in ein verschlossenes Zimmer. Sie bekam einen Platz auf einem Metallhocker neben einem Wagen mit Nadeln, Desinfektionsmitteln und Pflastern angewiesen. An der Wand hing ein Plakat mit Abbildungen von infizierten Wunden in unterschiedlichen Stadien, von geröteter Haut bis zu beginnender Verwesung, und ein anderes mit Werbung für ein Abführmittel, das eine kleine Frau auf dem Nachttopf zeigte. Schaudernd erinnerte sich Maria an den Äthergeruch im Zimmer der Schulkrankenschwester und die blendend weißen Wände im Warteraum davor. Tetanusspritzen, Kinderlähmungsspritzen kamen ihr in den Sinn, ebenso der grimmige Schularzt. Maria fühlte sich klein und verletzlich. Ihr Gesicht brannte von den Desinfektionsmitteln. Vorsichtig schielte sie zum Spiegel. Vier angeschwollene Kratzer zogen sich von der Stirn über die Augenlider bis zum Kinn. Hübsch sah sie nicht gerade aus!

«Das hätte ins Auge gehen können!», sagte die Schwester und spülte sich die Hände unter dem Wasserhahn ab.

«Vielen Dank für die Hilfe. Ich hatte wohl Glück. Darf ich Sie um etwas bitten? Wenn Saga Månsson Besuch bekommt, möchte ich, dass Sie sofort, aber diskret die Polizei anrufen.»

Saga Månssons Blumen waren mit einem Boten von Evertssons Blumengeschäft geliefert worden. Soweit sich die Schwester erinnern konnte, hatte Saga Månsson auch im Jahr davor zu Weihnachten einen Strauß mit weißen Lilien erhalten. Sie bekam nie Besuch, und die Schwester hatte keine Ahnung, wer «D» sein konnte.

Maria fuhr mit dem Fahrstuhl nach unten. Im zweiten Stock stieg ein älteres Paar hinzu, und Maria verdeckte ihr Gesicht mit der Hand.

Evertssons Blumenladen lag gleich um die Ecke. Es duftete nach Rosen, Moos und Schwertlilien. Die Schlange war lang, zwei Verkäufer arbeiteten mit Hochdruck. Viele Angehörige wollten zwischen den Feiertagen ihre Verwandten und Freunde besuchen. Maria hatte den Eindruck, angestarrt zu werden. Sie spürte die verstohlenen Blicke auf ihrer Haut brennen und merkte, dass die Leute Abstand hielten.

Schließlich war Polizeiassistentin Wern an der Reihe. Sie fragte den Verkäufer, ob sie irgendwo ungestört miteinander sprechen könnten. Der Mann erweckte den Anschein, als ob er gleich in Ohnmacht fallen wollte. Die Frau vor ihm sah wild aus mit ihrem buschigen Haarzopf und dem zerkratzten Gesicht. War das ein zweideutiges Angebot mitten im Nachweihnachtsstress, oder was sollte das bedeuten? Maria warf ihren Dienstausweis auf den

Ladentisch, als sie die dümmliche Miene des Verkäufers wahrnahm.

«Polizei.» Maria versuchte beruhigend zu lächeln, aber die Lippe platzte wieder und blutete. «Es wird nicht lange dauern!» Der Mann in der Schlange hinter Maria machte lange Ohren und sperrte die Augen auf, als der Verkäufer und die Polizistin hinter dem Vorhang verschwanden. Er stellte sich auf Zehenspitzen und wäre nur allzu gern mitgegangen, es hätte nur eines kleinen Winkes bedurft. Seite für Seite blätterten sie im Auftragsbuch. Maria trat ungeduldig von einem Bein auf das andere. Am 23. Dezember war ein Strauß weißer Lilien für 150 Kronen an Saga Månsson, Psychiatrische Abteilung des Akademischen Krankenhauses in Uppsala, im Auftrag von Elviras Blumengeschäft in Kronköping geliefert worden. Der Absender war anonym. Bezahlung in bar. Maria bekam eine Gänsehaut! Das Herz schlug ihr bis zum Hals. Durfte sie mal telefonieren?

20

Nach dem Gespräch mit Kriminalinspektor Hartman hatte die Spannung etwas nachgelassen. Um die Weihnachtskarte sollte sich das kriminaltechnische Labor in Uppsala kümmern. Vielleicht fand man Fingerabdrücke darauf oder konnte eine Handschriftenanalyse von den drei dürftigen Zeilen machen, auf denen Stina Ohlssons Name und Adresse in Druckbuchstaben standen. Tomas Hartman würde das betreffende Blumengeschäft in Kronköping selbst aufsuchen. Wenn sich Maria nicht sehr täuschte, war es der Laden, den sie von ihrem Bürofenster aus sehen konnte. Am 23. abends hatte sie eine Frau im Pelz mit einem weißen Spitz an der Leine genau in dieses Blumengeschäft gehen sehen. Die Frau war mit ihren Einkaufstüten in der Tür hängen geblieben, und ein älterer Herr hatte ihr geholfen. Nicht ohne Vorbehalt gab sie Hartman eine Personenbeschreibung. Die Frau, die sie aus ihrem Fenster gesehen hatte, war kurzbeinig, höchstens eins sechzig groß. Im Blumenladen konnte man ihm vielleicht eine bessere Beschreibung der anonymen Kundin liefern. Auf jeden Fall müsste man sich daran erinnern können, ob es ein Mann oder eine Frau war, die den Strauß bestellt hatte. Weiße Lilien sind zu Weihnachten nicht gerade alltäglich.

Maria setzte sich in die Cafeteria des Krankenhauses und überlegte. Entweder war Disa Månsson noch am Leben, oder jemand wollte, dass die Polizei davon ausging. Disa war mit Sicherheit in dem brennenden Auto umgekommen. So zur Unkenntlichkeit verbrannt, dass sie nur mit Hilfe des Zahnschemas identifiziert werden konnte. Es schien höchst unwahrscheinlich, dass sie danach wieder auferstanden war. Aber wer war es dann, der einer alten Frau wie Saga Månsson jedes Weihnachten so teure Blumen schickte? Wer schickt Blumen aus einem Blumenladen in Kronköping? Warum stand auf der Karte nur ein D und nicht Disa? Vielleicht wäre aus der Handschrift ersichtlich geworden, dass jemand anderes als Disa Månsson sie geschrieben hatte.

Maria holte sich noch einmal Kaffee nach. Vor den Fenstern wirbelten kleine eisige Schneeflocken wie Waschpulver schräg vorbei. Der Wind pfiff um die Hausecke. Menschen liefen dick eingepackt vornübergebeugt und mit schnellen Schritten über den Parkplatz. Schön, dass man an einem solchen Tag nicht draußen Streife gehen musste. Maria biss von ihrem Safranskuchen ab und dachte an Professor Höglund. Wie ging es ihm heute mit seinem Kater? War es vorstellbar, dass der Professor auf irgendeine Art und Weise mit betroffen war? Könnte er Disa gekannt haben? Darüber hatte er kein Wort verloren. Tatsächlich nicht. Wenn er sie gekannt hatte, hätte er es sicher erwähnt. Manchmal muss man mit einem dritten Ohr zuhören, darauf achten, was nicht gesagt wird, wie Hartman zu sagen pflegte. Offensichtlich kannte er jedenfalls Disas Vater. Es war nicht unwahrscheinlich, dass sie sich hin und wieder getroffen hatten, vereint durch ihr Interesse an der nordischen Mythologie. Wenn der Professor Disa gekannt hatte, musste er gute Gründe haben, nicht darüber zu sprechen, überlegte Maria.

Jetzt war Vidar aus Vidi an der Reihe. Im Telefonbuch stand Vidar Larsson nicht. Nach weiterer Unterstützung durch Kriminalinspektor Bernhard Myhr fand sich Maria auf einem Abbruchgrundstück in der Svartbäcksgatan wieder, auf dem vier Wohnwagen aufgestellt waren. Das war die heutige Form der Wohngemeinschaft, erfuhr Maria vom Personal, das einen der Wohnwagen als Aufenthaltsraum nutzte. Absicht war gewesen, dass die Wohnwagen nur eine vorübergehende Lösung des Wohnungsproblems sein sollten, aber ein anderes Angebot war nicht vorgelegt worden, obwohl es mitten im Winter war. Gnädigerweise hatte man auf Bestellung elektrische Heizkörper bekommen. Wäsche machen und Essen kochen musste auf primitivste Art und Weise erledigt werden.

«Wenn wir waschen wollen, wärmen wir Wasser auf dem Herd», erzählte ein langer schmächtiger Pfleger mit roten Haaren.

Maria konnte sich vage erinnern, dass Bernhard Myhr von einem Zeitungsartikel gesprochen hatte, in dem Vidar Larsson mit einer Motorsäge in der Hand abgebildet gewesen war. Der Rothaarige bestätigte das.

«Er war auf der ersten Seite der Zeitung. Das stimmt. Wegen genau der Motorsäge sitzen wir jetzt in diesen Wohnwagen», sagte der junge Mann. «Vidar ist keiner, der irgendwas aus eigenem Antrieb macht, aber wir kriegten einen Burschen in die gleiche Wohnung, der umso mehr Initiative entwickelte. Der Neue nahm Vidar mit zum Zigarettenholen. In einer offenen Garage sahen sie die Motorsäge liegen, betankt und startklar. Vidars Freund fand, dass sie die Säge mal ausprobieren könnten. Da sind sie in die Hausgärten gegangen und haben wahllos Bäume abgesägt, bis die Polizei und die wütenden Besitzer sie gestoppt haben. Danach gab es keine Chance mehr, in dem Viertel wohnen zu bleiben, und nach dem Artikel in der Zeitung war es hoffnungslos, irgendwo etwas zu mieten. Vidar ist mit der Säge nicht auf die Leute losgegangen, wie manche gern behauptet hätten. Ich glaube, es hat ihn einfach begeistert, was die mit der Maschine in den Gärten alles geschafft haben. Der Neue hatte große Schwierigkeiten, seinen Tatendrang zu zügeln, und als sie erst mal angefangen hatten, waren sie kaum zu bremsen. Wenn wir genügend Personal hätten, wäre so was nie passiert! Ich kann mir vorstellen, dass das bedrohlich aussah, der kräftige Vidar mit der Motorsäge im Arm, vor allem wenn man Vidar nicht kennt.»

Sie klopften an die Tür von Vidars Wohnwagen und traten ein. Ganz hinten im Qualm saß ein riesiger Mann und blickte stumpf vor sich hin. Überall auf dem Tisch und dem Fußboden lagen Kippen und ausgespuckte Reste vom Kautabak. Vor dem Fenster hing eine fröhliche Weihnachtsmanngardine, und das Bett war sorgfältig mit einem dazu passenden Bezug gemacht, beides in grellem Kontrast zu dem ganzen Beigebraun rundherum.

«Ich bin von der Polizei. Darf ich ein Weilchen mit Ihnen sprechen?» Vidar brummte tief aus sich heraus. Das lange graue Haar hing ihm ins Gesicht. Maria kam sich klein und eingesperrt vor. «Wissen Sie, wo Sie am 21. und 22. Dezember gewesen sind?» Vidar ließ seinen Blick langsam von dem Pfleger zu Maria gleiten, pulte den Kautabak unter der Oberlippe hervor und drehte ihn zwischen den Fingern.

«Sind Sie vor Weihnachten unterwegs gewesen?», wiederholte Maria. Vidar starrte die Polizeiassistentin immer noch an und sagte nach langer Pause, die so lang war, dass Maria daran zu zweifeln begann, ob er überhaupt jemals antworten würde: «Ja.» Die Stimme des Mannes war unerwartet tief und kräftig.

«Wohin sind Sie gefahren?» Wieder Schweigen. Der lange Pfleger ließ sich auf der Pritsche nieder und antwortete an Vidars Stelle.

«Am 21. Dezember kam eine Kusine von Vidar und holte ihn ab. Am Tag danach kam er allein im Taxi zurück. Warum fragen Sie danach? Ist etwas passiert?» Maria spürte, wie sie unruhig wurde.

«Sie sind ganz sicher, dass er in der Nacht zum 22. Dezember weg war?»

«Ganz sicher! Es war nicht abgemacht, dass er allein im Taxi zurückkommt. Die Kusine hatte versprochen, ihn herzubringen.»

«Können Sie die Kusine beschreiben?»

«Das war eine Frau, vielleicht um die fünfzig, kräftig gebaut, knapp eins achtzig groß, würde ich sagen. Sie war kleiner als ich, aber größer als Sie», beschrieb der Rothaarige und sah Maria von oben bis unten prüfend an. «Sie hatte schwarze Sachen an. Mehr kann ich nicht sagen.»

«War die Frau, die Sie abgeholt hat, Ihre Kusine, Vidar? War sie das?»

«Nein», brummelte der Mann mit der Donnerstimme. In dem aufdringlichen Geruch von mangelnder Hygiene und Schimmel sehnte Maria sich hinaus an die frische Luft.

«Wer war die Frau? Kannten Sie sie?»

«Ja.»

«Wissen Sie, wie sie heißt?» Maria spürte, wie das Adrenalin ihr bis in die Fingerspitzen schoss. Vidar verzog keine Miene, machte keinen Versuch zu antworten. «Wer? Wer, Vidar? Seien Sie so lieb und helfen Sie uns, es ist wichtig. Wer hat Sie abgeholt?»

«Disa», dröhnte Vidar. Plötzlich war es in dem Wohnwagen viel zu eng.

«Was für ein Auto hat Disa gefahren?»

«Ein rotes.»

«Das war ein roter Saab. Das weiß ich sicher.» Die grünen Augen des schlaksigen Pflegers leuchteten vor Eifer.

«Entschuldigung, ich muss mal telefonieren.» Maria eilte zur Tür.

«Sie ist gegangen!», tönte Vidar lauthals.

Mit zitternden Fingern wählte Maria Hartmans Nummer und berichtete, was sie erfahren hatte.

«Gute Arbeit! Inwieweit kann man sich auf das verlassen, was Vidar Larsson gesagt hat?»

«Ich glaube, er sagt die Wahrheit. Seine Angaben werden von einem Pfleger bestätigt. Hier gibt es zwei Pfleger. Ich werde sie hier verhören. Sie haben Schwierigkeiten, Leute zu kriegen, die sich um die Männer kümmern. Vidar nehmen wir zur Vernehmung mit. Ich setze mich mit der Polizei in Uppsala in Verbindung.»

«Wir müssten auch Unterstützung bei der technischen Untersuchung von Vidars Wohnwagen und der Vernehmung der Taxifahrer bekommen, die am 22. Dezember Dienst hatten. Schade, dass mein alter Kollege Bernhard Myhr nicht mehr im Dienst ist. Er war ein guter Polizist.»

«Er hat mir eine ganze Menge geholfen. Er ist ein scharfsinniger Mann, mit ihm kann man gut diskutieren. Aber er kann das Haus kaum verlassen. Er pflegt seine demenzkranke Frau.»

«Es tut mir weh zu hören, dass es die beiden so schwer getroffen hat. Ich rechne damit, dass ich morgen mit dem ersten Zug nach Uppsala fahren kann. Ruf mich an und halte mich bis dahin auf dem Laufenden.»

«Waren Sie am 21. und 22. Dezember tagsüber zu mehreren bei der Arbeit? Hat außer Ihnen noch jemand die Frau in dem roten Saab gesehen?»

«Ja, Elvy. Sie sitzt im Wohnwagen», sagte der lange Pfleger und zeigte auf den «Personalraum».

21 «Na ja, so richtig gesehen habe ich sie nicht», antwortete Elvy, drückte ihre filterlose Zigarette im Aschenbecher aus und nahm ihr Strickzeug wieder in die Hand. «Ich habe hier gesessen. Der Junge war draußen und hat mit ihr geredet. Sie hatte schwarze Sachen an, glaube ich. Blond. So genau habe ich nicht nachgesehen, muss ich zugeben. Neue Brillengläser konnte ich mir in letzter Zeit nicht leisten. Bald wird der Knabe mich wohl hinüber zu den Wohnwagen führen müssen.»

«Aber Sie sehen noch genug, um stricken zu können.» Maria versuchte interessiert auszusehen, als Elvy ihr das gestreifte Rückenteil zeigte.

«Das ist für die Männer. Ich schnorre mir Wollreste zusammen. Es fängt an, kalt zu werden! Ich dachte, ich könnte denen jedem seinen Pullover stricken, als letzte Liebesgabe. Ich gehöre zu der alten Garde, die dieses Jahr in Rente geht. Danach muss der Junge sich allein um die Männer kümmern. Ich glaube nicht, dass die das Geld haben, um für mich jemand Neues einzustellen.»

«Haben Sie Vidar lange gekannt?»

«Seit der Zeit in der Privatklinik Torsåkra. Stört es Sie?» Elvy steckte sich eine neue Zigarette an, ehe Maria antworten konnte.

«Haben Sie dort zu der Zeit gearbeitet, als Disa Månsson in der Klinik behandelt wurde?»

«Ja, das unglückliche junge Ding! Sie wurde schwanger! Darüber kann man jetzt, wo sie tot ist, ja sprechen, oder nicht?» Maria fiel das Wort Schweigepflicht ein, aber sie behielt es schamhaft für sich.

«Es hat viel Geheimnistuerei um die Sache gegeben, das kann ich Ihnen sagen. Es war ja einer der Pfleger, der sie geschwängert hat! Wirklich! Er musste gehen. Das alles ist vertuscht worden, so gut es ging. Ich glaube nicht, dass Disas Vater jemals erfahren hat, wer das gewesen ist. Das arme Mädchen hat mir erzählt, dass sie es in der Wäschekammer getrieben haben.» Elvy lachte und entblößte ihre langen nackten Zähne. Das Lachen ging in eine laute Hustenattacke über.

«Wissen Sie, wie der Pfleger hieß?»

«Na und ob ich das weiß!» Elvy lächelte wissend und antwortete zögernd, wie um den besten dramatischen Effekt zu erzielen:

«Er hieß Dick Wallström. Über ihn hat doch was in der Zeitung gestanden, stimmt's? Diesmal hat er wohl eine andere Frau unglücklich gemacht. Er war verrückt nach Frauen, so was verwächst sich nicht. Ich glaube nicht an militante Veganer, wie die Zeitungen schreiben. Nein, wenn man Dick gekannt hat, dann war es wohl eher ein betrogener Ehemann, der ihn totgeschlagen hat. Das glaube ich jedenfalls. Aber eigentlich habe ich nicht so genau aufgepasst, was im Fernsehen oder so gesagt worden ist. Ich finde, es reicht mit dem Unglück, das man jeden Tag bei seiner Arbeit sieht.»

«Vidar kennen Sie auch seit der Zeit in Torsåkra?»

«Wir kennen uns seit mindestens dreißig Jahren. Torsåkra galt damals als eine feine Klinik. Wir hatten Privatpatienten, die selbst bezahlten. Der Standard war hoch. Die meisten Patienten hatten eigene Zimmer. Ich gehörte zu den Glücklichen und Auserwählten, die dort eingestellt wurden. Vorher habe ich auf der Geschlossenen gearbeitet. Das war ein Unterschied, das kann ich Ihnen sagen. Torsåkra war neu und elegant. Da hat sich niemand kaputtgemacht. Die Patienten wurden operiert. Dadurch waren sie leichter zu betreuen. Einige sind auch nach Hause entlassen worden. Die Operationen mussten nicht unbedingt von Spezialisten durchgeführt werden. In anderen Anstalten operierten Allgemeinmediziner, manchmal richtige Stümper, aber bei uns hatten alle eine Fachausbildung. Die Ärzte, die die Operationen durchführten, machten das oftmals nur mit lokaler Betäubung, dann konnten sie während der Operation mit den Patienten sprechen und das Resultat beurteilen. Von der Stirn aus führten die Ärzte ein Instrument ein, das Eispickel genannt wurde und im Gehirn herumschnitt, bis man mit dem Resultat zufrieden war. Manche starben natürlich an Gehirnblutungen. Die meisten waren nachher leichter zu pflegen. Sie sehen ganz geschockt aus. So jung, wie Sie sind, waren Sie natürlich noch nie auf einer geschlossenen Abteilung, und dafür können Sie sich bedanken. Wir waren gezwungen, Patienten festzubinden und ruhig zu stellen, damit sie nicht sich selbst und andere verletzten. Als die Operationen zur Routine wurden, konnte man diese Abteilungen nach und nach auflösen. Ein Teil der Patienten ging nach Hause und konnte einfache Arbeiten ausführen. Er, also der Arzt, der die Leukotomie entwickelte, bekam dafür den Nobelpreis, wussten Sie das? Er hieß Moniz.» Maria schüttelte den Kopf. Die Vorstellung war ihr völlig zuwider.

«Wie grässlich!»

«Das kann man so sehen, wenn man nie in einer solchen Abteilung gearbeitet hat, blau geschlagen nach Hause gekommen ist und Angst vor dem nächsten Tag gehabt hat. Man kann das schlimm finden, wenn man niemals gesehen hat, wie die armen Teufel litten und Tag und Nacht von ihren Ängsten gepeinigt wurden. Also, ich kann Ihnen sagen, für viele Familien, für die es vorher die absolute Hölle war, waren diese Operationen eine große Erleichterung. Das eigentliche Verbrechen war dann, dass man mit der Leukotomie nicht aufhörte, als es wirksame Medikamente gab. Chlorpromazin wurde Mitte der fünfziger Jahre in Schweden eingeführt. Aber bei uns wurde trotzdem bis weit in die Sechziger operiert. Da war viel Prestige mit im Spiel. Die Ärzte wollten nicht, dass irgendjemand kam und ihnen mit neumodischen Sachen was vormachte. Vidar gehört zu denen, die anstelle einer Operation Medikamente hätten bekommen sollen. Disa kam davon, weil ihr Vater es so wollte. Er war ein feiner Mann. Für Disa war es ein großes Unglück, dass er so früh gestorben ist, und ein großes Unglück für Vidar, dass sie ihn in ihren Hass auf den Gynäkologen Bertil Simonsson hineingezogen hat. Soviel ich aus den Fragen der Polizei damals verstanden habe, soll Vidar ihr geholfen und den Arzt aufgehängt haben. Er hat ihn nicht getötet. Das hat Disa gemacht.» Elvy schob ihre mit Klebeband zusammengeflickte Brille die Nase hinauf. «Komisch, wie das Pendel hin und her schwingt. Als ich in der Psychiatrie angefangen habe, wurden alle mit abweichenden Verhaltensweisen, alle mit Entwicklungsstörungen, psychisch Kranke, Verbrecher, Deprimierte und ‹leichte› Mädchen in einem einzigen Durcheinander eingesperrt. ‹Leichte› Männer behielten ihre Freiheit, sonst wäre Dick Wallström schon lange hinter Schloss und Riegel verschwunden. Jetzt hat das Pendel also zur anderen Seite ausgeschlagen. Sieh dir doch diese Wracks hier in den Wohnwagen an. Die sollen in die Gemeinschaft integriert werden, heißt es. Manche kommen ganz gut klar, für andere wird die Einsamkeit und ihre Außenseiterrolle umso deutlicher, wenn sie hinaus unter Menschen gezwungen werden. Häufig sind die Patienten überfordert. Es gibt nicht genügend Personal, das ihnen helfen kann. Manche Patienten sehnen sich tatsächlich zurück in die Geborgenheit der Anstalten. Kann man das verstehen?»

22 Kriminalinspektor Hartman saß an seinem Schreibtisch. Ihm gegenüber saß bleich und mit strähnigen Haaren Frau Gunilla Berggren und rutschte nervös auf ihrem Stuhl herum. Der blaue Fleck auf ihrer Wange war größer geworden und hatte eine gelbviolette Färbung angenommen. Auf der anderen Wange hatte sie eine frischere Beule in Rot.

«Sind Sie geschlagen worden? Die Art von Blutergüssen, die Sie im Gesicht haben, holt man sich nicht selbst.» Gunilla verbarg ihr Gesicht mit den Händen, wie um das Gesehene ungesehen zu machen.

«Ich bin von ihm weggegangen. Ich habe ein Zimmer bei einer Bekannten gefunden. Anneli ist auch weggezogen.»

«Können Sie mir bitte ihre neue Adresse geben?»

«Sie ist mit Kents Bruder weg. Er wollte ihr in Malmö was besorgen.»

«Möchten Sie, dass wir eine Anzeige wegen Misshandlung aufnehmen? Wir helfen Ihnen dabei, wenn Sie meinen, es sei zu schwierig für Sie.»

«Nein! Ich habe niemals gesagt, dass er mich misshandelt hat. Ich habe nur gesagt, dass ich ausgezogen bin», entgegnete Gunilla aufgeschreckt. «Er hat das Haus, ich glaube, er begnügt sich damit.»

«Sie sind am zweiten Weihnachtstag in Uppsala gesehen worden. Ich möchte wissen, was Sie dort gemacht haben.»

«Was soll ich schon gemacht haben, leben wir nicht in einem freien Land? Habe ich nicht das Recht, mich dort aufzuhalten, wo ich will?»

«Natürlich, aber es ist trotzdem von großem Interesse für uns zu erfahren, was Sie in Uppsala genau dort getan haben, also in dem Viertel, in dem Sie gewesen sind.» Gunilla zögerte. Hartman hatte keine Eile. Er lehnte sich im Stuhl zurück, ließ die Frau aber nicht aus den Augen.

«Ich habe einen Brief bekommen, er ist hier in der Handtasche.» Einen winzigen Moment lang hatte Hartman das Gefühl, die Frau könnte eine Pistole in der Tasche haben, sie stand unter starkem Druck und würde möglicherweise etwas Übereiltes tun. Ganz ruhig legte er seine Hand auf ihren Arm.

«Ich weiß, dass Sie eine schwere Zeit durchzustehen haben. Wir sind dazu da, Ihnen zu helfen.» Als er merkte, dass Gunilla Berggren sich entspannte, hätte er über seine eigene Dummheit beinahe laut losgelacht. Hätte sie den Arm angespannt, wäre ihm ein heftiger Adrenalinstoß sicher nicht erspart geblieben. Frau Berggren zog einen abgegriffenen Brief aus der Tasche.

«Dieser Brief war an der Glasscheibe der Haustür festgeklebt, als ich am ersten Weihnachtstag aufwachte.» Hartman zog seine Lesebrille aus der Brusttasche und streckte die Hand nach dem

Brief aus. Der sah aus, als ob er mit ganz gewöhnlicher Tinte geschrieben worden sei, vielleicht mit einem Füllfederhalter. Die Handschrift war verschnörkelt und schwer zu lesen. Hier und da waren Tintenkleckse auf dem Papier.

Liebe Frau Gunilla Berggren,

ich kann beweisen, dass Sie Ihren Liebhaber Dick Wallström nicht ermordet haben, obwohl die Polizei Sie verdächtigt.

Kommen Sie zur Odensgatan in Uppsala mit dem 52er Bus. Die Zeit wird Ihnen per Telefon mitgeteilt.

D

«Wissen Sie, wer D ist?»

«Ich habe nicht die geringste Ahnung. Sie glauben doch wohl nicht, dass ich Dick Wallström ermordet habe? Das können Sie doch nicht glauben?» Gunilla Berggren zupfte an Hartmans Ärmel. «Ich hab es nicht getan!»

«Niemand hat einen Verdacht gegen Sie geäußert. Hat Sie jemand angerufen und Ihnen eine Zeit für ein Treffen in Uppsala genannt?»

«Ja. Kurze Zeit danach hat mich eine Frau angerufen. Ihre Stimme habe ich nicht erkannt. Sie sagte, wir würden uns um Viertel vor sechs am Abend treffen.»

«Und? Haben Sie sich getroffen?»

«Nein, sie kam nicht.»

«Wenn Sie mit Ihrem Brief sofort zu uns gekommen wären, hätten wir die Anruferin ermitteln können.» Hartman kratzte sich sorgenvoll den Kopf. «Wenn Sie wieder angerufen werden oder Briefe bekommen, müssen Sie sich sofort melden. Es besteht die Gefahr, dass es der Mörder war, der mit Ihnen Kontakt aufgenommen hat. Ich möchte vorschlagen, dass Sie Personenschutz bekommen, bis wir sehen können, was aus der Sache wird.» Hartman konnte die Angst in den Augen der Frau erkennen. Es war nur die

Frage, ob sie sich vor der Bewachung fürchtete oder davor, noch einmal dem Mörder gegenüberzustehen oder gar ihrem jähzornigen Ehemann.

Sie versammelten sich im Besprechungsraum. Hartman öffnete das Fenster eine Weile und blickte hinaus in den fallenden Schnee, streckte die Hand aus, fing ein paar Flocken und schloss dann das Fenster wieder, als er merkte, dass die anderen dasaßen und bibberten.

In der Shampooreklame heißt es, das Haar sei der Spiegel der Seele. Wenn das die allgemeine Meinung der Kollegen gewesen wäre, hätte man in diesem Moment vor Hartmans Frisur zurückschrecken müssen. Das naturgelockte Haar, das schon lange nicht mehr die gewohnte Pflege genossen hatte, stand bis auf die Nackenpartie, wo es ganz flach lag, wild nach allen Seiten ab. Die Kleidung war zerknüllt, und die Hosen hatten ausgebeulte Knie. Unter den Augen konnte man dunkle Schatten sehen. Doch nicht nur er sah so heruntergekommen aus. Arvidsson lag halb über dem Tisch. Ek saß zusammengesunken auf seinem Stuhl, den Kopf wie eine Schildkröte tief zwischen den Schultern, im Halbschlaf.

«Im Blumengeschäft hier gegenüber, von dem aus die Blumen an Saga Månsson geschickt wurden, hatten sie die gleiche Personenbeschreibung, die wir im Park bekommen haben: große Brüste, lockiges Haar, eine kräftige Frau um die fünfzig. Dem Verkäufer war sogar aufgefallen, dass die Frau nachlässig gekleidet war, genauer gesagt, dass an der Jacke ein Knopf fehlte. Wie die Knöpfe aussahen, konnte er allerdings nicht sagen. Der Verkäufer war ebenso sicher, dass die Frau eine Perücke trug, eine blonde Perücke, unter der rotbraunes Haar hervorkam.» Ek richtete sich langsam auf, während er sprach, und sackte danach wieder in seine ursprüngliche Schildkrötenstellung zusammen.

«Ich habe mich mit einem Graphologen in Verbindung gesetzt, der die Handschrift auf dem Brief an Gunilla Berggren mit ihrer eigenen Handschrift, der der Tochter und der Schriftprobe von Stina Ohlsson, die die Schwester uns überlassen hat, vergleichen wird. Stina hatte für jeden Kunden eine Karteikarte. Wir haben den ganzen Karton aus dem Salon bekommen», lächelte Erika.

«Ich würde vorschlagen, dass man auch einen Vergleich mit dem Abschiedsbrief der verstorbenen Disa Månsson vornimmt», sagte Hartman und kratzte sich unruhig am Kopf.

«Was sollte das deiner Meinung nach für einen Sinn haben, wo sie doch nicht mehr am Leben war, als Dick Wallström und Kent Asp ermordet wurden?»

«Ich weiß nicht. Ich habe kein schlagkräftiges Argument dafür, es ist nur so ein Gefühl. In Uppsala haben sie Disa Månssons Abschiedsbrief. Wern sagt, geschrieben mit einem gewöhnlichen Füllfederhalter in verschnörkelter Schrift.»

«Besteht denn die Möglichkeit, dass sie noch am Leben ist?»

Harte Schritte waren auf dem Korridor zu hören, ein Zeichen, dass Sturm aufzog.

«Stina Ohlssons Auto ist gefunden worden! Ihr roter Saab liegt im Wasser, gleich unterhalb des Badestegs beim Campingplatz. Ein älterer Mann hat beim Spaziergang mit seinem Hund die Antenne und die Kofferraumklappe aus dem Wasser ragen sehen. Er stand draußen auf dem Steg und wollte sein Wasser lassen ... also, der Hund. Wir haben bei der Zulassungsstelle nachgefragt. Es ist ihr Saab.»

«Und Stina, ist sie ...?»

«Sie war nicht in dem Auto. Taucher sind zur Stelle, die müssen die Badebucht genau absuchen. Ich glaube ja, sie hat sich verkrümelt! Wir haben sie doch wohl zur Fahndung ausgeschrieben?»

«Die Suchmeldung nach Stina Ohlsson steht in den Abendzeitungen und kommt in den Nachrichten heute Abend um 21.00 Uhr. Arvidsson hält die Hotline besetzt. Ich werde nach Uppsala fahren. Wern verhört gerade einen Mann, der in der Nacht vom 21. zum 22. Dezember in Kronköping war. Einen Mann, der an dem Mord an Dr. Bertil Simonsson vor neun Jahren in Uppsala beteiligt war. Dem Mord, über den der Professor gesprochen hat, der einem Mittwinteropfer glich. Den Angaben der Pfleger in der Wohngemeinschaft zufolge, in der er lebt, wurde er von einer Frau in einem roten Saab am 21. Dezember um die Mittagszeit abgeholt und kam am Tag danach ohne Begleitung mit einem Taxi zurück. Ich will hinfahren.» Sturm hatte erstaunlicherweise nichts dagegen einzuwenden.

«Das Fotoalbum, das aus Dicks Wohnung gestohlen wurde, ist das fotokopiert worden?», fragte Erika.

«Leider nein», Sturm wurde dunkelrot im Gesicht. «Ich hatte nicht damit gerechnet, dass die alten Bilder von so großem Interesse sein könnten. Es wäre ganz einfach zu teuer geworden.»

Ek warf Arvidsson einen vielsagenden Blick zu. Jeder musste schließlich verstehen, dass die neueren Bilder mit seinen hüllenlosen Damen von größerem Interesse waren als die Fotos von der Konfirmation oder der Schulklasse, die Bilder aus der Militärzeit und der Zeit in der Privatklinik Torsåkra. Ganz klar, dass die Farbfotos mehr ins Auge fielen als die schwarzweißen mit Dicks alten Flammen in hochgeschlossenen Kleidern mit Schürze. Aber jetzt war die Situation eine andere. Jetzt war das alte Album gestohlen und daher hochinteressant. Stille legte sich über den Raum. Sturm wand sich nervös. Als Ek fand, dass der Chef genug gelitten hätte, ergriff er das Wort.

«Die Hausdurchsuchung bei Edvin Rudbäck, ihr wisst schon, dem alten Mann mit dem Hund Loki, ist erledigt.» Ek kroch wieder aus seiner Schale und blickte lächelnd um sich.

«Ja, und wie war das? Was hat man gefunden?» Sturm drückte aufs Tempo. Eks Augen glitzerten ärgerlich, als er mit ungewohnter Langsamkeit das Wort formulierte: «Flohmarktkram.»

«Willst du bitte deutlicher werden!» Ragnarsson-Sturms Stimme überschlug sich beinahe.

«Edvin fährt mit seinem Anhänger herum und sammelt Sperrmüll zusammen. Den verkauft er dann per Anzeige weiter. Er hat ein vollständiges Verzeichnis darüber, wann abgeholt werden soll, fährt hin, bevor die Müllabfuhr kommt, und lädt ein, was ihm interessant erscheint.»

«Das wird doch wohl nicht verboten sein?», wollte Erika wissen.

«Man könnte meinen, dass das völlig in Ordnung sein müsste, so ist es aber nicht. Wenn wir uns nun vorstellen, du ziehst gerade um», Erika nickte gehorsam, «und dann stellst du deine Sachen auf den Bürgersteig, bis der Möbelwagen kommt.» Wieder ein Nicken. «Was würdest du davon halten, wenn alles verschwindet, während du hinaufgehst, um den nächsten Karton zu holen?»

«Dann würde ich das als Diebstahl bezeichnen. Aber man müsste wohl mildernde Umstände gelten lassen, im Falle, dass die Leute wirklich ihren Sperrmüll loswerden wollen.»

«Jedenfalls wird das als Diebstahl betrachtet. Man hat nicht das Recht, sich anderer Leute Abfall anzueignen, es sei denn, man hat vorher das Einverständnis des betreffenden Nachbarn eingeholt. Ihr habt doch von der Klatschzeitung in den USA gehört, die ihre Angestellten den Müll mehrerer Prominenter durchsuchen ließ, um deren Privatleben zu dokumentieren, bis hin zum Klopapier. Der Müll wurde in Farbfotos festgehalten: Kaffeesatz, verwelkte Blumen, Kondome – alles!»

«Jetzt reicht es aber, über solche Sachen könnt ihr euch in eurer Freizeit unterhalten», rief Sturm, der merkte, dass ihm schon wieder heiß wurde, sobald man vom Fotografieren sprach.

«Außerdem», Ek hob die Stimme, «versorgte Rudbäck die ganze Gemeinde mit Kartoffeln in veredeltem Zustand. Das meiste muss er wohl vor Weihnachten ausgeliefert haben, aber 150 Liter standen hinter dem Holzstapel in seinem Schuppen. Wie lange die Anlage still und unauffällig unter Herrn Rudbäcks Aufsicht gearbeitet hat, wissen wir noch nicht.»

23 Maria und Karin schlenderten die Fußgängerzone entlang und suchten schwarze Lederjacken in den Boutiquen der Stadt. Maria hatte nach den Angaben der Zeugen eine Skizze der schwarzen Lederjacke im Lumberlook angefertigt. Vergrößert hatte sie die französische Lilie gezeichnet, die in jeden Knopf eingeprägt war, genau so wie sie auf dem Knopf aussah, den man Heiligabend bei Kent Asps Auto gefunden hatte. Die meisten Boutiquen hatten im Laufe der letzten neun Jahre den Besitzer gewechselt. Einige hatten sich neu angesiedelt. In den meisten Geschäften erklärte man ihnen, dass das Modell völlig aus der Mode sei, und bot ihnen an, sich stattdessen die aktuellen Angebote anzusehen.

Maria, die den ganzen Nachmittag im Verhör mit Vidar Larsson zugebracht hatte, ohne etwas zu sich nehmen zu können, hatte einen Wurstverkäufer glücklich gemacht, indem sie vier warme Würstchen mit ganz viel gebratenen Zwiebeln, Senf und Ketchup bestellte. Karin war ein wenig enttäuscht. Sie hatte erwartet, als Ersatz für die Mahlzeit, die des Professors wegen ausgefallen war, an einem gedeckten Tisch essen zu können. Und dann würden sie beide in aller Ruhe zusammensitzen und über das Leben sprechen. Aber daraus wurde nun nichts, und das war typisch für Maria. Immerzu Vollgas!

Schon im Schaufenster sah Maria die Jacke: Es war zwar ein gerades, eng anliegendes Modell, aber die Knöpfe waren identisch, eine französische Lilie.

«Wir verkaufen seit 1972 Lederwaren. Darauf sind wir stolz. Die Jacken sind unser eigenes Design, werden in Dalarna genäht. Das Modell, auf das sie da zeigen, haben wir in den letzten zehn Jahren nicht mehr geführt. Allerdings habe ich eine Frau gesehen, das war am zweiten Weihnachtstag, als wir für den Ausverkauf öffneten, die hatte eine Jacke von uns im Lumberlook. Ihr fehlte ein Knopf, und sie fragte, ob wir hier lose Knöpfe verkaufen würden. Sie sehen mich ja an, als ob ich von einem anderen Stern käme! Was ist denn los?», wunderte sich der Verkäufer und fasste Maria am Arm.

«Du bist tatsächlich etwas weiß um die Nase», bestätigte Karin. «Wir sollten vielleicht gehen und uns irgendwo hinsetzen.»

«Es geht mir gut! Können Sie die Frau beschreiben? Ich bin von der Polizei», fügte Maria hinzu, als sie das Zögern des Verkäufers bemerkte.

«Es sah aus, als würde sie eine Perücke tragen. Keine besonders gute übrigens. Kräftige Brüste, so ein Dolly-Parton-Komplex, wenn Sie mich fragen.»

«Hat sie die Jacke hier gelassen?»

«Nein, das hatte ich ihr vorgeschlagen. Meistens wird das ja besser, wenn es ein Fachmann macht. Man näht den neuen mit einem anderen kleinen Knopf auf der Futterseite zusammen. Das hält dann sehr viel besser. Aber die Kundin wollte den Knopf unbedingt gleich mitnehmen. Selbst schuld.» Der Verkäufer verschränkte demonstrativ seine Arme vor der Brust.

«Du musst mit deiner Schwiegermutter sprechen. Wenn Krister die Kuh nicht bei den Hörnern nehmen will, dann musst du das tun! Hast du sie denn direkt ins Gesicht gefragt, ob sie in deinen Schubladen gewühlt und deine Zigaretten genommen hat? Hast du gefragt, ob sie dein Nachthemd gesehen hat?»

«Ich habe es nicht geschafft», antwortete Maria und stocherte im Schaum ihres zweiten Biers. Die Kontaktlinsen scheuerten wegen der Müdigkeit und des vielen Rauchs in der schlechten Luft des Pubs. Der Hals fühlte sich eng an. Vielleicht nicht nur von dem Qualm, vielleicht war da noch etwas anderes, etwas, das einer Trauer glich, das ihr die Kehle zusammenschnürte. Der Beginn eines Abschieds.

«Nicht geschafft! Hast du dein Telefon vielleicht nicht bei dir? Nimm mal all deinen Mut zusammen! Du siehst aus wie eine gekränkte alte Jungfer in der Kur: Jemand hat die Unverschämtheit besessen und mein Eigentum berührt. Ich werde es nicht laut sagen, oh nein, ich werde leiden!» Maria konnte sich ein Lachen nicht verkneifen. Dann wurde sie ernst.

«Wenn ich es auf die Spitze treibe, ist Krister gezwungen, sich für eine Seite zu entscheiden. Das kann der Anfang vom Ende sein. Wir haben Kinder zusammen, das geht nicht einfach so!»

«Er kann sich doch auch dafür entscheiden, in Sachfragen Stellung zu beziehen, beispielsweise ob es richtig oder falsch ist, die Nachthemden anderer zu benutzen? Soll Schwiegermutter das Recht haben, einen Schlüssel zu eurer Wohnung zu behalten, ja oder nein? Wer hat das Recht zu entscheiden, wie gründlich in eurem Haus sauber gemacht wird? Unsentimental und sachlich! Er braucht seine Mutter deswegen nicht weniger zu lieben, nicht darauf zu verzichten, sie zu besuchen. Beschließt sie, sich von euch zurückzuziehen, weil sie nicht in die Schränke kriechen darf, dann ist das ihre Entscheidung, nicht Kristers.»

«Was sollen wir denn mit ihrem schwachen Herzen tun? Ich will nicht jedes große Fest in ihrem Haus feiern.»

«Tu es doch einfach nicht! Das Risiko, dass sie an einem Herzinfarkt stirbt, ist nicht größer, ob ihr euch nun in Paris befindet oder zu Hause in Kronköping. Ich habe noch nie davon gehört, dass ‹Erwachsene Kinder in Paris› ein Risikofaktor bei Gefäßkrankheiten wäre. Du? Als sie wegen ihrer Schmerzen in der Brust ins Krankenhaus gekommen ist, hat man da etwas Bemerkenswertes gefunden? Hat man auf ihrem EKG etwas gefunden, das auf einen Infarkt schließen ließ?» Jetzt sprach die Krankenschwester in Karin.

«Ich glaube nicht. Sie wollte nicht darüber sprechen, was der Doktor gesagt hat. Einverstanden, ich rufe an. Ich werde sie fragen, ob sie meine Zigaretten gesehen hat.»

«Jetzt?»

«JETZT!»

Als Maria in ihrem Bett im Haus der Eltern lag, konnte sie nicht anders, als bei dem Gedanken an das Gespräch mit ihrer Schwiegermutter vor sich hin zu lächeln. Apropos gekränkte alte Jungfer in der Kur! Die Schwiegermutter hatte den armen Artur mit ans Telefon gezerrt, damit er, bei allen Heiligen schwörend, bezeugen sollte, dass seine Frau keine Zigaretten rauchte oder anstößige Nachthemden benutzte, wobei sie ihm jedes Wort soufflierte.

«Und das will ich dir sagen, ich setze keinen Fuß mehr in dieses Haus, wenn man da des Diebstahls verdächtigt wird», echote Artur. Das war also ausgestanden. Blieb abzuwarten, wie lange der Hausfrieden andauern würde.

Maria stellte den Wecker. Hartman wollte um sieben Uhr am nächsten Morgen auf dem Bahnhof abgeholt und zu einem weiteren Verhör mit Vidar Larsson gebracht werden.

Schießereien und Frauengeschrei aus dem Fernseher drangen vom Wohnzimmer her durch die Wand. Die Lautstärke war sehr hoch.

Maria war aufgefallen, dass ihr Vater in letzter Zeit schlechter hörte. Es fällt schwer, mit anzusehen, wie die Eltern immer älter werden. Das Leben geht weiter, auch wenn man glaubt und hofft, dass alles jedes Mal, wenn man nach Hause kommt, unverändert ist. Maria legte sich das Kissen auf den Kopf.

«Wer bist du, die sich für Disa Månsson ausgibt und uns die ganze Zeit an der Nase herumführt? Hättest du Angst davor, erwischt zu werden, dann würdest du nicht in den Laden gehen, in dem du deine Jacke gekauft hast, und nach dem fehlenden Knopf fragen. Willst du dich sichtbar machen, oder glaubst du, du bist unverwundbar?», überlegte Maria. Disa hatte allein in ihrer Wohnung in der Innenstadt von Uppsala gelebt, hatte als Zahnarzthelferin gearbeitet. War beinahe ausschließlich mit ihrem Vater zusammen gewesen und hatte passiv an den Veranstaltungen von Freyjas Nachkommen teilgenommen. Sie war charmant, aber unzuverlässig, vielleicht kriminell gewesen, es war ihr aber gelungen, ihre Arbeit zu behalten. Dann, nach dem Tod ihres Vaters, brachen alle Dämme. «Du hast einen Mord begangen, Rache für ein Unrecht, das beinahe fünfundzwanzig Jahre zurückliegt. War das ein plötzlicher Einfall, oder ist der Plan langsam und stetig gewachsen?»

Maria gleitet dahin, fällt in einen tiefen Schlaf. Das Geräusch des Fernsehers vermischt sich mit Traumbildern und eigenen Erlebnissen. Artur segelt in einem weißen Nachthemd ins Wohnzimmer. Schwiegermutter steht am Ruder. Linda weint. Eine Frau schreit, weil sie ihr Auto nicht anhalten kann. Die Bergwand nähert sich. Die Fußbremse reagiert nicht. Die Frau greift zur Handbremse. Der Hebel sitzt locker. Sie hat den Bremshebel in der Hand. Der Schrei wird gellender. Das Personal kommt angelaufen. Die blonde Frau reißt sich die Perücke vom Kopf und wirft sie auf den Boden. Sie greift zum Schalthebel, um einen niedrigeren Gang einzulegen, aber zu spät! Ein lauter Knall, eine Explosion färbt den Nachthimmel rot. Maria kann das Schauspiel von ihrem Versteck in Patrik Hedlunds Schrank aus beobachten. Nach der Explosion wird alles still, sehr still. Maria spürt die Wunden in ihrem Gesicht. Erfrorene Vögel sitzen auf Telefondrähten. Keine Nachrichten kommen durch. Die Frau in dem Auto hat keine Zähne, denkt Maria, als sie durch die zerbrochene Scheibe blickt. Die Frau hat keine eigenen Zähne. Das ist ein Gebiss! Saga Månssons Gebiss. Macht man ein Zahnschema von Gebissen?

Disa Månsson lächelt ihr Spiegelbild an. Streicht mit der Hand über das dünne Seidennachthemd, atmet den schwachen Duft von Fliederseife ein. Genussvoll steckt sie den Weihrauch der Göttin an, nimmt einen tiefen Zug und lässt den Rauch in kleinen Wölkchen an die Decke steigen. Diese Gaben sind nur ein kleiner Vorgeschmack auf das große Geschenk, das die Göttin Freyja ihr machen wird. Danach sehnt sie sich vor allem anderen. Was die medizinische Wissenschaft ihr verweigert, ihr geraubt hat, sollen die Asen ihr zurückgeben. Diese Gabe ist ihre rechtmäßige Belohnung für die Rache, die sie an dem Mann genommen hat, der seinen Eid brach. Die Göttin Freyja soll ihr ein Kind schenken!

Ein vergilbtes Fotoalbum, früher einmal weiß wie Arsen, liegt aufgeschlagen auf dem Tisch, durch Alter und Rauch verschlissen. Disa sieht ihr Gesicht ganz dicht an dem Gesicht des Mannes. Er, der ihr ewige Treue geschworen hat. Sie haben ihr Blut vermischt! Dick Wallström und Disa Månsson in Ewigkeit! Sie trug sein Kind unter dem Herzen an dem Tag, als sie ihn eng umschlungen mit einer anderen Frau hinter der Fliederhecke in der Privatklinik Torsåkra fand. Mit einem scharfen Stein hatte sie ihn für alle Zeit gekennzeichnet. Dicht unter dem Auge. Das Blut hatte den Kragen seines weißen Mantels rot gefärbt. Ihren Rasereiausbruch hatten sie mit Beruhigungsspritzen gedämpft, Beruhigungsspritzen bis zum Operationstisch. Ein kleines Mädchen hatten sie aus ihrem Körper gezogen, zu klein, um in Midgard atmen zu können. Ein kleines Mädchen! Leben für Leben! Ihrem Vater zuliebe hatte sie ihre Raserei bezwungen. Wie ein wildes hungriges Tier hatte es die Jahre über gerufen, nach Blutrache gerufen, aber sie hielt die Zügel straff, bis die Zeit reif war. Erst als der Vater in die nächste Dimension ging, von wo aus er ihr Schutz und Weisheit geben konnte, war die Zeit reif für die Rache.

Es war keine Selbstverständlichkeit, dass der Frauenarzt vor Dick Wallström den Tod erleiden musste. Disa hatte der Sitte entsprechend gehandelt, hatte die Nornen um Rat gefragt. Das Los war auf Bertil Simonsson gefallen. Sie hatte neun männliche Wesen geopfert, das Blut auf ihre Holzgötter gesprengt: Odin, Thor und Freyja. Wie eine Schamanin hatte sie gesungen und sich in Trance getanzt. Aufgegeilt und zielstrebig war sie auf den Straßenstrich gegangen, um den Samen gesät zu bekommen, aus dem ein Mädchen wachsen sollte, ein neues Mädchen, wie sie es sich von Freyja gewünscht hatte. Der Zeitpunkt war richtig, aber die Ernte blieb aus. Ihr Schoß blieb leer, obwohl die Aussaat reichlich war. Die Erde war unfruchtbar. Enttäuscht hatte sie das feststellen müssen, als die Blutungen wie üblich am Monatsende kamen. Gekleidet in einen weißen Arztkittel, war sie ohne Schwierigkeiten in das Archiv der Frauenklinik hineingelangt, hatte ihr Krankenblatt gefunden und mit nach Hause genommen. Die Buchstaben hatten wie Feuer auf ihrer Netzhaut gebrannt. Sie hatten ihr nicht nur ihr Mädchen genommen. Sie war auch verstümmelt worden, der Möglichkeit beraubt, Leben zu spenden. Disa unterdrückt einen Schrei, presst die Hände auf ihren leeren Unterleib. Die Asche der Zigarette fällt auf den Boden. Das ist es, was die Oberpriester der neuen Zeit mit ihr gemacht haben! Daher wandte sie sich noch einmal mit ihren Wünschen an die Asen. Die Bitte um Fruchtbarkeit in einem verdorrten Schoß, wenn die Rache vollendet und der schuldige Mann geopfert worden ist.

Nach dem Opfer hatte sie den Kopf ihres Vaters im Brunnen um Rat gefragt, und plötzlich war ihr klar geworden, dass sie das Kind nicht in ihrer eigenen Gebärmutter tragen sollte. Freyja würde das Kind gebären und es ihr schenken. In ihrer gehobenen Stellung, als Asin der Rache, würde sie kein Kind gebären. Sie sollte ein Gotteskind bekommen! Eine kleine Göttin, die sie beschützen durfte. Neun endlose Jahre lang hatte sie auf Freyja gewartet.

Disa blättert die Seite des Albums um. Das Gesicht blickt sie grinsend und höhnend und anklagend an: Piss-Lisa, Dreck-Disa, hallt die Vergangenheit wider. Die Klassenkameraden auf einer Seite des Zauns, Disa auf der anderen. «Du bist genauso verrückt wie deine Mutter, Hurenkind!» Die sollten sie jetzt einmal sehen, Disa-Racheengel. Sie hat kein Unrecht begangen. Disa reckt den Kopf hoch. Sie hat sich gerächt, wie es der Brauch verlangt. Sie hat niemals hinterrücks getötet, niemals ihren Eid gebrochen. In offenem Kampf ist sie Kent Asp, Dick Wallström und Bertil Simonsson gegenübergetreten und hat ihnen furchtlos das Messer in den Körper gerammt. Kent Asp ist jetzt ein glücklicher Mann. Tapfer ist er im Kampf gefallen. Die Walküren haben ihn geholt und ihn nach Walhall gebracht. Gerecht ist sie und gut, die Göttin War.

Disa wirft sich die schwarze Lederjacke über und geht hinunter zum Brunnen, um sich bei ihrem Vater Rat zu holen. Sie muss wissen, wann sie ihr Kind holen soll. Der Brunnendeckel ist schwer, weil Schnee und Eis darauf liegen. Mühsam hebt sie ihn auf und lehnt ihn gegen die Wand. Sie beugt sich vor. Mit der Hacke schlägt sie ein Loch in das dünne Eis und beugt sich flüsternd über die Kante des Brunnens. Sie fühlt seinen eisigen Atem und lauscht auf das Echo seiner Stimme.

DER 29. DEZEMBER

24 Der Zug nach Uppsala hatte Verspätung. Maria Wern zitterte in dem zugigen Wartesaal und starrte auf den Lautsprecher an der Decke, als könnte sie ihn mit reiner Willenskraft dazu bewegen, die Ankunft des Zuges aus Kronköping auszurufen.

Um zwei Uhr in der Nacht war Maria aufgewacht, und ihr war etwas durch den Kopf gegangen, ein Gedanke, der sie auch jetzt noch nicht losgelassen hatte. Um vier Uhr war sie beinahe so weit gewesen, Hartman anzurufen, sah aber nach einem Blick auf die Uhr ein, dass er schon unterwegs sein musste. Was Marias Nackenhaare sich sträuben ließ, war der Gedanke, dass Disa Månsson Zahnarzthelferin gewesen war. Konnte die Antwort auf ihre Fragen in dem Archiv von Zahnarzt Eriksson zu finden sein?

Erikssons Zahnarztpraxis würde nicht vor neun Uhr aufmachen. Das hatte der Anrufbeantworter mehrfach in Marias ungeduldiges Ohr wiederholt. Wenn man ihn vorher zu Hause erreichte, konnte das ein Vorteil sein, aber Maria traute sich, aus Schaden klug geworden, nicht, irgendetwas zu unternehmen, bevor sie sich nicht mit Hartman abgestimmt hatte.

«Zug aus Söderhamn und Gävle nach Uppsala, Ankunft 07.00, ist verspätet und fährt voraussichtlich um 07.45 Uhr auf Gleis vier ein», krächzte der Lautsprecher.

Maria ging hinüber in die Cafeteria und kaufte sich eine Tasse schwarzen Kaffee. Die erste Seite der Morgenzeitung zeigte Stina Ohlssons Gesicht in Großaufnahme. Die Werbeplakate schrien die Headline des Tages heraus: NEUES OPFER DER MILITANTEN VEGANER! POLIZEI MACHTLOS! Maria nahm eine Zeitung aus dem Ständer und fand ganz unten auf der Seite ein Bild von Kommissar Ragnarsson-Sturm mit gekreuzten Armen und der obligatorischen Kippe im Mund. «Die Situation ist sehr kompliziert, aus fahndungstechnischen Gründen können wir keine Details bekannt geben», sagt der Kommissar. Beim Anblick von Ragnarssons angsteinflößendem Äußeren mit herunterhängender Kippe konnte man den Eindruck bekommen, es handele sich um eine aggressive Anti-Raucher-Kampagne zur Abschreckung Jugendlicher: Rauche, und du wirst dich in einen Ragnarök-Ragnarsson verwandeln!

Maria holte sich noch eine Tasse Kaffee und beobachtete die Fahrgäste. Freunde, die sich trafen, verliebte Paare, die Abschied nahmen, kleine zurückhaltende Damen in Wollmänteln und Studenten in allen Variationen.

Eine Frau in schwarzer Lederjacke, Modell Lumberlook, stellte sich in die Schlange vor den Fahrkartenschalter. Maria konnte gar nicht anders, als diskret ihren Platz zu verlassen, um nachzusehen, ob … Das Herz schlug laut. Das Handy lag fest in der Hand. Die Frau trug einen Schal um den Kopf. Die Lederjacke war das richtige Modell. Sie sprach leise mit dem Mann am Schalter. Als die Dame ihre Fahrkarte bekommen hatte und sich umdrehte, atmete Maria aus. Die Frau war Asiatin.

Gereizt machte Maria auf dem Absatz kehrt und ging wieder zu ihrem Stuhl. Der war inzwischen besetzt und die Kaffeetasse abgeräumt. Am Tisch saß ein frisch verliebtes Paar, das hoch über alle Monotonie des grauen Alltags erhoben die romantischen Augenblicke voll genoss. Eifersüchtig starrte Maria sie an, diese Blicke, diese Zärtlichkeiten. Was war in ihrer eigenen Ehe schief gegangen? Liebte sie ihren Mann? Ja! Hasste sie ihren Mann? Ja! Was würde schmerzhafter sein, mit ihm weiter zusammenzuleben oder ohne ihn zu leben? Die Frage war unmöglich zu beantworten. So wie bisher konnte es jedenfalls nicht weitergehen. Da war Maria sicher. Der Gedanke schmerzte.

«Zug aus Söderhamn und Gävle hat jetzt Einfahrt auf Gleis 4.»

Maria ging hinaus auf den Bahnsteig. Ganz hinten sah sie Kriminalinspektor Tomas Hartman aussteigen und eilte gegen den Strom der anderen Reisenden auf ihn zu.

«Das hört sich unwahrscheinlich an, muss aber natürlich überprüft werden. Wir versuchen so schnell wie möglich einen Termin bei Zahnarzt Eriksson zu bekommen.» Hartman kratzte sich und ließ sich Marias Überlegungen durch den Kopf gehen.

«Wie sicher ist Vidar Larsson, dass es wirklich Disa war, die ihn abgeholt hat?»

«Ganz sicher, wir haben ihm etwa 30 Fotos von ähnlich aussehenden Frauen vorgelegt, und er hat sofort auf Disa gezeigt.»

Erikssons Zahnarztpraxis lag, von Fichten umgeben, wie in einem privaten Wald, der Öffentlichkeit nicht zugänglich. Dunkel und düster bewachte der Wald das Haus, das sowohl Wohnhaus als auch Zahnarztpraxis war. Die jungen Fichten waren von einem übereifrigen Gärtner viel zu dicht gepflanzt worden, der seinerzeit nicht übersah, wie sie sich einmal entwickeln würden. Jetzt waren die Fenster von einer dicken Nadelschicht bedeckt, gegen die etwas zu tun niemand mehr die Kraft zu haben schien. Der ganze Garten lag rund um die Uhr im Schatten. Nur häufchenweise hatte der Schnee den moosbedeckten Boden erreicht. Der Weg mit seinen Steinplatten war glatt. Unversehens rutschte Maria aus und griff im letzten Augenblick nach Hartmans Mantelarm. Ein nervöser und wachsamer Mann, an die siebzig Jahre alt, beobachtete sie von der Treppe aus. Sein dünnes Haar flatterte im Wind. Einen

Moment lang schien es Maria, als hätte der Mann einen Schlafanzug an, bevor ihr klar wurde, dass der Zahnarzt Eriksson sich für die Arbeit angezogen hatte. Hinter ihm war seine Frau zu erkennen. Sie trug mit diskreter Eleganz ein helllila Kostüm und war ebenso mager und blutleer, wie ihr Mann rundlich und rotgesichtig war. Ihr Haar war dünn und stumpf, und um den Mund herum hatte sie einen Zug von Bitterkeit.

Sie wurden in die Praxis geführt und ließen sich im Wartezimmer nieder. Maria hatte gemeint, sie würden in das Wohnzimmer oder in die Küche der Eheleute Eriksson gebeten. Dass sie im Wartezimmer landeten, empfanden sie als eine Art Signal, ein Abstandhalten. «Ich lasse euch herein, weil ich dazu gezwungen bin, aber ich lasse euch nicht an mich heran.» Der unbehagliche Geruch, die Angst, die an den Wänden des Wartezimmers hängen geblieben war, ließ Erinnerungen wieder aufleben und führte unwillkürlich zu einem leichten Ziehen in den Zähnen. Maria merkte, dass sie in einem Anfall von Rückerinnerung die Kiefer zusammenpresste und die Lippen aufeinander kniff. Plötzlich fiel ihr ein, dass sie als Kind niemals um eine Betäubungsspritze gebeten hatte. Damals schien es wichtiger gewesen zu sein, gelobt zu werden, als ohne Schmerzen davonzukommen: «Du willst keine Betäubung? Du bist aber tapfer!», hatte der Zahnarzt gesagt. Klar wie Kloßbrühe, dass ihm das gefiel. Wenn er nicht betäuben musste, ging die Behandlung viel schneller. Da konnte er in der gleichen Zeit mehr Kinder verarzten oder sich eine kleine Rauchpause gönnen. Aber Maria hatte sich das Lob erhofft und die Konsequenzen gezogen. Als Erwachsene spürte sie infolgedessen Schmerzen schon bei dem bloßen Geruch, noch mehr bei dem Bohrergeräusch, das sich über das Gehör durch das ganze Skelett ausbreitete, schnitt und vibrierte. Aber die eigentliche Ursache war bis jetzt wie weggeblasen gewesen. Erstaunlich, wie Gerüche Erinnerungen wachrufen können.

«Rein technisch ist es durchaus möglich, ein neues Zahnschema zu schreiben und die Markierungen auf Röntgenbildern zu ändern, ja. Aber glauben Sie wirklich, dass Disa Månsson so etwas getan hat? Sie schien so unkonzentriert. Lassen Sie es mich gespalten nennen. Dies hier war ihre achte Anstellung innerhalb kurzer Zeit. Sie hatte Schwierigkeiten, einer Arbeit nachzugehen, rechtzeitig zu erscheinen. Manchmal kam sie gar nicht.»

«Sie stahl», fauchte Frau Eriksson hinter ihrem Mann versteckt. Hartman hob fragend die Augenbrauen. «Sie stahl Reinigungsalkohol, und ständig verschwand Geld aus der Kasse.»

«Haben Sie diese Diebstähle der Polizei gemeldet?»

«Nein, ich war mit ihrem Vater sehr gut befreundet. Wollte ihn mit einer solchen Sache nicht in Verlegenheit bringen. Sie wollten etwas über Zahnschemata wissen?»

Hartman hob den Daumen unters Kinn und legte die Stirn in tiefe Falten.

«Gibt es eine Möglichkeit für uns, die Echtheit des Zahnschemas zu kontrollieren?»

«Man kann in Erfahrung bringen, zu welchem Zahnarzt sie gegangen ist, ehe sie hierher kam, und dann die Zahnschemata vergleichen. Dabei kann ich sicher behilflich sein. Wenn sie hier in Uppsala zur Schule gegangen ist, sollte man zuerst bei den Schulzahnärzten prüfen, schlage ich vor.»

«Es würde uns sehr helfen, wenn Sie eine Liste der weiblichen Patienten zusammenstellen würden, die etwa im gleichen Alter waren und seit dem Tod von Disa Månsson nicht mehr zu Ihnen gekommen sind.» Maria Wern konnte den ganzen Gedankengang im Gesicht des Zahnarztes verfolgen, bis zu dem Moment, in dem er völlig bestürzt ausrief:

«Könnte sie noch am Leben sein? Könnte sie eine andere Frau an ihrer Stelle ermordet haben? Sie meinen also, dass die Frau, die bei dem Fahrzeugbrand umgekommen ist, eine meiner Patientinnen ist und dass Disa noch lebt? Glauben Sie das? Ich schließe meine Praxis für heute. Ich werde mein Bestes tun.»

Zahnarzt Erikssons schattengleiche Frau blickte vorsichtig hinter dem breiten Rücken ihres Mannes hervor. Sie war sehr bleich und sehr abweisend. Die Unterlippe zitterte leicht. Mit dem Anflug eines Lächelns verabschiedete sie sich, schlich einige Schritte hinter ihnen her, sagte nochmals auf Wiedersehen, als Hartman sich umdrehte.

Sie gingen hinaus und setzten sich in das kalte Auto. Maria versuchte, die beschlagene Scheibe mit den Scheibenwischern zu säubern, musste aber bald aufgeben, aussteigen und kratzen. Hartman rief derweil in Kronköping an. Sturms gehetzte Stimme war über die halbe Straße zu hören.

Als die Windschutzscheibe frei war, bemerkte Maria eine Bewegung im Fichtenwald. Frau Eriksson kam schnell auf sie zu. Sie trat ganz dicht an sie heran, viel näher, als es Maria angenehm war, und flüsterte drei Zentimeter vor ihrer Nase:

«Das wird jetzt das Aus für die Praxis meines Mannes sein. Ich hoffe, Sie sind sich darüber im Klaren, was Sie verlangen!» Dann war sie ebenso hastig verschwunden, wie sie gekommen war. Ein leiser Windhauch in den Fichten, und sie war nicht mehr zu sehen. Maria fasste sich an die Nase, wie um nachzuprüfen, ob die von der eisigen Stimme nicht Frost bekommen hatte.

25

Der Vernehmungsraum würde bald genauso stinken wie Vidar Larssons Wohnwagen. Das spürte Maria beim ersten Atemzug, als der Mann hereingeführt und ihm ein Stuhl angewiesen wurde. Das Unwohlsein nach mehreren Nächten, in denen sie nicht genug geschlafen hatte, machte sich bemerkbar. Der Geruch nach saurem Schweiß und kaltem Rauch verstärkte das Gefühl noch. Vidar Larsson ließ sich schwer auf den Stuhl fallen, der beinahe völlig von der enormen Körperfülle verdeckt wurde, und steckte sich eine Zigarette an. Die Oberlippe war von dem Kautabak deutlich ausgebeult. Hartman nahm die Hand vor das Gesicht, auch er litt unter dem Gestank. Maria hatte ihm von den sanitären Verhältnissen in der Wohnwagenkarawane erzählt. Hartman wurde zunehmend wütender, als er begriff, wie schlimm es da aussehen musste.

«Dieser Mann kann seit Methusalems Zeiten nicht in der Nähe einer Dusche gewesen sein. Eine Gesellschaft kann nicht als zivilisiert angesehen werden, wenn sie nicht ambitioniert genug ist, sich um die Ärmsten auf eine menschenwürdige Art und Weise zu kümmern», murmelte er Maria zu.

«Erzählen Sie mal, was passiert ist, nachdem Disa Sie am Morgen des 21. Dezember abgeholt hat.» Ganz lässig pulte Vidar den Kautabak aus dem Mund, sah sich unsicher um und schmierte den Klumpen auf die Innenseite des Aschenbechers, den man ihm gereicht hatte. Mit der freien Hand schob er sich die Haare hinter die Ohren.

«Passiert ist?»

«Wohin sind Sie gefahren?»

«Zur Hütte, Disas Hütte.»

«Wo liegt die Hütte?» Hartman sprach langsam und deutlich. Maria hatte das Gefühl, als würde eine Schallplatte mit falscher Geschwindigkeit abgespielt, als käme es darauf an, schnell alle Informationen zu sichern, bevor die Zeit abgelaufen war und das Grammophon wieder aufgezogen werden musste.

«Wo liegt die Hütte, können Sie das beschreiben?», wiederholte Hartman.

«Da gibt es einen ICA-Laden, und da biegt man in einen Schotterweg ein und dann später bei einem roten Häuschen nach rechts auf einen anderen Schotterweg. Da ist es! Aber die Hütte ist vom Schotterweg aus nicht zu sehen», brummelte Vidar.

«Wissen Sie, wo die Hütte liegt, welches die nächste Stadt ist?»

«Keine Stadt. Wir sind am Meer lang gefahren. Kronviken hieß das, wo wir abgebogen sind.» Hartman verzog keine Miene. Maria merkte gereizt, dass sie sich den Nagel des kleinen Fingers abgebissen hatte.

«Was haben Sie in der Hütte gemacht?»

«Wir haben Würstchen gebraten und gewartet. Ich bin eingeschlafen. Als ich aufwachte, war Disa nicht da, da bin ich wohl wieder eingeschlafen.» Vidar Larsson schloss die Augen, als ob er den Gedanken an Schlaf ungemein verlockend fand. Er gähnte laut und entblößte eine Reihe schlechter Zähne.

«Und was geschah dann?»

«Disa kam zurück. Wir sind in den Schuppen gegangen und haben die Tiere geschlachtet. Sie hat sie abgestochen, ich hielt sie dabei fest. Und wie wir den Hahn gejagt haben! Der flatterte umher, aber schließlich habe ich ihn am Schwanz erwischt. Überall waren Federn.»

«Warum haben Sie die Tiere geschlachtet?»

«Disa wollte das Blut auffangen. Kann ich noch Zigaretten haben?» Etwas verschämt zog Maria ihre Packung aus der Jackentasche. Langsam steckte Vidar sich die Zigarette an, nahm einen Lungenzug und räusperte sich.

«Was haben Sie mit den toten Tieren gemacht?»

«Sie auf das Lastmoped geladen.»

«Und was passierte dann?»

«Wir sind in den Wald gefahren. Disa hat mir gezeigt, wo wir sie aufhängen sollten. Ich saß auf einem Stein und wartete. Dann hat Disa sich umgezogen und ist mit dem Bus in die Stadt gefahren.»

«Beschreib doch mal, wie sie angezogen war.»

«Nein.» Vidar stützte den Kopf in die Hände, sodass seine Haare ihm ins Gesicht fielen. Der Vorhang war gefallen. Die Vorstellung zu Ende.

«War sie lange weg?», versuchte es Hartman.

Vidars Antwort war ein Grunzen. Dann erhellte sich sein Gesicht.

«Sie kam in dem Saab zurück.»

«War sie allein?» Vidar antwortete nicht. Schmollend steckte er den Kautabak vom Rand des Aschenbechers wieder in den Mund, um anzuzeigen, dass das Gespräch beendet war.

«Möchten Sie Kaffee haben?» Hartman machte eine Geste zu dem Polizeiassistenten an der Tür. Vidar nickte mürrisch, taute ein wenig auf und bat um Zucker. Alle Personen im Raum waren widerwillig beeindruckt von der Geschicklichkeit des Mannes, der die Untertasse geschickt auf drei schmutzigen Fingern balancierte und gleichzeitig durch das Zuckerstück und den Kautabak den Kaffee von der Untertasse schlürfte.

«Hatte Disa jemanden mitgebracht, als sie zurückkam?»

«Er war so besoffen, dass Disa ihn aus dem Auto zerren musste.» Vidar prustete und lachte albern, sodass der Kautabak braune Spritzer rund um seinen Mund hinterließ. «Disa hat ihm ein Messer gegeben und gesagt, dass sie jetzt kämpfen, aber der konnte gar nicht, da hat sie das Messer in ihn reingesteckt.»

«Und was geschah dann?»

«Wir haben ihn an den Füßen aufgehängt und ließen das Blut in einen Eimer laufen, dann haben wir ihn umgedreht und am Hals aufgehängt. Disa hat das Messer genommen und seine Nägel rausgeschnitten.» Maria sah von der Seite, wie Hartmans Züge sich verhärteten, er presste die Kiefer zusammen, aber der Tonfall blieb der gleiche.

«Wissen Sie, warum sie das getan hat?»

«Nein.»

«Wissen Sie, wozu sie das Blut haben wollte?»

«Nein. Dann kam der andere in dem BMW. Von dem war ein Bild in der Zeitung. Er hat sich an uns herangeschlichen. Disa wurde böse. Au weia, wenn Disa böse wird! Er hatte keine Chance! Wir haben ihn auf das Lastmoped geladen, als er richtig tot war, und dann haben wir ihn in den BMW gestopft. Das ist ein schönes Auto. So eins müsste man haben. Ein neuer BMW, große Klasse!»

«Wissen Sie, wo Disa jetzt ist?» Vidar schüttelte den Kopf.

«Ihr würdet sie sowieso nicht wiedererkennen.»

«Weil sie sich verkleidet hat?»

«Nein, sie hat sich operieren lassen. 50 000 Piepen, schwarz! Beinahe hätte ich sie ja zuerst auch nicht erkannt. Ich hab an der Stimme gemerkt, dass sie es war, aber sie sieht nicht mehr wie früher aus, überhaupt nicht.»

Hartman wartete im Auto, während Maria sich von ihren Eltern verabschiedete. Sie hatte überhaupt keine Zeit gefunden, mit ihnen zusammenzusitzen, wie sie es sich eigentlich vorgenommen hatte. Die Enttäuschung war ihnen ins Gesicht geschrieben, obwohl sie tapfer lächelten. Dieses Weihnachten hatten sie weder ihre Enkelkinder gesehen noch sich mit ihrer Tochter ausführlicher unterhalten können. Berit hatte am Vormittag angerufen. Sie brauchte keine Mitfahrgelegenheit für die Heimreise, sondern wollte Verwandte in Enköping besuchen. Welch ein Glück, dachte Maria, die bisher keinen Gedanken an die Nachbarin verschwendet hatte.

«Meinst du, wir sollten die Bürgschaft unterschreiben, die er uns geschickt hat?» Das war das Letzte, was ihr Vater sie fragte.

«Wartet damit, bis ich weiß, worum es geht.» Maria küsste die beiden und eilte hinaus zu dem wartenden Auto.

«Ich habe gerade einen Anruf von einem Kriminalinspektor Patrik Hedlund bekommen. Vidar Larsson weigert sich immer noch, an einem Phantombild von Disa Månsson mitzuwirken. Nicht aus Loyalität, sondern eher aus Unfähigkeit, glauben sie.» Hartman zog den Sicherheitsgurt um sich und drehte den Zündschlüssel um.

«Ist eigentlich komisch, dass er Disa gegenüber nicht loyaler ist. Die sind doch lange Zeit Freunde gewesen, wenn ich es richtig verstanden habe.»

«Sie haben sich lange gekannt. Ob sie auch Freunde waren, wissen wir eigentlich nicht. Er scheint keine Angst vor Disa zu haben. Er scheint überhaupt nicht viel zu empfinden. Es sieht doch so aus, als ob es ihm recht egal ist, dass er wegen Beihilfe zum Mord ins Gefängnis kommen kann, jedenfalls hält er es nicht mal für nötig zu lügen.»

«Wenn Disa eine plastische Operation hat über sich ergehen lassen, wird sie sich kaum unter ihrem richtigen Namen eingeschrieben haben. Sie bezahlt schwarz, hat Vidar gesagt. Es muss also ein Arzt sein, der private Patienten behandelt. Sie ist sicher nicht zu einem Chirurgen ins Krankenhaus gegangen. Der Arzt, der die Operation vorgenommen hat, hat also mindestens drei Gründe, ihre neue Identität nicht zu verraten: seine Schweigepflicht, sein Ansehen und seine schwarzen Einkünfte.»

«Er muss doch Hilfe von anderen Personen gehabt haben, einer Krankenschwester vielleicht? Die Operation muss aufwendig gewesen sein, für 50 000 müsste man ein ganz neues Adamskostüm bekommen, oder Evaskostüm. Es muss zu der Zeit Mitpatienten gegeben haben. Ich denke, dass man nicht alles auf einmal machen kann. Man nimmt ein wenig Haut von der einen Seite und lässt sie an anderer Stelle anwachsen, dann schneidet man die Haut von der angewachsenen Stelle wieder ab. Ich habe das im Fernsehen gesehen. Die schneiden und ziehen Hautzipfel. Ich begreife nicht, wie man sich einer solchen Prozedur aussetzen kann. Ich musste den Apparat abstellen. Das sah zu zerknautscht aus.»

«Wenn das Zahnschema gefälscht ist, sollten wir mit einem alten Foto von Disa an die Öffentlichkeit gehen und Mitpatienten suchen, finde ich. Haben wir Glück, können wir vielleicht Hilfe bei einem Phantombild bekommen.» Maria fuhr sich mit der Hand über ihr Gesicht, tastete nach der geschwollenen zerkratzten Wange und schauderte.

Kurz nach Mitternacht erreichten sie Kronköping. Die angestrahlte Kirche auf dem Berg hieß sie in der Stadt willkommen. Innen war die Kirche nicht sehr groß, aber von außen hatte man einen anderen Eindruck, weil sie ganz oben auf dem Kronberg stand. Darunter lag das schwarze Wasser des Kronviken, das am Ufer gefroren war. Hartman zeigte hinüber zum Badeplatz und dem Steg.

«Da drüben hat man Stina Ohlssons roten Saab gefunden.»

«Keine Spur von Stina?» Hartman schüttelte den Kopf. Maria lehnte sich zurück und blickte hinauf zum Kronberg. Im Mittelalter zündete man bei Gefahr Mahnmale als Signalfeuer an der ganzen Uferlinie an. Vom Kirchturm aus, der zu Anfang ein befestigter Turm gewesen war, konnte man frühzeitig feindliche Schiffe auf dem Meer entdecken oder Ritter, die über Land kamen. Lange Zeit hatten die Glocken mit mächtigem Klang ihre Warnung hinausgeläutet. Aber in dieser Nacht hingen sie schweigend in ihrem Turm, und das, obwohl ein Mörder unerkannt durch Kronköping lief.

Die Smedjegränd ruhte im Dunkel. Irgendwas war mit der Straßenbeleuchtung geschehen. Das große Holzhaus zeichnete sich schwach ab, wie ein schwarzer Schatten in der dunkelgrauen Nacht. Nicht mal die Nachtlampe im Kinderzimmer brannte. Emil und Linda, wie sie sich nach ihnen sehnte! Ihre Arme sehnten sich nach den weichen und kleinen Armen, den Umarmungen, dem Lachen, dem Geplauder über alles Mögliche am Küchentisch, kalten kleinen Füßen unter der Bettdecke. Wie hatte sie es nur ohne sie ausgehalten? … und dann Krister. Wenn er denn zu Hause war. Vielleicht liegt die Schwiegermutter im Bett, wie ein großer Wolf, und hat meine Familie aufgefressen, sinnierte Maria und öffnete die Autotür.

«Es reicht, wenn du morgen um die Mittagszeit kommst», sagte Hartman väterlich.

Maria schlich in die Diele. Es roch abgestanden, nach altem Müll und schmutzigen Windeln. Kristers Jacke hing nicht an ihrem Haken. Die Schuhe waren weg. Am Telefon hatte sich niemand gemeldet, als sie von Uppsala aus anrief, aber jetzt müssten sie doch zu Hause sein.

Das Kinderzimmer war leer! Maria fror am ganzen Körper. Im Schlafzimmer war auch niemand! Wilde Gedanken wirbelten ihr durch den Kopf. Kein Zettel auf dem Küchentisch. Maria sank auf ihren Stuhl. Biss auf ihre abgenagten Fingernägel. Hat er mich verlassen, ist mit den Kindern auf und davon, ging es ihr rasend durch den Kopf. Maria biss sich in die Hand, um nicht laut loszuschreien. Die Jacken der Kinder waren weg, ebenso die Stiefel. Maria machte im ganzen Haus Licht, um das Dunkel zu verjagen, um klar sehen zu können, um zu verstehen, was geschehen war. Das Kinderzimmer grell erleuchtet. Lindas Stoffpuppe lag nicht im Bett! Maria rannte ins Bad. Die Zahnbürsten waren feucht. Sie mussten am Abend zu Hause gewesen sein! Sie stolperte ins Schlafzimmer. Das Doppelbett war nicht gemacht, alles voller Kissen, Kissen unter der Matratze. So hatte es sicher ausgesehen, seit sie weggefahren war. Krister war in solchen Dingen großzügig. Aber die Schwiegermutter ... vielleicht wusste die, wo sie hin waren? Fünf dumpfe Signale, Notrufe. Geh doch ran!

«Artur Wern.»

«Hier ist Maria, weißt du, wo Krister und die Kinder sind?»

«Wer ruft da mitten in der Nacht an, weiß der Mensch nicht, wie spät es ist?» Die Stimme der Schwiegermutter knisterte im Draht.

«Hallo!»

«Hier ist Maria. Krister und die Kinder sind verschwunden.»

«So ist das, wenn eine Mutter sich nicht um die Familie kümmert.»

«Was hast du gesagt?»

«Wenn eine Mutter ihr Heim aufgibt, nimmt sie die Gemütlichkeit mit. Krister hat doch keinen Grund, zu Hause zu bleiben, wenn du das auch nicht tust.»

«Weißt du, wo sie sind?»

«Nein. Er ist vielleicht zu seinem Bruder gefahren. Er will vielleicht an Weihnachten seine Familie um sich herum haben.»

«Jetzt bist du boshaft. Du weißt, dass ich arbeite. Ich mache mir Sorgen um meinen Mann und meine Kinder. Denen kann ja was passiert sein!» Mehr konnte sie nicht sagen, denn jetzt brüllte Gudrun Wern in den Hörer. Überspannt und völlig unvorbereitet auf solche Töne, wie sie war, fiel Maria der Hörer aus der Hand. Wie ein Jojo an seiner Schnur pendelnd, beförderte er das Geschrei weiter:

«Artur, Artur! Hier ruft sie mitten in der Nacht an, mitten in der Nacht, und beschimpft mich! Boshaft!» Mehr konnte Maria sich nicht mehr anhören. Sie warf den Hörer auf die Gabel. Die Tränen brannten in ihren Augenwinkeln. Das alte Weib! Die Telefonnummer von Kristers Bruder hatte sie nicht im Kopf. Das braune Adressbuch lag in der Küche. Ein Klingelzeichen explodierte im Haus. Maria riss den Hörer hoch.

«Und das will ich dir sagen», stieß Artur hervor, «dass meine Frau beleidigt worden ist!»

«Das, Artur, ist nichts, verglichen mit dem, was mit mir gemacht worden ist», rief Maria mit vor unterdrückter Wut bebender Stimme und knallte den Hörer auf die Gabel.

Keiner von Kristers Brüdern konnte ihr etwas sagen. Nach dem letzten Gespräch klappte Maria im Sessel zusammen und weinte.

Das böse Auge des Bussards wachte über das Zimmer. Die kleine Beute des Vogels starrte verschreckt mit ihren Perlenaugen. Der Weihnachtsstern im Mietshaus leuchtete schwach durch die Nacht, ein bitteres Weihnachtsfest. Berit, vielleicht hatten Berit oder Edith etwas gesehen. Maria warf sich in ihren Mantel. Die Schuhe hatte sie in der Aufregung gar nicht erst ausgezogen. Maria rannte über den dunklen Spielplatz, stolperte über die Kante des Sandkastens und hastete weiter. Die Haustür war abgeschlossen. Es gab ein Türtelefon, aber die Namen der Mieter stimmten nicht mehr. Die blaue Anschlagtafel im Erdgeschoss war seit Jahren nicht mehr korrigiert worden. Einen Hausmeister gab es nicht mehr, und das Schneeschieben musste von den Mietern im Erdgeschoss erledigt werden. Bei den übrigen häuslichen Pflichten war die Arbeitsaufteilung unklar. Maria klingelte auf gut Glück und wurde von einem wütenden Mann darauf hingewiesen, wie spät es war. Probierte es wieder, und da antwortete zum Glück Berit.

«Ich komme runter.»

Kurz vor zwölf hatte Berit Krister und die Kinder in einem Taxi wegfahren sehen.

«Er war wohl auf das Taxi angewiesen, nachdem er euer Auto gegen den ausgestopften Vogel eingetauscht hat.»

«Hast du mit ihm gesprochen? Sagte er, wo sie hin sind?»

«Nein, ich sah nur, wie sie losfuhren. Er hat Linda ins Auto getragen. Wir gehen zu dir nach Hause, falls er anrufen sollte. Ich leiste dir Gesellschaft.» Maria drückte den Arm ihrer Nachbarin. Zusammen gingen sie über den Spielplatz zurück. Berit setzte Kaffee auf. Maria ging vor dem Telefon hin und her. Sie fror bis ins Mark, ihre Hände waren eiskalt.

«Meinst du, dass sie ins Krankenhaus gefahren sein können?», überlegte Berit. Maria griff sich das Telefonbuch aus dem Bücherregal, blätterte verzweifelt und unsystematisch in dem blauen Teil. In dem Moment wurde die Straße von Scheinwerfern beleuchtet. Ein Auto hielt auf der Vorderseite des Hauses. Maria riss die Haustür weit auf.

«Warum hast du nicht angerufen? Warum hast du keinen Zettel auf den Küchentisch gelegt? Kannst du dir vorstellen, wie viel Angst ich gehabt habe?» Die Stimme versagte ihr vor Wut und Aufregung.

«Ich habe Mama von der Ambulanz aus angerufen und ihr gesagt, wo wir sind. Ich dachte mir, dass du wahrscheinlich bei ihr anrufst, wenn wir nicht zu Hause sind. In der Eile habe ich keine

Zeit mehr gehabt, einen Zettel zu schreiben. Linda hat Lungenentzündung und Ohrenschmerzen. Sie ist um elf aufgewacht und hat laut geschrien. Ich habe im Krankenhaus angerufen, und die haben gesagt, wir sollten sie mit dem Kopf hoch ins Bett legen und ihr Alvedon geben. Eine Stunde habe ich es ausgehalten. Als wir da ankamen, war das Trommelfell geplatzt.»

«Bekommt sie jetzt Penicillin?»

«Ja. Ich habe was mitbekommen, das reicht bis morgen früh. Bist du morgen zu Hause, damit ich das Rezept holen kann? Das bist du doch, oder?» Maria blinzelte mit beiden Augen.

«Vormittags.»

DER 30. DEZEMBER

26 Die Göttin War presste das Messer an ihren Hals und stach zu. Das Blut rann warm und rot über die Brust. Maria blickte in Porzellanaugen. Der zahnlose Mund grinste schwarz und wortlos. Die Glocke aus Erz läutete Gefahr, tönte über die ganze Stadt, läutete, schrie ihre Botschaft hinaus. Was machte das jetzt noch aus, wo sie doch tot war. Wo ihre Nägel jetzt schmerzlos in bewusstlosem Zustand herausgeschnitten werden sollten, damit sie nicht Baumaterial für das Schiff Naglfar wurden.

Die Uhr läutete. Dem Laut konnte man nicht entgehen. Mit unheimlicher Kraft läutete sie Gefahr, Todesdrohung, Tod … langsam kam Maria zu sich, hinauf an die Oberfläche. Wachte mit einem Ruck auf und angelte nach dem Telefonhörer.

«Hartman am Apparat! Das Zahnschema war gefälscht! Der Zahnarzt war die ganze Nacht auf und hat in seiner Kartei gesucht. Er hat den Namen einer Frau im gleichen Alter und mit gleicher Körpergröße wie Disa Månsson. Die Frau heißt Emma Nord. Sie zog zur gleichen Zeit nach Kronköping um, als Disa ums Leben kam, und ist an der Adresse eines Sommerhauses in Kronköping,

Box 1634, gemeldet. Das Haus gehört, jetzt pass gut auf, es gehört Saga Månsson, Disas Mutter! Ich hole dich in zehn Minuten ab, im Auto können wir dann weiterreden. Ich habe ausreichend Personal angefordert. Jetzt erwischen wir sie!»

Maria konnte kaum sprechen.

«Ich bin dann fertig!», räusperte sie sich und gab gleich darauf einen erstickten Schrei von sich, als Krister sie in den Arm biss. Knurrend ging er auf den Hörer los, nahm ihn in den Mund und kroch damit weg. Hartman wunderte sich am anderen Ende der Leitung.

Als Maria die Karte auseinander faltete und den Verlauf der Waldwege ansah, kam es ihr merkwürdig vor, dass niemand auf das kleine Gehöft aufmerksam geworden war, das nur einen guten Kilometer von Elin Svenssons Haus entfernt lag. Von dort aus führte ein Waldweg hinunter zum Bach und zum Grabfeld aus der Eisenzeit, wenn man nicht die Landstraße weiterfahren wollte.

Als könnte er ihre Gedanken lesen, sagte Hartman: «Arvidsson ist da gewesen und hat geklopft, als er die Frau vernommen hatte, aber es schien völlig verlassen, unbewohnt.»

Sie bogen von der Landstraße zum Treffpunkt ab. Hartman und Wern waren die Ersten. Sie sammelten sich bei Elins Häuschen, um auf die Hundeführer zu warten. Hartman zeigte auf der Karte, wie sie sich dem Gehöft nähern wollten. Sturm hätte eigentlich das Kommando übernehmen müssen, aber er war nach einer Nacht mit Magenbeschwerden unpässlich. Der Boden war halb gefroren und von einer zehn Zentimeter dicken Schneeschicht bedeckt. Das bleiche Morgenlicht brachte graue Düsternis und nasse Kälte mit sich. Das Gelände um das Gehöft herum war mit wildem Buschwerk dicht bewachsen, und an der Grenze des Grundstücks wuchsen hohe Fichten. Das Lastmoped war neben dem Schuppen abgestellt. Das kleine Haus war aus Holz gezimmert. Unter der Schneedecke auf dem Dach konnte man Schindeln erkennen. Sie umstellten das Haus und warteten. Maria zitterte, Anspannung und Kälte machten sie hellwach und ihre Muskeln steif. Arvidsson schlug die Arme um den Körper, um sich aufzuwärmen. Die Atemluft dampfte aus dem Mund.

«Disa Månsson, kommen Sie raus!», rief Hartman ins Megaphon. Keine Antwort. Die Stille war mit Händen zu greifen.

«Hier ist die Polizei. Disa Månsson, kommen Sie raus!» Alles war so leise und still wie vorher. Marias Füße schmerzten vor Kälte. Sie musste sich ein Paar neue Stiefel kaufen. Nichts rührte sich. Hartman stand da wie ein Denkmal aus Stein.

Sie gingen hinein. Maria spannte jeden Muskel ihres Körpers an. Darauf eingestellt, das Messer vor ihren Augen aufblitzen zu sehen. Der Albtraum schien wie ein böses Omen. Stück für Stück eroberten sie das Haus. Die Hunde führten sie in den kleinen Vorraum, der keine richtigen Tapeten hatte. Blätter aus Klatschzeitungen waren an die vier Wände geklebt, wie bei einem Plumpsklo. Die Seiten sahen aus, als würden sie aus den frühen fünfziger Jahren stammen, waren vergilbt und durchnässt. Wenig Licht fiel herein. Maria blickte nach oben und sah gelbe Ringe vom Wasser an der Pappdecke. Eine Luke führte hinauf zum Dachboden, aber eine Leiter konnten sie nicht entdecken. Direkt über der Tür, die ins Haus führte, hing ein kleines Bild mit einem Sinnspruch, das Glas war gesprungen und der Rahmen rissig. Maria wischte den Staub mit der Hand weg, um zu sehen, was da stand.

Nach allen Türen
Eh ein man tritt,
Soll sorglich man sehn,
Soll scharf man schaun:
Nicht weißt du gewiss,
Ob nicht weilt ein Feind
Auf der Diele vor dir.

Hávamál

Maria zeigte auf das Bild, aber Hartman hatte die Hand bereits auf der Türklinke. Vorsichtig öffnete er die Tür zur Küche. Wärme schlug ihnen entgegen. Hartman fasste an den Herd. Er war noch heiß. Ein Stuhl war vom Tisch abgerückt, so als ob jemand hastig aufgestanden wäre. Eine leere Literpackung Milch lag umgestürzt auf dem Tisch. «Haltbar bis 23. Dezember» konnte man auf der Oberseite lesen. Eine zur Hälfte aufgegessene Wurst und ein Glas Bier standen auf der anderen Seite des Tisches. Es roch nach Mäusedreck und säuerlichem Müll. Hartman unterließ es, die untere Schranktür zu öffnen, um festzustellen, was da roch. Das überließ er nur zu gern Erika. Vorsichtig schob Maria den Flickenteppich zur Seite und legte einen Kellereingang frei. Mit dem Schürhaken zog sie die Klappe auf. Ein kalter Luftzug von Erde und Feuchtigkeit schlug ihnen entgegen. Der Keller wurde sorgfältig durchsucht, ohne dass man etwas anderes als getrocknete Pilze, uralte Blaubeermarmelade, Mäusedreck und Kellerasseln fand. Gerade als sie die Kellerklappe wieder zugemacht hatten, hörten sie ein prasselndes Geräusch über ihren Köpfen. Hartman machte ihnen ein Zeichen, sich völlig still zu verhalten. Das prasselnde Geräusch wiederholte sich. Die Leiter zum Boden fanden sie hinter dem Küchensofa. Lautlos hoben sie sie hoch, trugen sie in den Vorraum und stellten sie auf. Ein Hund wurde von der Leine gelassen. Arvidsson erbot sich, als Erster den Kopf durch die Bodenluke zu stecken. Er schielte zu Maria, als er die Holzplatte hochdrückte. Vielleicht hatte er einen aufmunternden Blick erwartet. Aber Maria war viel zu angespannt, um seine Signale zur Kenntnis zu nehmen. Der Lichtkegel der Taschenlampe bewegte sich durch das Dunkel des Dachbodens. Vorne am Fenster standen, eingehüllt in mehrere Schichten von Spinnennetzen und Staub, ein altes Spinnrad, ein Waschbrett und ein runder Tisch mit einer Petroleumlampe. Eine zerrissene Spitzengardine flatterte im Luftzug.

Die Atemluft stand wie eine weiße Wolke vor Arvidssons

Mund. Gerade als er sich auf der Leiter umdrehen wollte, um festzustellen, was sich hinter ihm befand, war ein scharfer zischender Laut zu hören. Arvidsson duckte sich instinktiv. Die Last wurde zu groß für die morsche Leiter, und er durchbrach mehrere Sprossen, wurde von starken Armen aufgefangen und richtete sich wieder auf, griff nach der Kante und zog sich mit der Kraft seiner Arme auf den Fußboden der Dachkammer hinauf. Er entsicherte die Pistole. Der Schein der Taschenlampe suchte die Ursache des Geräusches. Eine Bewegung im Dunkeln. Der Strahl der Lampe richtete sich auf einen etwas helleren Schatten … Eine Taube, nur eine Taube saß auf dem Dachbalken. Da war ein Nest, aber kein Versteck für einen Menschen, keine Schränke oder Kisten.

Hartman öffnete die nächste Tür im Haus und blieb auf der Schwelle stehen. Ein halb erstickter Schrei entfuhr dem kräftigen Mann. Maria eilte ihm mit gezogener Waffe zu Hilfe, aber Hartman winkte abwehrend mit der Hand. Maria blickte unter seinem Arm hindurch hinein und blieb ebenso erstarrt stehen wie ihr Kollege. Der süßliche qualmige Geruch stieg ihr in voller Stärke in die Nase. Die Wände und der Fußboden waren mit Blut bedeckt. Auf der gegenüberliegenden Seite des Raumes war ein Tisch wie eine Art Altar aufgestellt, überschüttet von Vogelfedern. Drei Holzfiguren standen auf dem Altar, alle mit Blut bespritzt. Die Holzfigur ganz rechts hatte einen riesigen Phallus. Odin, Thor und Freyja, ging es Maria durch den Kopf, und ihr Magen zog sich zusammen. Auf dem rauen Seitenteil des Tisches war ein Zeichen eingeritzt. Maria erkannte sofort die Fruchtbarkeitsrune! Und dort mitten auf dem Tisch, auf einem Bett aus Vogelfedern, lag der Kopf eines Menschen. Das Blut in dem hellroten Haar war geronnen. Die Augen waren halb geschlossen, der Mund stand offen. Schwarze Punkte tanzten vor Marias Augen. Ein saurer Geschmack auf der Zunge, dann konnte sie nichts mehr auffassen, stürzte aus der Tür ums Haus herum und übergab sich. Die Beine zitterten.

«Wenn einem bei so was nicht schlecht wird, ist man kein Mensch mehr», sagte Arvidsson und legte Maria die Hand auf die Schulter, streichelte sie ein wenig unbeholfen. Maria nahm eine Hand voll Schnee und rieb sich das Gesicht ab. Taumelnd und bleich nahm sie ihre Kräfte zusammen und ging hinein, als der Magen leer war. Vorsichtig, wie um zu probieren, was sie vertragen konnte, ohne wieder hinauslaufen zu müssen, sah sie sich in dem Raum um, vermied es aber, den Altar anzusehen. Der Gestank war nicht auszuhalten, altes Blut in der Wärme des Hauses. In den Fenstern waren kleine Kerzen aufgestellt. Die Dochte waren schwarz und das Stearin heruntergeschmolzen.

«Hier», Hartman zeigte auf ein kleines Regal über der Tür, «hier haben wir das Fotoalbum.» Hartman zog sich ein Paar Handschuhe an. Vorsichtig blätterte er die vergilbten Seiten durch. Zwei Fotos fehlten. Was auf den Bildern zu sehen gewesen war, daran konnte er sich nicht mehr erinnern, vielleicht konnten Erika Lund oder Ragnarsson sagen, wie die Personen auf den fehlenden Fotos ausgesehen hatten.

«Wer ist die Frau? Der Kopf?» Maria schluckte und schluckte, der Magen brannte. Vorsichtig drehte sie sich zum Altar um.

«Ohne Zweifel Stina Ohlsson!» Maria blickte auf das rot gefärbte Haar und die hellen Streifen auf der Kopfhaut. «Den Rest des Körpers haben wir noch nicht gefunden. Arvidsson und Ek durchsuchen den Schuppen. Vidar hat doch gesagt, dass sie dort die Tiere geschlachtet hätten.» Hartman sah sehr bleich aus, und seine dunkelblauen Augen waren im Morgenlicht beinahe schwarz. Die leere Seite in dem Album grinste ihn höhnisch an.

«Die Hunde haben eine Spur gefunden. Sie führt hinunter zur Landstraße!», rief Arvidsson durch die Glasscheibe.

27 In wildem Zorn riss Disa Månsson das Seidennachthemd von oben nach unten entzwei. Riss die teure Spitze heraus. Freyja hatte sie im Stich gelassen! Alle hatten sie im Stich gelassen! Jetzt konnte sie sich nur noch auf sich selbst verlassen, auf Odin, den Höchsten, und die Nornen. Sie hatten ihr Haus genommen, in ihrem heiligsten Raum herumgeschnüffelt. Sie hatte sie kommen hören, hatte sich auf die Ski geworfen und in letzter Sekunde den Bus in die Stadt geschafft. Sie hatte die Hunde gesehen, arglistig wie der Fenriswolf, mit glänzenden Augen und langen Zungen. Die hatten ihre Spur bis an den Bus verfolgt. Sicher würden die Mitreisenden nach ihrem Aussehen befragt werden. Disa war in die Cafeteria der Galeria verschwunden, war auf die Toilette gegangen. Hatte sich an einem kleinen Jungen, der eilig pinkeln musste, und an seiner Mutter vorbeigedrängt. Hohnlächelnd zog sich Disa die blonde Perücke vom Kopf und befreite sich von der Büstenprothese. Langsam, sozusagen zum Abschied, steckte sie sich den Rauch der Göttin an. Den letzten Stängel. Sog das Aroma ein, blinzelte durch den Rauch und entspannte sich. Die würden länger auf dem Gehöft zu tun haben, das konnte sie sich ausrechnen. Das Gebiet würde abgesperrt werden. Die Polizei würde es bewachen. Sie würde keine Gelegenheit mehr haben, zum Brunnen zu gehen, wo sie doch gerade jetzt den Rat des Vaters brauchte. Vielleicht würden sie seinen Kopf finden und ihn an sich nehmen, ihn in Formalin oder etwas anderes ebenso Widerliches und Respektloses stecken. Disa zerdrückte die Zigarette mit ihrem schwarzen Absatz, als ob es ein Insekt wäre. Sie hatten kein Recht, so etwas zu tun! Der Kopf gehörte Disa und niemand anderem! Sie hatte ihn selbst in einer Stunde des Triumphes geholt. Einer Stunde heiliger Eingebung. Bereits als der Vater seinen Herzinfarkt bekam, wusste sie, was sie zu tun hatte. Geschickt hatte sie Trauer vorgespielt, wenn Trauer erwartet wurde. Da galt es lediglich, mit einzustimmen und nachzuäffen, eine Träne zu weinen oder schweigend aus dem Fenster zu starren. Sie hatte deren Trauer reflektiert, und die hatten sich täuschen lassen.

Kurz vor dem Begräbnis hatte sie den Pastor gebeten, mit dem Sarg allein gelassen zu werden. Um eine Stunde hatte sie gebeten, und das hatte vollkommen gereicht. Da waren viele üppige und verschwenderische Kränze gewesen. Der Sargdeckel ließ sich leicht öffnen. Sie hatte selbst den teuersten Eichensarg ausgesucht, damit alle sehen konnten, wie sehr sie ihren Vater wertschätzte. Die armen Leute, sie konnten ja nicht verstehen, dass Henrik Månsson nur eine Verwandlung durchmachte, dass er in eine neue Dimension eintrat. Das ganze nachfolgende Ritual war eigentlich lächerlich, wenn man wusste, was geschehen würde: dass Henrik Månsson nur in einen höheren Grad von Bewusstsein einging, dass er die Fülle und Stärke bekam, nach der er stets gestrebt hatte. Die waren so einfältig, die Menschen in Midgard, so ahnungslos über ihr Erbe aus der Vorzeit.

Mit einer kleinen scharfen Säge, im Eisenwarenladen nur zu diesem Zweck eingekauft, schritt sie ans Werk. Wickelte den Kopf in Plastik ein, ehe sie ihn in ihre Schultertasche legte, wischte sich den Schweiß ab und machte den Sargdeckel wieder zu. Die Kränze lagen nachher vielleicht nicht mehr genau so da wie zuvor, aber niemand merkte etwas. Die Nelken dufteten stark. Weiße Lilien strömten einen Duft von Triumph aus.

Während der ganzen Beerdigung hätte sie gern laut losgelacht: Ratet mal, was ich in meiner Tasche habe. Was glaubt ihr, was ihr da begrabt? Es hatte sie große Selbstbeherrschung gekostet, es zu unterlassen, ihren Schatz vor der Toilette einem alten Herrn zu zeigen. Nur mal den Reißverschluss ein wenig aufziehen, sodass er hineinsehen konnte. Das wäre so aufregend gewesen, die Veränderung in seinem Gesicht zu verfolgen, von Verwirrung über Erstaunen zu Schrecken. Aber sie hatte es dann doch gelassen. Es hätte Schwierigkeiten geben können. Ganz ahnungslos war sie nicht darüber, was Menschen anstellen konnten, wenn sie aufgeregt wurden. «Und was kann Disa da in ihrer Tasche haben, was glaubt ihr?» Bei dem Gedanken lachte Disa laut. Welch ein Sieg! Welch ein Triumph! Niemals mehr würden sie Dreck-Lisa, Piss-Disa rufen. Sie war jetzt eine richtige Göttin geworden. Sie hatte den Kopf ihres eigenen Vaters als Ratgeber, genau so wie Odin Mimirs Kopf im Brunnen hatte und ihn in magischen Dingen um Rat fragen konnte. Aber Freyja hatte sie im Stich gelassen! Sie hatte sich auf die Seite der Feinde gestellt. Jetzt konnte sie nur noch die Nornen um Rat fragen. Bald würde sie das versprochene kleine Mädchen bekommen. Wenn Freyja ihr das Kind nicht freiwillig gab, würde sie es sich, von Odin und Loki unterstützt, mit List nehmen!

Stina Ohlsson musste sie töten, weil die ihr das Fotoalbum, Disas und Dicks Album, nicht freiwillig herausgeben wollte. Eigentlich hätte es ausgereicht, ihr Nase und Ohren abzuschneiden, gemäß dem Paragraphen über Hurerei des Södermannagesetzes, aber Stina hatte sich provozierend aufgeführt. Sie hatte damit gedroht, zur Polizei zu gehen. Sie hatten sich eine Zeit lang gekannt. Disa war viele Male im Salon Seidenschwanz gewesen, hatte sich die Haare schneiden und färben lassen und hatte Haare aller möglicher Farben und Längen gesammelt, die sie im Opferhain auf dem Boden verstreuen konnte. Das hatte sie sehr amüsiert. Nein, Disa wusste um ihre Rechte, das Södermannagesetz kannte sie auswendig:

Jetzt hurt die Frau herum und geht in das Bett, das einer anderen Frau zugesprochen ist. Wird sie dort von der Frau gestellt, die nach Recht und Gesetz in dieses Bett verheiratet wurde, dann werden ihr Nase oder Ohren dort verstümmelt oder ihre Kleidung zerrissen;

Dann sollen dafür keine Strafen gelten, und sie soll der Frau für den Bettraub drei Äcker als Buße geben; das soll ihr Eigentum sein, und da hat weder Mann noch König Anteil. Jene Frau soll danach liederliche Schlampe heißen.

Sie hatten ihr Blut vermischt, Dick Wallström und Disa Månsson, bis in alle Ewigkeit! Sie waren einander geweiht. Sie hatte das

Recht auf ihrer Seite. Disa richtete sich auf. Bald würde sie ihr kleines Mädchen bekommen.

Disa öffnete die Tür und blickte hinaus zu dem kleinen Jungen, der die Schenkel zusammenkniff. Seine Mutter sah grimmig aus.

«Mama, die Frau hat auf dem Klo geraucht. Das darf man doch nicht! Pfui Spinne, wie das riecht!» Disa schenkte dem Jungen ein strahlendes Lächeln:

«Das war der Geist des Toilettenstuhls, der da gesprochen hat. Nimm dich in Acht, sonst beißt er dir in den Po.» Der Blick, der Disa durch die Schwingtür hinaus folgte, war alles andere als nachsichtig.

Maria drehte ihren blonden Zopf in der Hand. Sie saß Hartman gegenüber, dessen Haare mehr als jemals zuvor seinen seelischen Zustand widerspiegelten. In grauen Strähnen standen sie wild nach allen Seiten, wie bei einem kräftigen, zum Kampf bereiten Rehbock.

«Geschützte Daten! Verdammt, was meinen die damit, dass diese Angaben geschützt sind? Wer da geschützt wird, ist ein vierfacher Mörder! Es muss doch eine Möglichkeit geben, deren Routinen zu umgehen. Die Bestimmungen sind doch gemacht, um misshandelte Frauen vor ihren Plagegeistern zu schützen, nicht, um Mörder zu decken!» Maria blickte erstaunt auf. Während ihrer Zeit in Kronköping hatte sie Hartman noch nie fluchen hören.

«Wir wissen, dass Disa Månsson den Namen noch einmal gewechselt hat, nachdem sie Uppsala verließ. Den Namen bekommen wir nicht, aber vielleicht können wir ihn über die Personennummer herausfinden. Emma Nord steht nicht im Telefonbuch, ist weder dem Arbeitsamt noch der Versicherungskasse persönlich bekannt. Die Personennummer ist das Einzige. Die kann doch wohl nicht geändert werden?»

«Erika war hier, gerade bevor du gekommen bist. Sie hat gesagt, dass wir Antwort vom Graphologen haben. Disa Månssons

Abschiedsbrief und der Brief an Gunilla Berggren enthalten viele Gemeinsamkeiten. Die sind mit großer Wahrscheinlichkeit von der gleichen Person geschrieben. Aber das wussten wir ja schon.» Hartman starrte in seine leere Kaffeetasse und schüttelte den Kopf, sodass die Haare ihm ins Gesicht fielen. «Verdammt! Manchmal beißt sich das Rechtswesen selbst in den Schwanz.»

«Würde es uns helfen, wenn wir den Professor nochmals herholen? Er ist doch wohl derjenige, der am besten versteht, wie Disa denkt. Vielleicht in Zusammenarbeit mit einem Psychologen. Was glaubst du, was sie jetzt vorhat? Wir haben ihr Haus mit Beschlag belegt. Sie muss ja irgendwo wohnen. Entweder hat sie eine zweite Unterkunft, oder sie muss sich was suchen, ein Hotelzimmer, eine Wohnung oder einen Platz in einer Jugendherberge. Können wir vielleicht Emma Nords Personennummer mit dem Register im Wohnungsamt abgleichen?»

«Ruf du den Professor an, wir brauchen jede erdenkliche Hilfe. Ich frage mich, wie diese Person sich versorgt. Sie kann doch nicht neun Jahre lang von dem ererbten Geld gelebt haben.»

«Emma Nord war Putzfrau, Disa Zahnarzthelferin. Wir sollten vielleicht ein paar Mann dransetzen und bei Reinigungsfirmen und Zahnkliniken nachfragen lassen, ob sie jemanden mit Emma Nords Personennummer angestellt haben. Sie arbeitet sicher nicht unter dem Namen Emma Nord, sondern unter ihrem neu angenommenen. Wie auch immer der lauten kann.»

«Haben wir Pech, dann putzt sie schwarz, aber einen Versuch ist es wert. So machen es die Männer von misshandelten Frauen doch wohl auch, so finden sie ihre Frauen, obwohl sie die Identität gewechselt haben und in eine andere Stadt gezogen sind.»

«Ich werde Silvester nicht bei deiner Mutter feiern! Ihr Herz kann Purzelbäume schlagen, wenn es will.» Maria quirlte wütend den Eierkuchenteig, goss die heiße Butter hinein und quirlte wieder. «Ich werde Silvester in meinem Haus feiern. Linda ist krank. Ich bin todmüde und denke gar nicht daran, die Fragen deiner Verwandten nach der Arbeit der Polizei zu beantworten», sagte sie mit großem Nachdruck und starrte ihrem Mann stur in die Augen.

«Selbstverständlich nicht», stimmte der Angesprochene mit samtweicher Stimme zu. «Die wollen herkommen.» Maria hörte auf, in dem Eierkuchenteig zu rühren. Der in der Luft liegende Ärger verdichtete sich und richtete sich wie ein Sonnenstrahl durch ein Brennglas auf den Mann unter der Küchenuhr.

«Ich habe Spaß gemacht, entschuldige!» Mehr konnte Krister nicht herausbekommen, bevor drei Eier pfeifend durch den Küchendunst angeflogen kamen. Eins klatschte an die Wand hinter ihm, eins schlug auf die Tischkante auf, und eins traf ihn am Bauch und verteilte sich auf seinen Schuhen. «SIE LIEBT MICH», lachte er laut und trocknete sich mit dem Hosenbein die Schuhe ab. «Morgen fängt unser neues Leben an, meine Schöne.»

«Tut es das?», fragte Maria verblüfft, Schlimmes ahnend und ziemlich gereizt, dabei wog sie ein Ei in ihrer Hand und hatte den Mund zu einer sauren Miene zusammengezogen.

«Ich habe heute mit Mutter Gudrun gesprochen und tatsächlich hat sie Brustschmerzen bekommen, aber sie hat überlebt. Ich habe ihr erzählt, dass wir umziehen werden.»

«Werden wir das? Ganz interessant, wenn ich so nebenbei erfahre, dass wir umziehen. Wohin denn, in einen Wohnwagen, unter einen Windschutz oder in ein Kollektiv im Hinblick auf den baldigen Untergang der Welt?» Maria wurde schwindelig. Wieder draußen auf dünnem Eis, unsicher, wie sie ans Land kommen sollte.

«Ich habe ein phantastisches Haus gefunden, direkt am Wasser, gleich unterhalb vom Kirchenberg, mit eigenem Steg, Bootshaus und einer sagenhaften Veranda! Und morgen, meine Geliebte, fahren wir hin und sehen es uns an.»

«Womit fahren wir? Sollen wir fliegen? Soviel ich weiß, sitzt der verfluchte Vogel immer noch auf dem Bücherregal.»

«Wir nehmen ein Taxi», antwortete Krister sorglos. «Solange wir hier wohnen, werden wir nicht in Frieden gelassen. In diesem Haus bin ich ein Kind. Dafür kann ich nichts. In diesem Haus kann ich Mama nicht daran hindern herumzuwirtschaften, aber das gilt nur hier, in meinem Elternhaus. Ein neues Haus würde unser Haus sein, unser eigenes. Du musst es sehen. Es ist ein Traumhaus. Die Frau, die dort gewohnt hat, ist zu ihrer Tochter nach Småland gezogen. Noch ist es nicht an einen Makler gegangen.» Krister fasste Maria um die Taille und drehte sie auf dem Küchenboden herum, dass der Teig vom Schneebesen flog.

«Dann haben Mutter und ich darüber gesprochen, warum sie dich angelogen hat, als ich mit Linda im Krankenhaus war. Ich finde, sie hat sich schlimm benommen, und das habe ich ihr gesagt. Ich habe ihr auch gesagt, dass ich dich liebe und dass sie mir wehtut, wenn sie so hässlich zu dir ist. Es dauerte eine Weile, bis sie sich beruhigt hatte, bis sie sich nicht mehr hinter Papa versteckte, aber schließlich kam raus, dass sie sich von dir bedroht fühlt. Du verunsicherst sie und bedrohst ihre Welt, weil du nicht tust, was sie gewohnt ist, andere Prioritäten setzt. Wenn das Saubermachen dir nicht so wichtig ist, zeigst du ihr damit, wie nebensächlich das ist, womit sie ihr Leben verbracht hat, verstehst du? So empfindet sie das, alles, was sie tut, ist wertlos. Wenn nicht alles so ist wie früher, ist sie nichts wert.» Langsam begriff Maria, was er meinte. «Ich habe ihr gesagt, Papa war doch Postmeister, bevor er in Pension ging. Wie würde die Welt ausgesehen haben, wenn alle Männer Postmeister gewesen wären? Wer hätte denn dann die Post ausgetragen, Wege gebaut, Blinddärme operiert und Brot gebacken? Alle müssen ihr Teil zum Gelingen beitragen, ohne dass eine andere Tätigkeit deswegen weniger wert ist. Ich bin sicher, wenn sie ein Weilchen darüber gegrübelt hat, kommt sie von selbst dahinter, dass es gerade ihre eigene Nische ist, die sie wertvoll macht. Wenn sie ein paar Monate darüber nachdenken und mit Nachbarinnen, Verkäuferinnen und Busfahrern darüber sprechen darf, wird es schon besser werden. Aber das wird sicher seine Zeit dauern. Ich habe zwei Jahre gebraucht, von zu Hause auszuziehen, also mach dir keine zu großen Hoffnungen.»

Gemeinsam deckten sie ihre schlafenden Kinder noch einmal zu. Maria fühlte einen Stich in ihrem Herzen, einen Klumpen in ihrem Hals, als sie ihre kleinen Lieblinge anblickte. So wenig waren sie über diese Weihnachtstage zusammen gewesen. Sie hatte nicht mal ihre Weihnachtsgeschenke bewundert. Sie hatten keine Äpfel gebraten und keine Weihnachtslieder zusammen gesungen, Geschichten erzählt oder Pfefferkuchen gebacken, und von ihrem Mann hatte sie in diesen stressigen Tagen kaum einen Schatten gesehen.

Um 23.00 Uhr flimmerte die Nachrichtensendung über den Bildschirm. Disa sah ihr Gesicht, das die ganze Fläche ausfüllte. So hatte sie ausgesehen. Mit der Hand strich sie sich über Mund und Kinn, beinahe ein wenig traurig. Sie erinnerte sich an die Schmerzen im Kieferknochen, im Nasenbein, in den Backenknochen, wie die Haut um die Augen herum und überm Kinn gespannt gewesen war. Gleichzeitig empfand sie Stolz, Stolz darüber, im Fernsehen gezeigt zu werden, in ihrem eigenen Fernseher zu erscheinen. Das war ihr Eigentum, und er war ganz neu. Tolles Gerät. Sie hatte lange nach dem perfekten Fernseher in dem perfekten Haus gesucht. Es war, als ob man einem Kind Süßigkeiten wegnahm, wenn man es mal so einfach ausdrücken durfte. Sie ging einfach hinein und nahm ihn mit.

Disa versank in Gedanken. Sie erinnerte sich an vergangene Zeiten. «Piss-Lisa, Dreck-Disa muss auf dem Fußboden sitzen, sonst riecht es auf dem Sofa nach Pisse», hatten die Kinder der Nachbarsfrau gesagt, wenn sie sich im Dunkeln vor den neu gekauften Fernseher setzten. «Deine verrückte Mutter wird euch nie einen Fernseher kaufen können, das ist mal sicher», hatten sie gesagt und ihr mit Absicht auf die Finger getreten, als sie da auf dem

Boden saß. Das hatte wehgetan, vor allem in der Seele. Denn das war zu einer Zeit gewesen, als sie noch nicht wusste, dass sie eine Göttin war, eine Asin, mit dem Recht zu strafen. Disa strich mit der Hand über ihren schönen Fernseher, den teuersten, strich mit ihrer Hand über das Ledersofa. Sie hatte es so gut. Hier würde niemand sie finden, hier war sie sicher.

«… suchen Mitpatienten, jemanden, der in der Abteilung für plastische Chirurgie war, in der Disa Månsson im Frühjahr 1987 behandelt wurde», sagte die Fernsehstimme, und Disas Gesicht wurde in Großaufnahme gezeigt, im Hintergrund spielten sie Musik aus Horrorfilmen.

«Verflucht, was für eine List! Wie konnten sie das wissen? Vidar natürlich! Der würde seine eigene Mutter für ein Butterbrot verkaufen. Mag der Blitz ihn treffen!» Disa warf den Teller auf den Boden, sodass er in Stücke ging. Sie hätte sich mehrere Perücken kaufen sollen. Jetzt hatte sie nur ihr in der Fredsgatan eingekauftes Dolly-Parton-Kostüm. Vielleicht konnte man die Perücke mit Schuhcreme braun färben, sie färben, sich umziehen … Jetzt wurde es höchste Zeit! Sie musste ihr kleines Mädchen nehmen und das Land verlassen. Der gefälschte Pass lag schon in dem fertig gepackten Koffer. Teuer, aber geschickt gemacht. Alles war klar. Das Geld befand sich bereits auf einem Konto in der Schweiz. Entweder würde die Göttin Freyja das Kind wie vereinbart selbst übergeben, oder sie musste es sich mit einer List holen. Es musste bald geschehen. Noch sprach das Kind für die meisten Menschen völlig unverständlich, aber das war nur eine Frage der Zeit. Gerade hatte sie Lungenentzündung, die kleine Linda, aber das half nun nichts. Wenn sich eine Gelegenheit ergab, mussten sie sich trotzdem auf den Weg machen.

28 Maria war auf ihrem Arm eingeschlafen. Krister hatte ihr Kaffee am Bett serviert, ihr langes blondes Haar gekämmt, wie damals, als sie frisch verliebt gewesen waren. Nur Lindas Fieber störte das Familienglück. Es war trotz der Behandlung mit Antibiotika nicht gesunken. Heiß wie ein Ofen war sie, das kleine Ding. Krister hatte versprochen, nochmals mit dem Krankenhaus zu sprechen. Maria musste am Vormittag arbeiten, aber nur am Vormittag. Nach der Mittagspause wollten sie sich ein Taxi nehmen, zum Kronviken fahren und das Haus, oder besser gesagt die Villa, ansehen. «Er versprach mir eine Traumvilla, aber es war eine optische Täuschung», sang Maria schelmisch und schubste Krister mit der Hüfte.

Disas Bild war auf der ersten Seite der Zeitung. Maria drehte das Käseblatt auf den Kopf, um sich nicht am Kaffee zu verschlucken. Warum ist es einfach unmöglich, sich ganz seiner Familie zu widmen und die Arbeit einmal völlig zu vergessen.

Krister sah und begriff. Er nahm den Kopf seiner Frau in die Hände und küsste sie auf die Stirn, auf die Augen, auf den Mund, sodass Emil sich vorbeugen musste, um mal zu sehen, was sie da eigentlich machten. Er kam sich ein bisschen vernachlässigt vor. In seiner Verlassenheit fand er eine Schere. Die lag da so auf dem Fußboden in der Diele herum wie eine Aufforderung an ihn, zur Tat zu schreiten. Er nahm die Schere und kroch aufs Sofa. Dort lag ein Zierkissen, das Großmutter bestickt hatte. Darauf waren Schwäne und Seerosen zu sehen. Papa hatte es zum Geburtstag bekommen. Emil fiel ein, dass Mama Papa gefragt hatte: «MÜSSEN wir das dort liegen haben?» Und Papa hatte geantwortet: «Ja, das MÜSSEN wir.» An den Ecken war das Kissen ein wenig zu lang, die Fransen also. Das sah nicht schön aus. Mühsam, ohne die Stickerei selbst zu beschädigen, schnitt Emil die Ecken rund. Das wurde nicht gleichmäßig, er musste nochmal schneiden, und dabei passierte es, er schnitt einem Schwan den Hintern ab. Das war nicht ganz gerecht, fand er und schnitt dem zweiten Schwan ebenfalls den Hintern weg. Er hielt das Kissen eine Armlänge von sich weg, betrachtete sein Werk und fand, dass es ganz schlimm aussah. Das war Papas und Mamas Schuld! Ein leichtes unbehagliches Beben fuhr durch den Körper des kleinen Jungen. Ein vages Schuldgefühl und ein viel stärkeres Gefühl von Wut. Zornig schnitt die Schere den Schwänen die Schnäbel ab. Sie arbeitete jetzt völlig selbständig, ohne Emils Willen und Kontrolle. Jetzt sah das Ganze so traurig aus, dass nur noch eins zu tun übrig blieb: das verdammte Ding irgendwo zu verstecken, wo sie es niemals finden würden. Emil stopfte die Stickerei mühsam unter seine Matratze, ging danach in die Küche und warf einen Stuhl um.

«Weswegen sitzt sie denn da und grinst», murmelte Sturm und stieß Ek in die Seite.

«Sie ist wohl glücklich», lächelte Ek.

«Hier sind wir während der Arbeitszeit nicht glücklich und sitzen da und lachen albern, ist das klar! Das stört doch nur, verdammt nochmal!» Maria lächelte Sturm entwaffnend an.

«Sauer sprach der Fuchs und meinte die Trauben.»

«Was meint sie denn damit?» Sturm wandte sich schnaubend an Ek. «Hier bezeichnen wir doch nur die Neuen als Füchse.»

«Frag sie doch selbst», antwortete Jesper Ek geduldig. «Da sitzt sie doch!»

«Verflucht», brummte Sturm in seine Kaffeetasse. «Weiber!», stöhnte er, weil ihm keine kräftigeren Ausdrücke einfielen.

Arvidsson tauchte als rettender Engel in der Tür auf, mitten in die dicke Luft kam er wie auf Bestellung einer höheren Macht. Es kam Ek in den Sinn, dass niemand Arvidsson Fuchs nannte, trotz seiner roten Haare. Der Kollege war ein friedfertiger Mann, aber niemand mit Selbsterhaltungstrieb reizt unnötig einen so kräftigen Kerl.

«Eine Mitpatientin von Disa Månsson ist gekommen! Sie weiß nicht, welchen Namen die Frau angenommen hat. Sie haben sich nie vorgestellt, aber sie hat das Gesicht erkannt und ist bereit, an einem Phantombild mitzuarbeiten. Erika hat auch eine Neuigkeit, hörte ich.» Erika drängte sich unter Arvidssons ausgestrecktem Arm durch, es sah aus wie eine eingeübte Shownummer.

«Wir haben Antwort aus dem Kriminallabor in Uppsala. Der Hund Loki hatte menschliches Blut an seinem Gebiß. Damit haben wir wahrscheinlich die DNA des Mörders.»

Sturm sprang aus seinem Stuhl auf, ballte die Faust in einer Siegergeste und hob sie drohend gegen die Decke während er mit kleinen Sprüngen herumhopste und in primitiver Gereiztheit jubelte:

«Wir haben das Blut der Mörders! Wir haben das Blut des Mörders!»

Hartman trat in die Tür und starrte unsicher auf seinen Vorgesetzten.

«Der Köter hat den Mörder gebissen! Glauben wir jedenfalls. Wir haben die DNA!»

«Wir haben die DNA, und wir haben die derzeitige Personennummer von Disa Månsson, und immer noch ist sie auf freiem Fuß», ergänzte Maria, um ihren Chef in die Wirklichkeit zurückzuholen.

«Loki, warum hieß der Hund Loki?», äffte Sturm sie sozusagen als Rache nach. Es war wunderbar, im Siegesrausch zu sein, und pure Bosheit, wenn einem jemand diese Stimmung verdarb.

«Danach habe ich den alten Mann übrigens gefragt, als wir die Hausdurchsuchung gemacht haben», sagte Arvidsson. «Der Hund hieß nicht Loki, sondern Lok, weil er doch zog.»

Sturm hielt mitten in einem Sprung inne, ließ seine erhobene Faust fallen.

«Was hast du gesagt?»

«Lok, also wie Lokomotive, denn er hat im Gespann den

Schlitten gezogen.» Arvidsson versuchte es vorzuführen, indem er Ek am Schlips zog. Ek wurde ungemütlich und schlug seinem Kollegen so auf die Finger, dass es klatschte. Er war zwar kleiner, aber das musste ja nicht bedeuten, dass man alles mit sich machen ließ.

Sturms Gesicht verwandelte sich. Kleine Verkrampfungen wurden zu Zuckungen. Ein wimmernder Laut kam aus seiner Kehle, machte die Anwesenden schaudern, und der bereits sorgenvolle Hartman war ernsthaft beunruhigt. Tränen liefen Sturm über die Wangen. Die grobporige Nase nahm eine hellrote Farbe an. Der wimmernde Ton nahm an Stärke zu. Ek überlegte, ob seinem Chef möglicherweise etwas im Hals stecken geblieben war. Arvidsson, erfahren in erster Hilfe, war bereits bei ihm und griff nach ihm. Der Ton veränderte sich und ging in ein Schnauben über. Konnte es etwa sein … war es möglich, dass der Mann lachte? Allerdings war das für ihn so ungewohnt, dass er nicht richtig wusste, wie er mit diesem Gefühl umgehen musste. Ja, so war es. Sturm lachte, zwar aus Schadenfreude, aber es war ein Lachen. Hinterher gab es eine große Diskussion darüber, wer ihn zum Lachen gebracht hatte und also der rechtmäßige Eigentümer des Jackpots war. Arvidsson, der mit der Antwort gekommen war, oder Maria, die die Frage gestellt hatte: Warum hieß der Hund Loki. Schließlich einigte man sich darauf, das Geld für einen guten Zweck auszugeben: eine Runde in der Kneipe, wenn der Fall Disa Månsson abgeschlossen war. Sturm wurde auch eingeladen, denn er war sozusagen der Anlass für die Sammlung.

«Ich habe Gunilla Berggren zu einem weiteren Verhör hergebeten», erklärte Hartman. «Sie war gestern Vormittag für zwei Stunden verschwunden. Der Polizist verlor sie in der Galerie aus den Augen. Als sie später wieder nach Hause kam, sagte sie, alles sei ruhig gewesen. Sie wollte nur ungestört und ohne um Erlaubnis bitten zu müssen Unterwäsche einkaufen. Disa Månsson hat sich nicht wieder mit ihr in Verbindung gesetzt. Ihr Mann hat sie zwei Mal angerufen, ohne aber ausfallend zu werden. Wenn sie kommt, will ich sie einem kleinen Jungen gegenüberstellen, den die Schutzpolizei zu uns geschickt hat. Der Bengel hat selbst die Polizei angerufen und gesagt, da wäre eine schlimme Frau auf dem Klo in der Cafeteria der Galerie gewesen und hätte geraucht. Was die Kollegen stutzig gemacht hat, ist, dass die Dame als Blondine mit Riesenbüste in die Toilette gegangen und rothaarig mit kurzem Haar und bedeutend reduziertem Vorbau wieder herausgekommen sei. Die Mutter bekräftigt die Geschichte und sagt, dass die Frau ihrem Sohn damit gedroht hätte, in der Toilette wohne ein Geist, der ihm in den Hintern beißen würde. Sie sagt, dass der Sohn davon einen Komplex bekommen hat und sich seither weigert, auf eine Toilette zu gehen.»

«Das ist wie verhext!», rief Ek und rückte seinen Schlips zurecht. «Dann heißt es ja wieder raus und mit den Leuten reden. Warum hat sie sich nicht ein mehr alltägliches Aussehen zugelegt? Man wird ja ausgelacht, wenn man nach einer Frau mit großen Brüsten und hellen Locken fragt. Ich habe die Kommentare der Leute satt. Man muss sich ja schämen! Was hat der Graphologe über die Ähnlichkeit der Handschrift in Disas und Gunilla Berggrens Briefen gesagt?»

«Er tat sich schwer mit einer endgültigen Aussage. Aber mit großer Wahrscheinlichkeit ist es so, dass Gunilla die Briefe nicht geschrieben hat. Ich weiß nicht, wie das funktioniert, wenn man gelernt hat, mit beiden Händen zu schreiben. Was habt ihr darüber in der Schule gelernt?»

Maria zuckte mit den Schultern: «Ich stelle mir vor, dass die mit jeder Hand für sich schreiben dürfen, wenn man so was vermutet.»

«Wir müssen sie fragen, in welchen Geschäften Gunilla Berggren gewesen ist. Vielleicht hat sie die eine oder andere Quittung aufgehoben, oder ein Verkäufer kann sich an sie erinnern. Wir werden sehen», sagte Hartman und fuhr sich mit der Hand über die Bartstoppeln, die üppig, grau und kräftig am ganzen Hals wuchsen, «wir werden sehen.»

«Was gibt es denn heute Abend für ein Neujahrsbüfett?» Marias Augen blinzelten schelmisch zu Ek hinüber.

Würdig streckte er sich in ganzer Länge, nachsichtig hob er eine Augenbraue: «Heute Abend soupiere ich mit einer schönen Frau, die auch auf dem schwierigen Terrain der Kochkunst bewandert ist. Daher speisen wir auswärts.»

«Was für ein Glück! Dann bist du vielleicht morgen im Dienst», lächelte Arvidsson und schwang seine Tolle.

«Und du, Hartman?»

«Wir kochen am liebsten zusammen, Marianne und ich. Aber viel zu häufig ist es passiert, dass sie bis nach Mitternacht mit dem Essen allein dasaß und dann ins Bett ging. Ist sie guter Laune und will geweckt werden, wenn ich nach Hause komme, dann nimmt sie das Schachspiel raus und fängt eine Partie an. Dann weiß ich Bescheid. Das macht doch Freude, gemeinsam zu kochen, und man ist gespannt auf das große Gourmeterlebnis.»

Maria dachte an die Eier, die sie in ihrer Wut nach ihrem Mann geworfen hatte.

«Bei uns ist das eher so, dass wir uns in der Küche abreagieren. Ist das o.k., wenn ich jetzt gehe? Wir wollen uns ein Haus ansehen.»

«Ein Haus? Wollt ihr umziehen? Das Haus, in dem ihr wohnt, ist doch in Ordnung?» Hartman hörte sich beunruhigt an.

«Da spukt es! Es gibt eine ältere Frau, deren Seele keine Ruhe findet. Sie sucht uns Tag und Nacht heim. Schiebt Möbel hin und her, nimmt Sachen. Ihr Geist flattert in den synthetischen Vorhängen. Wir hören ihre schleichenden Schritte und ihr Atmen …»

«Lass mich zusammenfassen, was du gerade gesagt hast: Du hast ein Schwiegermutterproblem.» Ek setzte seine Verständnisvoller-Psychologe-Miene auf und fuhr sich mit der Hand durch seinen spärlichen Bart.

«Das habe ich nicht gesagt!»

«Ich habe am Telefon mit ihr gesprochen. Sie hat nach dir gefragt, als du nicht da warst. Ich habe versucht, sie ein wenig aufzumuntern, aber das war nicht ganz leicht. Ich fragte sie, ob sie den Witz von dem Mädchen und dem Zahnarzt gehört hätte. Hatte sie nicht, da habe ich ihn ihr erzählt.»

Maria riss entsetzt ihre Augen auf.

«Was hat sie da gesagt?»

«‹Wie hieß der Zahnarzt, ich habe nicht mitgekriegt, wie der Mann hieß?›, hat sie gefragt. Die Pointe schien sie überhaupt nicht mitbekommen zu haben. Habt ihr irgendeinen Zahnarzt in eurem Bekanntenkreis?»

«Du lügst!»

«Ja!»

«Ich verschwinde jetzt, rechne damit, dass ich heute Abend zu Hause zu erreichen bin.»

«Geh nur, bevor ich es mir anders überlege!», brummelte Hartman.

Auf dem Weg hinaus warf Maria einen schnellen Blick in das Zimmer, in dem der Zeichner mit Disa Månssons Mitpatientin aus der chirurgischen Klinik saß. Sie waren bei ihrer Arbeit ein Stück vorangekommen, gingen von dem Bild der ‹alten› Disa aus und versuchten so das veränderte Gesicht zu zeichnen.

«Die Nase ist sozusagen kürzer und schmaler, noch schmaler. Die Augen sind gut, vielleicht ein wenig schräger.»

Maria beugte sich vor, um besser zu sehen. Das Gesicht kam ihr bekannt vor und doch auch wieder nicht. Die Augen, da war etwas mit den Augen. Das war das gleiche Gefühl, als wenn man aus einem Traum erwacht und sich zu erinnern versucht, wie die Personen im Traum, ihre Schatten und Details ausgesehen haben. Wenn

Maria ihrem Mann nicht auf Ehre und Gewissen versprochen hätte, um halb eins zu Hause zu sein, wäre sie noch ein Weilchen bei dem Skizzenblock stehen geblieben.

«Da ist was mit dem Kinn. Das muss noch etwas weniger und weicher werden. Ich begreife nicht, dass man sein Aussehen so zerstören will!», war das Letzte, was Maria hörte, als sie am Silvesternachmittag die Tür ihrer Dienststelle hinter sich zuzog.

29

«Papa hat eine Überraschung!» Emil kam auf Maria losgestürzt und blieb abrupt mit einem Geräusch stehen, das dem Bremsen eines Volvo nicht unähnlich war.

«Und was könnte das sein?», fragte Maria vorsichtig.

«Er hat ausgezeichnetes Essen gekocht!»

«Was hast du gesagt?» Maria kam der Ausdruck irgendwie bekannt vor, das konnte kein Zufall sein.

«Ausgezeichnetes Essen! Er hat das Rezept von einem bei deiner Arbeit bekommen!»

«Machst du Spaß?» Emil schüttelte den Kopf, sodass die Haare seines Pottschnittes wie ein Mopp im Orkan aussahen.

«Nix nein!»

Ein Duft von Steak und orientalischen Gewürzen stieg ihr aus der Küche in die Nase.

«Das Haus hat heute die Ehre, Coque à la Ek zu servieren, mit buttergeschwenktem Broccoli, Champignonscheiben und Kartoffelstückchen in Sherry und Soja.» Maria bekam den Mund nicht mehr zu. «Ich habe das Rezept von einem deiner Kollegen bekommen. Wir haben uns beim Billard kennen gelernt, als du in Uppsala warst. Er scheint ein Meister der Kochkunst zu sein, der Mann. Drei Stunden lang hat er ununterbrochen vom Kochen gesprochen, bis einer, der Arvidsson hieß, ihn aufzuhören bat, denn wir trockneten schon ein vor Feuchtigkeitsmangel, weil uns das Wasser dauernd im Munde zusammenlief.»

«Jaha», sagte Maria und fasste sich etwas.

«Jaha. Dann hat er, dieser Ek, gesagt, ich sollte dich mal mit einem Hähncheneintopf überraschen, nicht zu fett, wohlschmeckend und kalorienarm. Ausgezeichnetes Essen, sagte er.»

«Kannst du dir vorstellen, dass er sich exakt so ausgedrückt hat, als fünf seiner Kollegen magenkrank wurden, nachdem er ihnen ein Festmahl serviert hatte? Ausgezeichnetes Essen! Hat er gesagt. Das ist ein geflügeltes Wort bei der Polizei in Kronköping, eine Zauberformel, die große starke Männer glatt umschmeißt.»

«So schlimm kann das nicht sein. Der Knabe kennt sein Metier. Weil ich mich da nicht so auskenne, hat er mir ein Anfängerrezept gegeben. Einfach und ausgezeichnet. Kann gar nicht danebengehen, sagte er.»

«So, das hat er also gesagt. Hört sich gefährlich an, finde ich.»

«Probier doch mal!» Krister nahm ein kleines Stück aus der Form auf die Gabel und streckte sie seiner Frau entgegen, während er seine von der Soße klebrige Hand an dem Handtuch abtrocknete, das er sich in den Hosenbund gestopft hatte. Emil, angesteckt vom Misstrauen seiner Mutter, starrte die beiden mit großen Augen an, um festzustellen, ob sie wirklich davon essen wollte. Er selbst fand, dass dies Essen genau so unappetitlich aussah wie ein rotznasiger Bengel.

«Das schmeckt ja gut», rief Maria erstaunt.

«Meiner Meinung nach relativ ausgezeichnet. Es ist mir eine Ehre, diese hervorragende Mahlzeit in unserem sonst sichtlich so einfachen Heim zu servieren», sagte Krister mit einer Verbeugung, die an Szenen aus alten Filmen erinnerte. Maria konnte sich ein Lachen nicht verkneifen.

»Wie geht es Linda?»

«Sie ist müde und greint. Hat immer noch 39 Grad Fieber. Wir waren am Vormittag im Krankenhaus. Die rechnen damit, dass sie heute Nachmittag das Untersuchungsergebnis des Halsabstrichs bekommen. Wir dürfen nach 16.00 Uhr anrufen. Vielleicht muss die Penicillinsorte gewechselt werden, sagte der Arzt. Aber erst sollte das Ergebnis der Bakterienkultur abgewartet werden, damit sie diesmal was bekommt, das ihr auch hilft.»

«Meinst du, wir sollten sie zu der Hausbesichtigung mitnehmen, schafft sie das?»

«Nein, ich dachte, wir könnten Mama …»

«Sollte die nicht eine Zeit lang in Ruhe gelassen werden und nachdenken?»

«Ich will, dass wir beide uns das Haus ansehen, du und ich. Das ist wichtig. Wir müssen uns gründlich umsehen und uns entscheiden. Nach den Feiertagen geht es an den Makler, wenn wir nicht direkt zusagen. Wenn es über den Makler läuft, wird es natürlich sofort erheblich teurer. Jedenfalls zu teuer für uns! Was meinst du, wir können doch nicht eine müde und weinende Linda dabei haben, wenn wir vom Keller bis zum Dachboden kriechen, um eventuelle Mängel zu suchen?»

«Wir könnten Berit fragen. Ich habe schon lange daran gedacht, bin aber noch nicht dazu gekommen. Heute Morgen war Licht bei ihr, sie wird also wohl zu Hause sein. Es geht ja nur um ein paar Stunden. Und Linda kennt sie. Ich habe schon ein paar Mal daran gedacht, sie zu bitten. Ist vielleicht eine Idee.»

Zum ersten Mal seit beinahe zwei Wochen kam die Sonne heraus. Sie glitzerte im Raureif auf den Bäumen. Blendend weiße Schneewehen lagen an den Rändern der Straßengräben. Der Himmel war blau, knallblau, und Maria war glücklich. Nicht nur deshalb, weil der Bussard seinem rechtmäßigen Eigentümer zurückgegeben worden war, sondern ebenso der Volvo, der allerdings ausgestattet war mit vielen zusätzlichen Scheinwerfern, Lampen und Lenkradüberzug, wie das so ist, wenn ein junger Mann ein neues Spielzeug bekommt. Aber das spielte keine so große Rolle, Hauptsache, der Wagen war wieder zurück.

Bald sollten sie ihr Traumhaus zu sehen bekommen. Maria lachte Krister an, und der strahlte erwartungsvoll zurück. Emil lachte auch, ohne recht zu wissen, warum. Das war alles so schön heute.

Sie fuhren hinunter zu dem Badeplatz und dann rechts den Schotterweg am Wasser entlang. Die aufs Land gezogenen Boote waren vom Schnee zugedeckt. Die Fischerboote lagen verlassen und grau im Schatten der Klippe. Leer war die Bank, auf der der alte Onkel Jacob an Sommerabenden saß und seine Netze flickte. Und da, dahinten lag das gelbe Holzhaus mit seiner großen Glasveranda zum Wasser hin. Nicht hässlich und heruntergekommen. Durchaus nicht. Die Veranda war stilvoll und richtig proportioniert gebaut, die Holzverzierung weiß gestrichen, und das Bootshaus war im gleichen Stil wie das Haupthaus.

«Was wollen die dafür haben? Können wir uns das leisten? Macht es überhaupt Sinn, wenn wir uns das ansehen?» Maria war vorsichtig pessimistisch, wie immer, wenn es um etwas ging, das ihr zu schön erschien, um wahr zu sein.

«600 000, wenn wir uns jetzt entscheiden. Wenn es erst mal an den Makler geht, trau ich mich gar nicht, darüber nachzudenken, was es kosten wird.»

«Hier sind Kletterbäume, ganz viele Kletterbäume! Hier will ich mir eine Bude bauen.» Emils Wangen leuchteten rot vor Eifer und Kälte.

Krister zog den Schlüssel heraus, und sie gingen hinein. Die Sonne hatte die Veranda angewärmt. Im Wohnzimmer stand ein Kachelofen mit einer Girlande aus Tannenzweigen und Zapfen, ein eingebranntes Muster in der obersten Kachelreihe. Auf jeder Seite der Ofenklappe saß ein Eichhörnchen auf seinem Ast. Krister ließ es sich nicht nehmen, seine Frau über die Schwelle zu tragen, auch Emil wollte über die Schwelle getragen werden. Sie waren nach

Hause gekommen! Die Küche war groß und geräumig, sie war renoviert und in modernen Farben gestrichen worden, aber den Holzherd hatte man stehen lassen.

«Die alte Dame will einen Teil der Möbel stehen lassen, die sind dann im Kaufpreis enthalten. Sie kann vieles nicht mit nach Småland nehmen.»

Maria sah sich um, sah das alte gemütliche Bauernsofa, den Klapptisch und den Eichenschrank mit Spiegel.

«Will sie das wirklich? Glaubst du, sie will das? Das muss ja ganz schlimm für sie sein, ein so schönes Haus zu verlassen.»

«Sie sagte, je älter man wird, umso weniger spielen Sachen eine Rolle. Viel wichtiger ist, dass man die Menschen, die man liebt, um sich herum hat.»

«Das hört sich weise an.»

Während Krister vom Keller bis zum Dachboden umherkroch, um nach feuchten Stellen oder Schädlingsbefall zu suchen, sah sich Maria in Ruhe ein Zimmer nach dem anderen an. Emil und Linda würden ihre eigenen Zimmer bekommen.

Sie würden ein Gästezimmer haben und vielleicht eine Dunkelkammer, da konnte Krister seine Fotos dann selbst entwickeln. Maria ging in die Veranda hinaus, ließ sich von der zauberhaften Aussicht begeistern.

«Krister, das kaufen wir!»

«Bist du ganz sicher?»

«Ja, hier will ich wohnen! Hast du dein Handy dabei? Wir rufen an und sagen zu.»

«Ich dachte, du hast dein Handy mitgenommen. Was machen wir jetzt? Wir müssen wohl zu dem Laden rüberfahren und von dort aus telefonieren. Das schaffen wir doch noch. Der Arzt wollte um 16.00 Uhr wegen Lindas Medizin anrufen, wenn wir jetzt losfahren, haben wir genügend Zeit.»

«Können Emil und ich nicht hier warten, während du anrufst?

Ich will mich noch weiter umsehen, das macht so viel Spaß. Wir müssen das Bad umbauen, ehe wir einziehen, und im Untergeschoss eine ordentliche Waschküche einrichten. Wann könnten wir denn einziehen?»

«Anfang Februar, hat Tante Edla gesagt.»

«Dann schaffen wir es auch noch, die Diele zu tapezieren, bevor wir einen Käufer für unser Haus finden. Hast du Geld oder eine Telefonkarte bei dir?»

«Ja, eine Telefonkarte. Du bist also ganz sicher?» Maria legte die Hand aufs Herz.

«Ganz sicher.»

Maria machte Feuer im Kachelofen, schloss die Ofentür und drehte sich zur Veranda um. Es knackte gemütlich, Wärme breitete sich aus. Sie sah den Volvo hinter den Bootshäusern verschwinden. Die Sonne glitzerte auf der dunklen Wasserfläche der Bucht und funkelte von den Schneewehen, die sich am Ufer gebildet hatten. Wie weiße Mützen lag der Schnee auf den Dächern der Bootshäuser und machte in einer schimmernden Wüstenlandschaft alle scharfen Kanten weich und rund. Rohrdickicht steckte seine welken Stängel durch die Schneedecke, wie naseweise Butterblumen durch eine Asphaltfläche. Hier wollte sie wohnen. Schöne Vorstellung, Karin hierher einzuladen und mit ihr lange Spaziergänge am Strand zu unternehmen. Mama und Papa könnten längere Zeit hier bei ihnen wohnen, wo sie doch jetzt in Pension gegangen waren. Die Diele würde mit einer helleren Tapete zur Wirkung kommen. Träumend ließ sich Maria wieder am Kachelofen nieder. Emil stand am Verandafenster und hauchte gegen die Scheibe, bis sie beschlug. Unten am Strand ging ein Mann mit seinem Schäferhund spazieren.

«Wenn wir das Haus gekauft haben, ist es dann ganz unseres?»

«Ja», antwortete Maria von weit her. Ihm zu erklären, dass das Haus den Banken gehörte, war viel zu kompliziert. Das hätte eine

Menge Fragen zur Folge gehabt, und dazu hatte sie jetzt keine Lust. In Gedanken tapezierte sie das Schlafzimmer, und es war schwer, sich davon loszureißen. Blau oder grün?

«Dann darf der Hund aber hier nicht mehr seine Reviermarken setzen, denn dann ist es unser Garten, oder nicht?»

«Mmm.»

«Ich mag keine Hunde. Die können beißen! Berit ist gebissen worden. Warum hat der Hund Berit in die Hand gebissen? Sie hat gesagt, dass sie ihn nicht mal geärgert hat. Das ist nicht schön, finde ich. Sie hat den Hund doch nicht geärgert, Mama, das hat sie doch nicht? Für den Hund war das doch eklig mit Blut im Maul, ist doch so, oder nicht?»

Maria hörte auf zu träumen, um Emils eifrige Fragen zu beantworten … in die Hand gebissen, das Blut des Mörders am Gebiss des Hundes, das Blut des Mörders! Der Gedanke machte sie schwindeln, unfassbar, unmöglich! Berit, wenn sie nun nicht von Ediths Schäferhund gebissen worden war … Können Hunde HIV-infiziert sein? Tetanusspritze! Berit war dabei gewesen, als der Haustürschlüssel verschwand! Sie waren auf dem Spielplatz herumgekrochen und hatten gemeinsam gesucht. Wenn Berit nun den Schlüssel hatte? Wenn sie nun die ganze Zeit freien Zugang zu Marias Haus gehabt hatte? Das Nachthemd und die Zigaretten, der tote Rabe … Odins Rabe! Wenn es nun doch nicht die Schwiegermutter gewesen war? Woher das plötzliche Interesse an dem Professor?

«Mama, warum siehst du so komisch aus, hör auf damit! Ich krieg Angst, wenn du so aussiehst!»

«Wir müssen nach Hause! Jetzt sofort! Wir können nicht auf Papa warten. Wir müssen raus an den großen Weg!» Maria spürte, wie die Unruhe in ihrem Magen wuchs, bis hinauf in den Hals wuchs, die Kehle zusammenschnürte, zerrte. Verflucht! Warum hatte sie nicht nachgedacht, sich beruhigt und nachgedacht, als Sturm herumgetanzt war und vom Blut des Mörders gesungen hatte. Hätte sie nicht eine solche Antipathie Sturm gegenüber empfunden, dann hätte sie die Sache vielleicht anders gesehen. Wenn er nicht herumgetanzt und sich so aufgeführt … Linda! Was hatte Berit mit Linda vor? Maria traten die Tränen in die Augen, sodass sie kaum den Weg vor sich sehen konnte. Wenn sie nur die Ruhe behielt, damit Berit nicht begriff, dass sie erkannt worden war, wenn nur Linda außer Gefahr war, wenn nur Linda in Sicherheit war …

«Warte auf mich, Mama, warte auf mich!», hörte sie Emils kleine, ängstliche Stimme.

«Wir müssen ein Auto anhalten, wir müssen nach Hause zu Linda!»

«Warte, Mama! Ich will auch ganz ganz artig sein. Entschuldige, dass ich Omas Kissen kaputtgeschnitten habe. Das wollte ich nicht, die Schere hat einfach geschnitten. Ich wollte sie ja festhalten, aber die hat nur geschnitten und geschnitten.»

Maria nahm ihren Sohn auf den Arm und rannte hinauf zum Weg. Die Brust tat ihr weh. Bilder vom blutgetränkten Gehöft, vom Opfer im Wald gingen ihr blitzartig durch den Kopf. Stina Ohlssons zerschnittenes Gesicht, der Kopf zwischen den Vogelfedern. Linda! Einen Augenblick glaubte Maria sich übergeben zu müssen.

Sie kamen an den großen Weg. Maria stellte sich mitten auf die Fahrbahn und streckte die Arme in die Luft. Es gelang ihr, eine ältere Frau anzuhalten, die langsam und vorsichtig in ihrem hellblauen VW angefahren kam.

«Ich bin von der Polizei, ich muss Ihr Auto leihen.» Emil und die alte Frau sprangen auf den Rücksitz. Emil weinte, und die alte Frau strich ihm über das Haar.

«Haben Sie ein Handy?»

«Nein, solche neumodischen Sachen habe ich mir nicht angeschafft», sagte die elegante Dame in breitem Dialekt. «Ich habe ja eh niemanden, den ich anrufen könnte.» Maria plagte sich mit

Selbstvorwürfen. Berit war mit nach Uppsala gekommen. Perfektes Alibi, in einem Polizeiauto mitzufahren. Danach konnte sie unbehelligt zurückkehren und Stina Ohlsson umbringen. Bei ihrem Anruf war sie sicher schon zu Hause. Dass sie daran nicht gedacht hatte. Berit war ja schon zu Hause, als Maria nach ihren Kindern suchte, in der fürchterlichen Nacht, als sie aus Uppsala wiederkam und das Haus leer vorfand. Wie konnte man nur so blind sein!

Warum war sie nicht noch einige Minuten im Büro geblieben und hatte gewartet, bis das Phantombild fertig war! Das war jetzt so offensichtlich, nicht zu fassen, dass sie es nicht gleich gesehen hatte. Die Augen – Berits Augen. Verdammt!

«Sie fahren so schnell, da kriegt man ja Angst. Wenn Sie die Mutter dieses Jungen sind, sollten Sie ein wenig an seine Zukunft denken», flüsterte die Dame auf dem Rücksitz vorsichtig.

Maria, die gerade einen LKW mit Anhänger überholt hatte, zitterte am ganzen Körper.

«Sie haben Recht. Ich bin völlig fertig. Meine kleine Tochter ist in großer Gefahr.» Maria fuhr sich mit der Hand über die Augen, um den Tränenschleier wegzuwischen, wieder klar zu sehen.

30

Die Haustür war nicht abgeschlossen. Maria schlich sich in die Diele, versuchte die Stimme normal klingen zu lassen:

«Linda und Berit, wir sind wieder zu Hause.» Die Überkleider waren weg, Lindas Overall!

Keine Antwort, nur eine eiskalte Stille als Bestätigung. Die letzte eitle Hoffnung, dass alles nur ein Missverständnis sein könnte, war dahin. Maria wählte Hartmans Nummer, lange Klingelzeichen. «Ist für heute gegangen!» Arvidsson, Gott sei Dank!

«Wir kommen sofort. Warte auf uns!»

Maria ging zu Emil und der alten Dame im VW, die schweigend und verschreckt hinten sitzen geblieben waren.

«Können Sie möglicherweise mit dem Jungen hier im Haus bleiben? Ich brauche Ihre Hilfe.»

«Na, sicher kann ich das. Wir machen uns einen gemütlichen Nachmittagskaffee, du und ich, nicht wahr, Emil. Du weißt ja, wo ihr Kaffeetassen und so was habt, ich nämlich nicht. Zufällig habe ich einen Safrankranz in meiner Tasche.» Maria lächelte bleich und dankbar. Die alte Frau lächelte freundlich und warm zurück.

Die Wettkampfpistole war im Keller eingeschlossen. Verzweifelt suchte Maria nach dem Schlüssel und fand ihn schließlich am Reserveschlüsselbund in der Kaffeemühle. Die Beine bewegten sich nur langsam, viel zu langsam. Die Füße sanken in den verharschten Schnee, als sie über die Schneewehen hetzte, die der Wind auf dem Spielplatz aufgetürmt hatte. Das Tageslicht stach in die Augen. Die Tränen liefen. Linda! Was wollte Berit mit Linda tun? Warum hatte sie das Kind nicht einfach im Haus gelassen? Hatte irgendetwas sie erschreckt? Wusste sie, dass man ihr auf der Spur war? Hatte sie Linda als eine Art Geisel genommen? Herr des Himmels! Linda hatte doch Fieber. Sie sollten doch die Penicillinsorte wechseln. Die Treppe hinauf. Ihr ging die Luft aus. Das Herz hämmerte bis zum Hals, klopfte in den Schläfen, der Kopf wollte beinahe platzen. Linda! Auf dem Türschild stand kein Name. Maria klingelte. Hoffte ein letztes Mal, dass alles ein wahnsinniger Irrtum sei. Keine Reaktion. Ein Auto bremste auf dem Parkplatz, dann noch eins. Arvidssons rote Tolle erschien unten in der Haustür. Maria hämmerte mit den Fäusten gegen die Wohnungstür. Kein Laut war aus Berits Wohnung zu hören, aber auf der anderen Seite der Etage knurrte Ediths Schäferhund. Die Tür ging auf. Eine stumpfe Nase und ein sehr rundes Augenpaar, halb verdeckt von einem Helm aus dauergewellten Löckchen, zeigten sich in der Türöffnung.

«Wo ist Berit?»

«Ich glaube, sie ist zu Hause. Sie hatte gerade eben Besuch», lispelte Edith und wartete gierig mit leicht geöffnetem Mund auf das nächste sensationelle Stück des Gesprächs. Sie hatte natürlich die Autos gehört, hatte rausgeguckt und festgestellt, dass es die Polizei war. Was kann man mehr wünschen, wenn man keinen Fernseher hat.

«Gibt es hier jemanden, der einen Hauptschlüssel zu den Wohnungen hat?»

«Fransson, im Erdgeschoss, der den Schnee fegt, der hat den Schlüsselbund. Als Johansson über uns sich im letzten Sommer ausgeschlossen hat … er hatte Krach mit seiner Frau, da war was mit einem aus Stockholm, glaube ich …» Enttäuscht sah Edith zu, wie ihr aufmerksames Publikum die Treppe hinunterraste und an der Tür klingelte, an der mit zierlichen Buchstaben der Name Fransson stand.

Sie gingen hinein. Die Wohnung lag in gedämpftem Licht. Es roch nach Zigarettenrauch. Arvidsson sah sie zuerst, die schwarze Lederjacke, die in der Diele hing. Er hob den Aufschlag hoch und stellte fest, dass in den Knöpfen die französische Lilie eingebrannt war. Ruhig und vorsichtig versuchte er Maria seine Entdeckung zu zeigen, doch sie war nicht ansprechbar.

Es dauerte ungefähr drei Minuten, bis sie eingesehen hatten, dass die kleine Einzimmer-Wohnung leer war, dass sie an allen Stellen nachgesehen hatten, an denen man ein kleines Kind verstecken konnte.

«Linda!» Marias Stimme wurde von heiserem Weinen erstickt. «Linda!»

Maria hatte mit einem stillen Gebet auf den Lippen sogar den Tiefkühlschrank aufgemacht. Auf dem Fensterbrett standen drei kleine Holzfiguren und lachten die Verfolger höhnisch an. Ganz rechts hatte Berit ihre Ringe auf den wurmartigen Penis des Gottes Freyr gehängt. Maria sah sich in dem Zimmer um. Auf dem

Küchentisch lag der neueste Katalog eines Reisebüros. Eine braun gebrannte und lächelnde junge Frau in minimalem Bikini räkelte sich am Strand. Maria erstickte einen Schrei mit der offenen Hand. Arvidsson sah und begriff, im nächsten Augenblick hatte er das Handy in der Hand.

«Ist Hartman schon gekommen? Hallo! Du weißt, was passiert ist? Wir sind in Smedjegränd, im Nachbarhaus … na klar! Überwachung aller Flugplätze so schnell wie möglich! Foto des Mädchens? Maria sagt, dass sie eins auf ihrem Schreibtisch hat. Sie ist hier, ja. Wir nehmen die Nachbarsfrau und den Reisekatalog und kommen runter … Türkei, in erster Linie alle Abflüge in die Türkei.»

«Wann, sagen Sie, hatte Berit Besuch?» Edith strahlte, glücklich, wieder im Zentrum zu stehen.

«Das war vor etwa einer Stunde. Ich habe Kaffee aufgesetzt, und dann habe ich meine Strümpfe im Handwaschbecken eingeweicht, dann habe ich meine Myrte begossen, eine Myrte darf nie austrocknen …»

«Was war das für Besuch? War es ein Mann oder eine Frau?»

«Das war ein Mann. Der sah gut aus, glauben Sie mir, Herr Wachtmeister. Er hatte einen blauen Wollmantel an, einen richtigen langen Mantel, und eine karierte Mütze. Als er sich umdrehte, sah ich, dass er ein kleines Kind auf dem Arm hatte. Die Kleine hatte einen roten Overall an und so eine kecke Mütze mit kleinen Bällen drauf, wie sie die heutzutage haben. Die sehen bei kleinen Mädchen so niedlich aus, finde ich. Finden Sie nicht auch?»

«Waren die in der Wohnung?», fuhr Arvidsson fort, ohne auf Ediths Frage einzugehen.

«Ich hörte Schlüssel rasseln und wie die Tür geschlossen wurde. Das war, als sie herauskamen. Da habe ich durch den Spion geguckt, und da waren sie. Eigentlich habe ich von ihm nur den Rücken gesehen, aber das war ein eleganter Herr, sicher vermögend. Einen so feinen Mantel kauft man nicht gerade im Ausverkauf, oder was glauben Sie, Herr Wachtmeister?» Arvidsson drehte und wand sich verlegen. Ediths Art und Weise, die Antworten mit einer Frage zu beenden, machte ihn wütend. In seiner Kindheit hatte er gelernt, stets brav zu antworten, wenn er von älteren Menschen angesprochen wurde, und diese Angewohnheit abzulegen fiel ihm schwer, auch wenn er so wie jetzt unter erheblichem Druck stand.

«Ich muss Sie bitten, mit runter auf die Wache zu kommen, dann können wir uns dort noch ein wenig unterhalten», schlug er vor.

«Von Herzen gern. Bei solch schönem Wetter fährt man doch gern ein Stück mit dem Auto, nicht wahr, Herr Wachtmeister?»

Sie brauchte die Spannung. Das war wie ein Gift im Blut, unwiderstehlich. Sicher hätten sie auch ein Taxi zum Flugplatz nehmen können, das wäre auch nicht ganz ohne Risiko gewesen, aber das war doch überhaupt nicht zu vergleichen mit dem Dahingleiten in einem soeben gestohlenen Mercedes neuesten Modells. Disa schob die Mütze im Rückspiegel zurecht und lächelte ihr Spiegelbild an. Direktor Sved würde sich sicherlich wundern. Er hatte es wahrscheinlich noch gar nicht bemerkt, dass der Reserveschlüssel für sein Auto nicht mehr da war. Putzfrauen sind eine unsichtbare Gattung. Nicht wert, dass man sie grüßt, und darum nicht vorhanden. Nicht mal den Lohn hatte er ihnen in die Hand gedrückt. Nein, das hatte die Frau getan. So diskret wie möglich. Ein verstohlener Blick. Ein zugeklebter Umschlag. So wurde das gemacht. Genau so wie in den Kontaktanzeigen: volle Diskretion. Sie war nie dort gewesen und würde hinterher niemals sagen können, dass Direktor Sved eine miserable Trefferquote beim Zielen in die Toilettenschüssel hatte.

Linda schlief hinter dem Sitz unter einer Decke. Wenn jemand durch die Scheibe hineinsah, würde er sie kaum wahrnehmen, so zusammengerollt lag sie auf dem Boden. Das Kind phantasierte oder redete im Schlaf. Das nervte etwas, aber Disa war andererseits froh, dass sie nicht schrie oder sang oder irgend so was Komisches spielte, wie Kinder es taten. Langsam rollte der Mercedes durch die Stadt. Das war eine Triumphfahrt! Natürlich hätte sie auch die Ringstraße nehmen können, das hätte das Risiko, entdeckt zu werden, gemindert. Aber es hätte nicht den gleichen Kick gegeben wie die Fahrt vorbei an der Polizeiwache und der Goldenen Taube, wo, wie sie wusste, Direktor Sved gerade mit Geschäftsfreunden beim Essen saß. Frau Direktor war sicher auch dabei, piekfein angezogen.

Disa stellte das Radio an und legte eine CD ein. Wählte sorgfältig und lachte mit vom Rauchen heiserer Stimme. «Baby, you can drive my car», tönte der Lautsprecher. Disa sang mit, laut und falsch. «Yes, I'm gonna be a star»! Wie gut das passte! Der Kiosk! Disa bremste scharf und setzte zurück. Mitten vor einer Gruppe festlich gekleideter Damen sprang sie aus dem Auto, wie ein Dämon, der direkt aus der Nacht kommt.

«Ich glaube nicht, dass Sie hier parken dürfen», sagte der Bursche hinter der Scheibe verunsichert.

«Du solltest lieber deinen kleinen Hintern bewegen und mir ein Paket Camel ohne Filter geben, du kleiner Wurm.» Disa sah zu ihrer Freude, wie er errötete.

«Und eine Zeitung dazu. Stimmt so», sagte sie und funkelte ihn mit weit aufgerissenen Augen an.

«Vergiss es!», knurrte der junge Mann verlegen, gab aber gehorsam das Bestellte heraus.

«Baby, you can drive my car! Yes, I'm gonna be a star!» Disa zündete sich eine Zigarette an und setzte sich aufrecht hin. Bald schon würden sie in der Türkei sein! Da galten dann nur noch die drei S: Sonnen, Saufen und Stehlen. Später, wenn es brenzlig wurde, mietete man sich einfach einen Wagen und verschwand nach Bulgarien. Sich irgendwo in einem billigen Hotel einmieten. Dort konnten sie lange von dem Geld leben. Bekanntschaften machen. Das würde sich dann ergeben. Disa machte sich keine Sorgen. Die

Wärme im Auto nahm schnell zu. Der Mantel war groß und warm. Disa knöpfte die oberen Knöpfe auf und lachte vor sich hin. Auf Direktor Sved warteten an diesem Silvesterabend mehrere Überraschungen. Seine Konten waren von einem kräftigen Aderlass betroffen, und der Schmuckkasten seiner Frau gaffte leer in dem verschlossenen Tresor. «Yes, I'm gonna be a star!»

Disa schaltete um auf das Autoradio. Die Lichter des Flughafens erleuchteten den dunklen Himmel. Der Strahlenglanz lag über den Baumwipfeln wie eine Ehrenkrone, siegesgewiss und nahe. «Yes, I'm gonna be a star and maybe I love me!» Disa klopfte auf die Innentasche des Mantels, um sich zu vergewissern, dass der Pass an seinem Platz war. Linda wimmerte im Schlaf. Sie fuhren auf den Langzeitparkplatz. «Echo des Tages, 16.00. Ein zweijähriges Mädchen ist aus ihrem Zuhause in Kronköping entführt worden. Das Mädchen trug einen roten Overall und eine weiße Mütze mit Bommeln ... eine Frau, wahrscheinlich mit marineblauem langen Mantel und karierter Mütze.» Disa schob sich noch eine Zigarette in den Mund und grinste breit. Das war noch eine Überraschung für Direktor Sved, wenn er das nächste Mal seine Nase in seinen Schrank steckte. Sie konnte ihn richtig vor sich sehen, wie er da stehen und seinen süßen kleinen Mund aufreißen würde.

Ein Streifenwagen fuhr auf den Eingang zu und hielt. Disa startete den Mercedes und glitt langsam vor, um besser sehen zu können. Freyja stieg aus. Der lange blonde Zopf blinkte wie helles Metall im Lampenlicht. Einen Augenblick lang flatterte ihr Mantel, und dann war sie in der Menschenmenge am Haupteingang verschwunden.

«Verflucht!» Disa schüttelte sich vor Wut, zog das Messer aus dem Stiefelschaft und stach mit ein paar kräftigen Hieben auf den Beifahrersitz ein. Jetzt hätte sie ihr Gehöft gebraucht, um sich zurückzuziehen. Sie hätte allein beim Brunnen sein sollen. Bei Odin! Warum hatte sie so viel Pech? Hatte sie nicht geopfert?!

Hatte sie nicht richtig geopfert?! Noch ein Streifenwagen glitt auf den Eingang zu. Disa begegnete ihm an der Außenseite, als sie auf die Ausfahrt zufuhr, hinaus in die Dunkelheit.

«Dein Mann ist nach Hause gekommen, er will, dass du ihn sofort anrufst.» Arvidsson legte den Arm um Maria und schüttelte sie leicht, um zu ihr vorzudringen.

«Ist Linda nach Hause gekommen?» Arvidsson schüttelte bedauernd den Kopf. Maria seufzte tief und nahm den Hörer hoch, tippte die vertraute Telefonnummer und musste nochmals anfangen, denn sie hatte sich verwählt.

«Was ist denn los?» Kristers Stimme hörte sich unsicher und dünn an. «Ist Linda entführt worden? Das kann doch nicht möglich sein. Wir haben kein Geld! Das muss ein anderes Kind sein, von dem sie in den Nachrichten reden.»

«Es ist Linda. Willst du mal in der Schublade, wo wir unsere Pässe haben, nachsehen, ob etwas fehlt?»

«Wo bist du denn? Weißt du, wo Linda ist? Ich habe geglaubt, du hättest mich verlassen und wieder was mit diesem Patrik Hedlund in Uppsala angefangen», jammerte Krister. »Ich habe Ek, den mit dem ausgezeichneten Essen, zu dem Rothaarigen sagen gehört, dass er nicht verstanden hätte, was du in Uppsala machen würdest. Da habe ich gedacht, du hast mich verlassen, um dich wieder mit diesem Patrik zu treffen.»

«Nein, ich habe dich nicht verlassen. Ich erkläre es dir später. Tu einfach, was ich dir sage. Schreibtischschublade ganz unten rechts.»

Eine Ewigkeit lang warten. Maria biss sich wie rasend in den Daumennagel, bis ins Fleisch hinein. Bald ist nichts mehr übrig für Naglfar, bald habe ich mir wie die Venus von Milo die Arme abgebissen, fuhr es Maria durch den Kopf, und ihr wurde bei diesem Vergleich regelrecht übel. Linda!

«Ich finde deinen Pass nicht und Lindas auch nicht.»

«Hast du an der richtigen Stelle gesucht?»

«Ich habe Emils und meinen Pass gefunden. Wo bist du eigentlich?»

«Auf dem Flughafen. Wir kontrollieren gerade die Passagierlisten. Es ist denkbar, dass Berit und Linda Plätze für einen Flug in die Türkei reserviert haben.»

«Weißt du denn, wo Linda jetzt ist?»

«Nein, aber wenn wir richtig Glück haben, tauchen Linda und Berit hier oder auf einem anderen Flugplatz auf. Die Polizei überwacht alle Abflüge, schwerpunktmäßig die in die Türkei.»

«Der Arzt vom Krankenhaus hat angerufen. Linda muss das Penicillin wechseln. Das, was sie bekommen hat, hilft nicht. Es kann ihr richtig schlecht gehen, wenn sie die neue Sorte nicht kriegt, hat er gesagt. Eigentlich wollte er sie jetzt stationär in die Kinderabteilung aufnehmen. Hörst du mich!» Maria nickte, schluckte, bekam aber kein Wort heraus.

«Foto», flüsterte Arvidsson und nahm Maria in den Arm. «Foto.»

«Sieh bitte unsere letzten Fotoalben durch und suche nach einem Foto von Berit.»

«Ich glaube, ich habe ein paar Bilder gemacht, als sie am Tag vor Heiligabend hier war, aber die Fotos sind noch in der Kamera.»

«Ich schicke jemanden, der den Apparat abholt. Wir haben ein Phantombild von ihr, aber ein Foto wäre natürlich besser.»

«Wann kommst du nach Hause? Was kann ich tun?»

«Ich weiß nicht, wann ich nach Hause komme. Lass Emil nicht aus den Augen, lass ihn bei dir schlafen. Ich muss wissen, dass wenigstens Emil in Sicherheit ist.»

«Ich liebe dich, Maria! Pass auf dich auf. Geh keine unnötigen Risiken ein. Versprich es mir!»

«Ich liebe dich auch.»

31 Disa ballte wütend die Fäuste. Das Auto schleuderte und rutschte bei der hohen Geschwindigkeit, kam auf die Gegenfahrbahn, entgegenkommende Fahrzeuge wurden an den Rand gedrängt. Disa fuhr deswegen nicht langsamer, sah nicht nach hinten. Die Höllenfahrt ging in die Innenstadt. Nur der Gedanke an Rache hatte in Disas Bewusstsein Platz, in jeder Faser ihres Körpers. Freyja hatte sie betrogen, hatte ihr ein fieberndes Bündel statt eines Kindes mit rosigen Wangen übergeben, sich in den Hinterhalt gelegt und sich mit den Feinden verbündet, mit denen, die ihren Brunnen in Besitz genommen hatten. Woher hatte Freyja wissen können, dass sie zum Flughafen wollte? Hatte sie das mit Hilfe von Odins Raben erfahren? Hatte sie seherische Kräfte? Disa raste über die Straßenkreuzung, ohne die Vorfahrt zu beachten. Jetzt war das Maß voll! Um ihrer Ehre willen musste sie sich rächen. Ein Gedanke nahm Gestalt an.

Disa hielt an einem Rastplatz dicht außerhalb der Stadt an, öffnete die Kofferraumklappe. Da lag der Reservetank mit Benzin. Sie schüttelte ihn: mehr als halb voll. Ein LKW hielt neben ihnen. Der Fahrer sprang heraus. Vor sich hin pfeifend, pinkelte er in den Schnee und steckte sich dann eine Zigarette an.

«Miserable Straßenverhältnisse, an einem solchen Abend sollte man zu Hause in der Sofaecke sitzen.»

Disa nickte zustimmend. In langsamerem Tempo fuhr sie in die Stadt hinein in Richtung Smedjegränd. Linda schlief immer noch hinter dem Sitz auf dem Boden. Langsam begann der Schnee wieder in großen weißen Flocken zu fallen. Beinahe lautlos, so als ob sie in Watte gepackt wären, bewegten sich die Wischer über die Windschutzscheibe. «YES, I'm gonna be a star», summte Disa beinahe eine Oktave tiefer und weit weniger überzeugend. «YES, I'm gonna be a star.»

Freyjas Volvo stand am Straßenrand geparkt. Das Schloss war eine Kleinigkeit für jemanden, der in den richtigen Kreisen verkehrt hatte. Disa trug Linda in das kalte Auto. Startete den Motor, stellte die Heizung an und ließ den Wagen im Leerlauf stehen. Linda wachte auf und weinte.

«Mama, Maamaa!»

«Mama kommt bald», zischte Disa und schlug die Autotür zu. Das Haus war erleuchtet. Kristers Schatten zeichnete sich gegen die Wohnzimmertapete ab. Er ging ans Fenster, sah hinaus und ging dann zurück zum Sofa, stand auf und ging in die Küche. Besser wäre es natürlich gewesen, wenn er sich schon schlafen gelegt hätte, aber darauf konnte sie nicht warten. Na siehst du, jetzt ging er ins Schlafzimmer. Wenn sie eine halbe Stunde wartete, würde der Erfolg ihres Vorhabens erheblich größer sein. Disa stieß das Messer in den Reifen des Mercedes. Das ging schwer, aber sie hatte starke Fäuste. Sie musste beide Hände nehmen, um das Messer wieder herauszuziehen. Mit dem Kanister in der Hand schlich sie sich danach auf die Rückseite des Hauses, schloss die Kellertür mit ihrem Schlüssel auf und ging hinein. Im Heizungsraum nahm sie sich Anmachholz, Zeitungspapier und zwei Holzkloben. Lautlos drückte sie die Klinke der Tür zur Diele hinunter und schlich sich ins Kinderzimmer. Es war dunkel. Sie traute sich nicht, Licht zu machen. Disa legte ihre Last auf den Boden. Sie vergewisserte sich, dass der Haufen unter der Gardine lag, verteilte das Benzin im Zimmer, bis der Kanister leer war, und steckte es an. Danach verschwand sie auf dem gleichen Weg, auf dem sie gekommen war. Als der Volvo losfuhr, sah sie bereits die Flammen im Fenster des Kinderzimmers. Golden und fröhlich züngelten sie in dem Raum, leckten an den Wänden und hinterließen schwarze Rußflocken, als das Feuer sich ausbreitete.

An der Einmündung der Smedjegränd in die Storgatan wurde sie von einem Streifenwagen überholt. Der fuhr ohne weiteres vorbei. Odin hatte das Sehvermögen der Abtrünnigen getrübt, hatte sie mit Blindheit geschlagen. Disa hatte das Recht, Odin und die Nornen auf ihrer Seite. Sie war unverwundbar!

Das Auto fuhr auf dem Weg den Berg hinauf an der Kirche vorbei. «Klinge, Glocke, klinge hinaus in die dunkle Winternacht.» Groß und mächtig ragte sie wie beseelt ins Dunkel. «Lass das Alte ausklingen und verkünde das Neue.» Disa schnaubte bei dem Gedanken. Die sollten ruhig glauben, dass es ganz einfach war, das Alte loszuwerden. Da konnten sie in ihrer Neujahrsmesse sitzen und ihren Christus Menschensohn um Hilfe bitten und um Schutz vor dem Mörder in Kronköping.

Der Weg war schmal und steil. Zum Glück war er vor kurzem geräumt worden. Die Schneewälle an beiden Seiten waren dick. Als Kind hatte Disa die Sommer hier verbracht, bei ihrer Großmutter. Sie kannte die Pfade und Häuschen besser als die meisten anderen. Die Scheinwerfer beleuchteten den ausgefahrenen Weg über die Schießbahn und hinein in den Wald. Der Schnee fiel immer dichter und verwehte die Spuren hinter ihnen.

Tief im Wald lag das Häuschen des alten Jacob für sich allein. Eine Kate mit halb verfallenem Stall. Der Schlüssel steckte unter der Dachpfanne genau über der Tür, dort, wo er immer gesteckt hatte. Eine neue Tür war eingebaut worden. Die war gelb, in einem helleren Ton als der Rahmen. Disa musste mit beiden Händen zupacken, um sie aufzuziehen. Das Holz war von der Feuchtigkeit aufgequollen. Im Haus roch es feucht und abgestanden. Disa machte Feuer im Herd. Ihre Finger wurden steif in der Kälte. Sie blies sich in die Fäuste, um sie ein wenig zu erwärmen. Es dampfte aus ihrem Mund. In der Holzkiste gab es genug Feuerholz, und sicher war noch mehr im Stall. Aus dem Küchensofa zog Disa eine alte Flickendecke, die war schmutzig und von Mäusen angenagt, aber sie musste reichen. Die Füllung hatte sich in den Ecken zusammengeklumpt, und in der Mitte war die Decke verschlissen und löcherig. Großmutter hatte eine solche Steppdecke gehabt. Gemeinsam hatten sie nach Stoffstücken gesucht, gleich großen Stofffetzen. Überlegt, zu welchen Kleidungsstücken die gehört hatten. Nur zu gern hätte Disa so etwas noch einmal gemacht, das merkte sie, als sie jetzt mit den Stoffresten dastand. Dann starb Großmutter. Disa hatte es erst lange nach der Beerdigung zufällig erfahren. «Sie hat gekriegt, was sie verdient, die alte diebische Elster», hatte Saga gesagt.

Disa trug das Mädchen herein. Linda weinte. Sie hatte sich nass gemacht. Der Ärmel des blauen Wollmantels wurde kalt und feucht. Disa fluchte, spürte wie die Wut sie schlagartig übermannte. «Piss-Lisa, Dreck-Disa!», höhnte die Vergangenheit. Das kleine Mädchen war heiß wie eine Dampfsauna, es schwitzte. Angeekelt zog Disa ihr den nassen Overall aus und rollte sie in die noch eiskalte Decke. Der Overall stank nach Urin. Disa hielt sich gerade noch zurück, beinahe hätte sie das Kind geschlagen. «Piss-Lisa, hast du dich nass gemacht? Du stinkst wie ein Sack voll Mist. Gleich muss ich kotzen!», hallten die Stimmen von damals wieder. Disa warf krachend einen Stuhl an die Wand, ging hinaus in die Kälte und holte die Sachen aus dem Auto. Lindas Weinen war durch die Wände zu hören. Weinen vor Hunger, Weinen der Verlassenheit, Weinen vor Kälte und Bitterkeit, Weinen der Erniedrigung, Disa kannte alle diese Gefühle und spürte sie tief in ihrem Bauch wie ein Muskelzucken, eine Art Krampf. Das Gefühl war in ihrem Körper, aber nur wie eine Erinnerung, unbewusst. Sie machte sich nicht länger etwas daraus, nicht mehr, seit sie zur Asin, zu War, geworden war, dem Racheengel, der denjenigen bestraft, der seinen Eid bricht. In ihrer Göttlichkeit war sie befreit worden. Der Schmerz war weg, er konnte sie nicht mehr erreichen. In Gedanken fiel Disa in den Abgrund, in das Ginnungagap selbst. Die hatten sie getreten und auf den Boden geworfen, damals vor langer Zeit in einer anderen Welt, ihr ins Gesicht gepisst. Voller Angst und erniedrigt war sie nach Hause gelaufen mit dem Geschmack von Erde im Mund. Wohin nach Hause? Noch mehr Ohrfeigen, eisige Stille, Saga, die ihren Stimmen lauschte, aber niemals Disa zuhörte. Die Stimmen befahlen Saga, alles Unreine zu verbrennen. Die Narben davon trug Disa immer noch auf ihren Armen und ihrem Rücken. «Reiß mein Auge aus, reiß es heraus, sage ich, sonst bringe ich dich um und werfe dich den Würmern zum Fraß vor.» Sie hatte es schließlich getan. Sie hatte es tatsächlich getan, damit die Mutter Weisheit erlangen konnte, wie Odin selbst, die Gabe, in die Zukunft sehen zu können. Vielleicht war das ihre Rettung gewesen, möglicherweise war aber damals auch etwas zerbrochen. Sie musste die Seele einer Göttin in einem geschändeten Körper tragen. Der Schmerz war nicht mehr ihr eigener, der gehörte nur noch ihrem Körper, nur noch dem Körper.

Disa trug Schnee hinein und taute ihn in einem Topf auf. Hängte den nassen Overall an einer Leine über dem Herd auf. Das Kind greinte ununterbrochen. Es war eine große Enttäuschung. Disa hatte sich ein fröhliches Kind vorgestellt, ein lachendes kleines Wesen mit ausgestreckten Armen. Eine fröhliche Stimme, die sich an ihre Wange schmiegte, ein weiches: Mama. Sie musste das Kind zum Schweigen bringen, ehe das Adrenalin die Fingerspitzen erreichte, musste es zum Schweigen bringen, solange sie ihre Wut noch beherrschen konnte.

Maria zitterte vor Kälte, die Zähne klapperten. Sanft, aber mit Nachdruck zwang Arvidsson sie, den Tee auszutrinken, Schluck für Schluck, half ihr, die Tasse festzuhalten, die in ihrer Hand zitterte.

«Trink das, noch einen Schluck. Das wird schon werden, es wird alles gut. Trink noch etwas, so. Soll ich dich nach Hause fahren?»

«Ich will hier bleiben. Ich muss hier bleiben, ich muss etwas tun», klapperte Maria und warf die Decke weg, die Arvidsson gerade vorsichtig um ihre Schultern gelegt hatte.

«Dusch doch erst mal heiß, damit du nicht mehr mit den Zähnen klapperst. Dann kannst du mir helfen, die Taxi- und Busfahrer zu vernehmen, die jetzt nach und nach kommen. Dir ist doch nicht schwindelig?»

«Nein», log Maria, «ich komm schon klar.»

«Dann geh und nimm eine heiße Dusche. Wenn das nicht hilft, müssen wir dich vielleicht zum Arzt schicken.» Maria warf Arvidsson einen schnellen verbitterten Blick zu. Sie hatte jetzt weiß Gott keine Zeit für einen Arztbesuch.

«Berit mietete die Wohnung also schwarz aus zweiter Hand, stimmt das?» Hartman, immer noch in dunkelgrünem Anzug mit Fliege nach dem Silvesteressen, suchte Blickkontakt zu Edith Bäckman, die unermüdlich Fusseln aus ihrer abgewetzten grauen Wolljacke zupfte.

«Habe ich das richtig verstanden?»

«Sicher», zischte Edith durch die Zahnlücke in ihrem Unterkiefer, «klar, der, dem die Wohnung gehört, arbeitet im Kongo. Es muss grässlich warm da sein, unten in Afrika, besonders wenn man arbeiten muss, finden Sie nicht auch, Herr Wachtmeister?»

«Woher hatte sie das Geld für die Miete?»

«Sie putzte. Manchmal durfte ich mitgehen. Dann haben wir uns das Geld geteilt. Berit hat sich das meiste genommen. Hat sie wirklich. Das war sicher nicht gerecht, finden Sie etwa, das war gerecht, Herr Wachtmeister?»

«Können Sie mir erzählen, wo ihr geputzt habt, bei wem?» Edith steckte ihre Nase in den Jackenärmel, wischte sich den Tropfen ab, der eine ganze Weile dort gehangen hatte, und zog den Rest geräuschvoll hoch.

«Das war bei feinen Leuten. Ich putze nicht einfach bei jedem. Jedenfalls nicht die Bahnhofstoiletten! Waren Sie schon mal auf dem Klo im Hauptbahnhof, Herr Wachtmeister?»

«Ja, das war ich», antwortete Hartman mit solcher Schärfe,

dass Edith in ihrem Stuhl erschrocken zusammenfuhr und die Arme um ihren Körper schlang. «Ich will nicht unhöflich sein, aber ich glaube, wir ersparen uns eine Menge Zeit, wenn ich die Fragen stelle!»

Edith starrte den Kriminalinspektor mit großen Augen an.

«Ach du meine Güte … ich wollte Sie gar nicht fragen, ob Sie … da gewesen sind, Herr Wachtmeister. Das geht mich gar nichts an, gar nichts. Ich bitte vielmals um Entschuldigung, können Sie mir verzeihen? Sagen Sie, können Sie mir meine Gedankenlosigkeit verzeihen? Ich wollte das gar nicht sagen, es ist mir einfach so rausgerutscht. Manchmal rutscht mir so was raus. Ist man deswegen ein schlechterer Mensch, was meinen Sie?» Hartman biss sich in den Handknöchel und seufzte tief. Ein Klopfen an der Tür unterbrach das Verhör.

«Hartman, hast du einen Augenblick Zeit?» Erika Lund stand mit einem eigenartigen Gesichtsausdruck in der Tür. Sie gingen ein Stück den Flur entlang.

«Wir haben einen menschlichen Schädel in dem Brunnen bei Saga Månssons Gehöft gefunden. Daran befinden sich noch Reste der Weichteile. Wegen des kräftigen Unterkiefers vermute ich, dass es sich um einen Mann handelt. Die Haarreste, die noch dran waren, zeigen, dass der Mann kurzes graues Haar hatte. Der Schädel ist heil, abgesehen davon, dass er vom Körper entfernt wurde», sagte Erika und verzog das Gesicht zu einem Lächeln, als sie merkte, wie schlimm sich das anhörte. «Der Kopf muss eine Reihe von Jahren im Wasser gelegen haben. Ohne auf Einzelheiten eingehen zu wollen, kann ich sagen, dass die Natur das ihre getan hat. Er ist grün. Wir haben mit dem Draggen den Brunnen durchsucht, den Rest des Körpers aber nicht gefunden. Wann kommt Professor Höglund? Er kann doch kommen?»

«Er ging davon aus, dass er mit dem ersten Zug morgen früh hier ankommen wird. Ich hoffe wirklich, er kann uns dabei helfen zu verstehen, wie diese Frau denkt.»

«Wie geht es Maria Wern? Wie hält man das Sekunde für Sekunde durch, wenn man nicht weiß, was mit seinem Kind geschehen ist, wenn man nur raten kann?»

«Es geht ihr nicht gut. Arvidsson behält sie im Auge.»

«Arvidsson?»

«Der hat mal als Rettungssanitäter gearbeitet. Der weiß, was zu tun ist», erklärte Hartman und reckte sich missmutig.

«Wissen wir, was Disa Månsson mit dem Kind vorhat? Hat sie eine Lösegeldforderung gestellt? Haben wir Kontakt zu ihr?»

«Nicht das kleinste Zeichen. Wir hoffen, dass sie Radio hört und dass wir sie auf dem Weg erreichen können. Sie müsste ja eigentlich wissen, dass das Mädchen krank ist und zu einem Arzt gebracht werden muss. Allein schon so eine Sache, wie dass das Kind viel trinken muss, weil es Fieber hat.» Hartman konnte die Stimme seiner Frau hören.

«Ist Ragnarsson schon gekommen?»

«Ist gekommen und wieder gefahren. Er soll in den Nachrichten interviewt werden. Habt ihr ein Foto gefunden, das er in die Sendung mitnehmen kann?»

«Nur das Phantombild. Wir haben den Film aus Krister Werns Kamera entwickelt, aber darauf war kein Bild mit dem Gesicht von Disa. Es sieht so aus, als ob sie sich davor gehütet hätte, auf ein Bild zu kommen. Das Foto des Mädchens und das Phantombild haben wir an alle Flughäfen, Fährstationen und Grenzübergänge gefaxt.»

«Ek haben wir noch nicht erreichen können. Er hat heute Abend wohl was anderes vor, als sich am Telefon zu melden oder fernzusehen. Wir haben Leute von der Schutzpolizei ausleihen können. Ragnarsson hat sich mit der Reichskriminalpolizei in Verbindung gesetzt. Mehr weiß ich nicht.»

«Sie dürfen nicht glauben, dass ich etwas gestohlen habe, Herr Wachtmeister», begann Edith, die, allein gelassen, mürbe geworden war, ihr Leben und die Anschuldigungen, die vielleicht gegen sie erhoben werden könnten, überdacht hatte. «Ich bin ein ehrbarer Mensch!», lispelte sie und blickte Hartman forschend an.

«Niemand hat Sie wegen irgendetwas beschuldigt», erwiderte Hartman mild und geduldig. «Wissen Sie, ob Berit Freunde hatte? Irgendjemanden, mit dem sie sich traf, bei dem sie jetzt vielleicht ist?»

«Das glaube ich nicht. Ich war ganz erstaunt, als sie heute Besuch bekam. Erst dachte ich, das wären Jehovas Zeugen oder so jemand. Der Mann vom Elektrizitätswerk, der den Strom abliest, hat ja kein Kind bei sich. Manchmal geht sie zu Frau Wern, die wohnt auf der anderen Seite vom Spielplatz. Wussten Sie das, Herr Wachtmeister?»

«Berits Mutter hatte ein Gehöft in Kronviken. Wissen Sie, ob sie da öfter war, Edith?»

«Bei Berit wusste man nie so genau. Die sagte nie, wo sie hin wollte, und zum Kaffeetrinken reinkommen durfte man auch nicht. Manchmal haben wir bei mir Kaffee getrunken, aber sie hat mich nie eingeladen.»

«Gab es in Kronköping Gegenden, die Berit etwas genauer kannte? Wir haben erfahren, dass sie als Kind den Sommer über hier in Kronköping war. Aber wir haben keine Angaben darüber, wo die Frau wohnte, die sie zwar Großmutter nannte, die aber nicht mit ihr verwandt war. Ich habe gehört, dass die Frau, nachdem sie beim Jugendamt gearbeitet hatte, in Rente gegangen war und das Mädchen ein paar Jahre lang als Sommerkind bei sich aufgenommen hat. Hat Berit davon erzählt?»

Edith entspannte sich und kam sich wichtig vor, wie eine rechtschaffene Mitbürgerin, denn es ging jetzt nicht mehr um ihre eigenen Angelegenheiten.

«Sie hat erzählt, dass sie sich unter einer Klippe selbst eine Hütte gebaut hatte, damit niemand sie mehr finden konnte. Sie fand, das sei ein schöner Platz für ein Grab, wie in einer Pyramide würde sie begraben sein. Bei solchem dummen Gerede wollte ich nicht zuhören, da bin rausgegangen aufs … also aufs Klo. Als ich wieder reinkam, haben wir über ihre Schwester gesprochen. Die ist wohl eine bekannte Schauspielerin in Brasilien. Stimmt das?»

«Davon weiß ich gar nichts.»

«Na, und dann hat sie erzählt, ihr Vater sei Diplomat in Indien. Als Kind hat sie in Indien gelebt. Wurde wie eine kleine Prinzessin erzogen mit Dienern und hübschen Kleidern und Kellnern am Tisch. Da zuzuhören war richtig interessant, fand ich.»

«Kann ich mir vorstellen.»

«Ihre Mutter lebt immer noch. Die hat ein Modehaus in Paris. Von dort hat Berit ihr graues Kostüm bekommen. Das sieht schick aus, das sage ich Ihnen, Herr Wachtmeister. Eines Tages wird sie das ganze Modehaus erben. Kann man sich das vorstellen, da wohnt sie hier in einer einfachen Einzimmerwohnung, obwohl sie aus so feiner Familie ist.»

«Ja, das ist eigenartig», Hartman räusperte sich.

«Ich glaube, mein Hals ist etwas trocken», krächzte Edith und schielte zur Kaffeemaschine hinüber.

«Die Nacht ist lang. Da wollen wir mal eine Tasse aufsetzen», sagte Hartman zuvorkommend. «Können Sie sich daran erinnern, bei wem Sie gewesen sind und sauber gemacht haben?»

«Ich habe nichts gestohlen! Ich habe nur getan, was ich tun sollte!»

«Klar, darüber haben wir ja schon gesprochen», bestätigte Hartman schnell, um längeren Verteidigungsreden zuvorzukommen. «Wissen Sie, ob Berit etwas mitgenommen hat, das nicht ihr Eigentum war?»

Es klopfte leise, und Arvidssons rote Tolle erschien in der Tür.

«Wir haben hier draußen einen Mann, einen Direktor Sved. Er hat was Interessantes zu erzählen. Kann ich ein paar Minuten mit dir sprechen?»

«Genau … Sved. Bei denen haben wir sauber gemacht.» Edith

strahlte, aber dann ließ ihr Eifer schnell nach, als sie erkannte, wessen man sie würde beschuldigen können.

«Wir lassen nach dem Mercedes suchen. Der Direktor war in der Goldenen Taube plötzlich völlig blank, kann man sagen.» Arvidsson schob mit den Fingern seine Tolle auseinander, um Blickkontakt zu seinem Kollegen zu bekommen. «Er wollte mit seiner Scheckkarte bezahlen. Das Konto war überzogen und die Karte gesperrt. Über zwanzig Gäste hatte er eingeladen, die müssen dort jetzt wohl spülen. Außerdem ist aus seinem Haus Schmuck im Wert von 100 000 Kronen verschwunden. Der war in einem verschlossenen Tresor aufbewahrt. An dem Tresor sind keine Spuren von Gewaltanwendung, was darauf hindeutet, dass jemand mit einem Schlüssel sowohl ins Haus als auch an den Tresor gekommen ist. Das Interessante dabei ist, dass Direktor Sved Disa Månsson in seinem Haus als Putzfrau beschäftigte. Er hat sie auf dem Phantombild erkannt.»

«Edith, wissen Sie, wie Berit, wie Sie sie genannt haben, an die Schlüssel gekommen ist?»

«Manchmal nahm sie einfach Schlüssel mit, häufig Reserveschlüssel, manchmal machte sie auch Abdrücke in Wachs oder einer Platte Blätterteig oder so.» Hartman konnte in der lispelnden Stimme und den runden braunen Augen eine gewisse Bewunderung feststellen.

«Hat sie bei Direktor Sved Schlüssel mitgenommen?»

«Das weiß ich nicht sicher. Sie hat Schlüssel mitgenommen, wenn wir gingen. ‹Schlüssel kann man immer brauchen›, sagte sie. Ich habe nichts dazu gesagt. Sie konnte so wütend werden, wenn man etwas sagte, was ihr nicht recht war. Deshalb habe ich es nie gewagt. Aber ich habe nie selbst etwas genommen!»

32 Das Feuer knisterte im Herd. Linda war eingeschlafen. Ein paar Tropfen Schnaps auf einem Zuckerstück waren ein altes bewährtes Rezept, hatte Disa gehört. Es schien zu funktionieren. Das Messer fuhr regelmäßig über das Holz, die Späne fielen auf den Boden. Disa stellte Thor ins Fenster neben Odin und nahm einen neuen Kloben aus der Holzkiste. Sie musste den Göttern opfern. Das Kind war immer noch fiebrig und phantasierte. Der Husten zerrte an dem kleinen Brustkorb. Die Kleine hatte nicht mal das Wasser bei sich behalten können, als der Husten sie packte und sie sich übergeben musste. Es war verdammt langweilig, hier am Silvesterabend zu sitzen und das Erbrochene des Kindes aufzuwischen. Disa fühlte, dass sie es in der Stille nicht länger aushielt. Sie musste hinaus. Es musste etwas geschehen. In dem Häuschen war es jetzt warm, miefig und so stickig, dass man kaum Luft bekam, langweilig und fad. Es kribbelte in ihrem Körper, juckte. Sie musste hinaus, musste unter Menschen!

Im Schuppen stand eine alte Rostlaube von Auto, ohne Reifen. Es würde nicht schwierig sein, seine Nummernschilder gegen die des Volvos auszutauschen und dann eine Runde durch die Stadt zu drehen.

Hier konnte sie doch nicht hocken bleiben.

Disa stellte das Radio an, während sie arbeitete. Es hatte aufgehört zu schneien. Die Nacht war still und weiß. Die Wolken waren verschwunden, denn der Mond leuchtete bleich und kalt über den Spitzen der Fichten, wurde manchmal von einem grauen Schleier verdeckt, um danach in vollem Glanz wieder hervorzukommen. Der Schnee knirschte unter den Schuhen. Die Radiomusik munterte sie auf. Disa schlug die Arme um ihren Körper, um sich warm zu machen, rieb sich die Hände und schraubte das zweite Nummernschild fest. Die Sendung wurde für die Nachrichten unterbrochen: Man suchte nach einem schwarzen Mercedes. Disa lachte laut vor sich hin. Herrlich! Schön, in einem rostfarbenen Volvo 740 umherzufahren, wenn die Polizei nach einem Mercedes suchte.

Disa ließ den Motor an und kratzte die Scheiben frei. Der Schnee rutschte vom Dach auf den marineblauen Mantel. Handschuhe wären jetzt ganz praktisch. Disa ging ins Haus, nahm ihre Brieftasche, warf ein paar Holzscheite in den Herd und schloss die Tür hinter sich zu.

Es war Silvesterabend. Warum nicht was unternehmen, ins Park gehen, tanzen, etwas trinken. Das konnte sie sich gönnen. Direktor Sveds Anzug passte perfekt. Sogar die Weste saß über der flachen Brust ganz proper.

Das gelbe Holzgebäude des Park war voller Leben. Die Tanzmusik war bis auf den Parkplatz zu hören. Sich in einem voll besetzten Restaurant einen Tisch zu verschaffen war für Disa kein Problem. Nach einer kurzen Unterhaltung mit einem Mann, der sich gerade in das Blumenbeet übergeben hatte und sich Direktor Henriksson nannte, hatte sie einen. Brüderlich hakte sie den Direktor unter, und sie gingen Arm in Arm hinein. Der Mann war allein und froh, nun Gesellschaft zu haben. 15 Kronen für die Garderobe! 15 Kronen – Disa spürte, wie ihr Blut zu kochen begann. Das war Wucher! Vorsichtig strich sie mit der Hand über das Messer in der Tasche des Jacketts. Noch nicht, noch nicht, aber bald. Der blanke Stahl sehnte sich nach Blut, nach Rebellion und Tumult. Sie war nach Midgard gekommen, um Recht zu sprechen, denjenigen zu bestrafen, der seinen Eid brach. Asin War, Engel der Rache, wurde zu einem Tisch ganz hinten im Lokal geführt. Hocherhobenen Hauptes folgte sie dem Ober, der sich seinen Weg vorbei an den festlich gekleideten Menschen auf dem Tanzboden bahnte. Niemals würde es ihr einfallen, ihm das Messer in den Rücken zu stoßen, auch wenn sie durchaus könnte. Der Schaft des Messers lag so gut in ihrer Hand. Die Schneide war scharf, aber aus dem Hinterhalt zu töten ist einer Göttin nicht würdig. Mit wachsendem Interesse folgte sie dem breiten Rücken mit dem Blick, von den Schultern bis zu dem schmalen Hintern, dessen Muskeln sich unter dem dünnen Gabardinetuch abzeichneten, wenn er ging. Warum sollte sie sich nicht einen Mann gönnen? Ihm die Ehre verschaffen, die Nacht mit einer Göttin zu verbringen. Er würde ihr das nicht verweigern können. Es wäre ein Befehl. Aber im Augenblick trug sie ja Männerkleidung. Eigentlich wäre es lustiger, eine Frau zu verführen. Disa lachte hinter der Serviette und warf dem Ober einen schmachtenden Blick zu, der daraufhin die Augenbrauen runzelte und seinen Bestellblock etwas fester griff.

«Matjes und einen Schnaps, bitte!»

Der Kellner richtete sich auf, verbeugte sich und ging. Dicht hinter ihm stolperte Direktor Henriksson her, aus demselben Grund wie vorher auf dem Weg nach draußen. Zwei Tische weiter saß eine Frau allein. Sie sah aus, als würde sie auf jemanden warten, sie schielte abwechselnd zum Fenster, das zum Parkplatz hinausging, und wandte den Kopf zur Tür. Die Frau war nicht direkt schön zu nennen, ein wenig zu dünn, nein, viel zu dünn, dachte Disa neidisch. Das hochgesteckte blonde Haar entblößte den Hals. Kleine Locken hatten sich aus der Frisur gelöst und wehten im Windzug von der Außentür. Disa tastete nach dem Messergriff und blickte zu dem hübschen Hals. Der war wirklich schön. Schön wie der Hals der Göttin Freyja und durchaus des Brisingenschmucks, Freyjas kostbaren Halsschmucks, würdig. Der alte Jacob hatte auch einen Brunnen, der jetzt sicher bis auf den Grund gefroren war. Dieser Kopf war hübsch. Hübsch ja, aber besaß er Weisheit? Disa drängte sich zwischen den Tischen durch und forderte die Frau auf. Sie lächelte dankbar, besetzte den Tisch mit ihrer schwarzen Lacktasche und nahm Disas Hand.

«Wir müssen es ihr sagen, sie muss es wissen», entschied Hartman.

«Schafft sie das? Sie ist beinahe unter Schock.» Arvidssons Stimme hörte sich stark und souverän an. Hartman sah seinen Kollegen noch einmal an. Der hatte sich irgendwie verändert, war während dieser Ermittlungen über sich hinausgewachsen. Die Tolle verdeckte die grauen Augen nicht länger, das Kinn schob sich vor.

«Wir müssen es ihr auf jeden Fall sagen, das verzeiht sie uns sonst nie.»

«Dann sage ich es ihr.» Arvidsson stützte sich mit der Hand auf der Tischplatte ab und erhob sich müde. Mit festem Schritt ging er auf Marias Tür zu, kam an der Küche vorbei und nahm ein Wasserglas mit.

«Hier, trink! Das brauchst du jetzt.»

«Was ist das?»

«Kognak. Trink alles aus. Danach muss ich dir etwas erzählen.»

«Linda! Ist sie tot?», schrie Maria so laut, dass Hartman auf dem Flur zusammenzuckte.

«Nein, nein!»

«Dann komme ich ohne Betäubung aus, danke. Ich bin im Dienst. Was ist denn geschehen?»

Arvidsson holte tief Luft, während er den Flachmann wieder in der Gesäßtasche verschwinden ließ.

«Emil, Krister und deine Schwiegermutter sind ins Krankenhaus gekommen. Sie leben, müssen aber zur Beobachtung dableiben. Sie haben Rauchvergiftungen.» Maria versuchte mit den Lippen ein Wort zu bilden.

«Rauchvergiftung?», flüsterte sie misstrauisch.

«Der schwarze Mercedes war vor eurem Haus geparkt. Der Volvo ist verschwunden. Das Haus stand in hellen Flammen, als die Feuerwehr kam. Es tut mir Leid, Maria. Der Brand war angelegt. Die Reste des Benzinkanisters wurden im Kinderzimmer, also dem, was vermutlich das Kinderzimmer gewesen ist, gefunden.»

«Ist einer von ihnen ernsthaft verletzt?»

«Emil ist völlig in Ordnung. Krister hat leichte Brandverletzungen an den Händen und Armen. Etwas schlimmer ist deine

Schwiegermutter dran, aber sie wird es schaffen. Bist du sicher, dass du nicht doch etwas Kognak haben willst?»

«Danke, ich muss jetzt einen klaren Kopf behalten. Das ist wirklich qualifizierte Seelsorge, aber ich verzichte vorläufig.» Maria versuchte zu lächeln, aber das Lächeln ähnelte eher einer Grimasse. Arvidsson ließ die Hände sinken. Wie gern hätte er sie nicht in den Arm genommen und getröstet. Aber wie üblich traute er sich nicht. Er kam irgendwie nicht zum Zuge.

«Hast du die Telefonnummer des Krankenhauses? Weißt du, wo im Krankenhaus sie liegen?», wollte Maria wissen.

Disa stach das Messer von unten in die Tischplatte, trank den Schnaps in einem Zug aus und bestellte einen neuen. Die große Wut kündigte sich an. Die um das Glas gespannten Knöchel wurden weiß. «Du darfst nicht mit uns mitkommen, Irren-Fia!», riefen die Erinnerungen von damals. «Geh nach Hause in deinen ekligen Schweinestall, Piss-Lisa.» Sie war abgewiesen worden! Die Frau, die sie auf das Parkett hatte führen wollen, hatte sich bedankt und war zurückgegangen, als ihr Kavalier aufgetaucht war. Sie war sitzen gelassen worden, war übrig geblieben. «Schäm dich, schäm dich, keiner will dich haben.»

Disa hielt sich krampfhaft an der Tischplatte fest. Niemand weist eine Göttin ab – niemand! Der blöde Schnösel von Mann saß da und hielt die Hände der Frau, mit einem Gesichtsausdruck so lächerlich liebeskrank, dass er Vidars schlimmste Säufermiene 5:0 geschlagen hätte. Die lachten! Über wen lachten sie? Niemand lacht ungestraft über Disa! NIEMAND! Das Glas splitterte in ihrer Hand. Das Blut färbte das weiße Leinentuch. Aber die Schmerzen in der Hand erreichten das Bewusstsein nicht. Disa riss das Messer los. Mit entschlossenen Schritten ging sie an den Tisch hinüber und drückte die Schneide des Messers an den Hals des dümmlich lächelnden Mannes.

«Raus», zischte sie. «Geh raus und kämpfe wie ein Mann!»

«Disa Månsson?!» Kriminalinspektor Ek fiel das Glas aus der Hand auf den Tisch. Der Wein breitete sich rot zwischen den Tellern aus. Er war unbewaffnet.

«Steh langsam auf. Geh aus dem Restaurant. Geh vor mir, dicht vor mir.» Ek starrte in Disas schmale schwarze Augen, sah ihre Oberlippe vor Wut und Entschlossenheit vibrieren. Die Frau neben ihm keuchte entsetzt. Reflexartig hob Ek den Arm und schlug nach Disas Hand. Mit einem erstickten Schrei fiel er vor Schmerz in sich zusammen. Disa zog ihr Messer aus seinem Bauch und rannte los. Niemand lief ihr nach. Der Muskelprotz in der Garderobe starrte der grauen Gestalt, die von der Dunkelheit verschluckt wurde, dümmlich hinterher. Ein Auto startete auf dem Parkplatz. Das Motorengeräusch erstarb in der Nacht.

33

Maria sah die glühende Ruine dessen, was bis zum Nachmittag ihr Zuhause gewesen war. Der Mauersockel stand noch, schwarz und fest. Der Rest des alten Holzhauses lag in Schutt und Asche. Gott sei Dank waren sie hinausgekommen, zum Glück hatte Emil im Schlafzimmer bei Krister geschlafen. Die Schwiegermutter hatte wohl auf dem Wohnzimmersofa gelegen. Sie hatte geglaubt, aus dem Kinderzimmer das Geräusch von Ratten zu hören, und hatte die Tür aufgemacht. Ihre Kleidung hatte sofort Feuer gefangen. Krister hatte die Tür wieder zugeschlagen und sie in den Wohnzimmerteppich gewickelt. Alle drei hatten es nach draußen geschafft, bevor der Rauch sie eingehüllt hatte. Sie lebten!

Alles, was sich im Laufe der Jahre angesammelt hatte, Kleidung, Möbel, Erinnerungsstücke, war weg. Am schlimmsten von allem war es mit den Fotos. Die waren unersetzlich! Dankbar dachte Maria an die Bilder, die sie an die Großeltern der Kinder verteilt hatte. Die waren jedenfalls erhalten. Linda als Baby. Die Brust tat ihr weh vor Sehnsucht nach Linda. Wo bist du, mein Herz? Maria biss sich in die Hand, um nicht laut losschreien zu müssen. Der Arzt aus dem Krankenhaus hatte sich gemeldet, nachdem er seine Patientin im Fernsehen gesehen hatte. Er hatte sich an die Medien gewandt, hatte den Zustand des Kindes beschrieben, hatte Disa angefleht, das Kind zurückzugeben. Aber sie hatten keinen Ton gehört. Maria konnte nur hoffen, dass sie Radio hörte, dass sie sich zumindest um die Kleine kümmerte. Die einzige Antwort, die sie erhalten hatten, war der Brand. Wenn Disa sie so sehr hasste, wie behandelte sie dann Linda? War das als ein Mordbrand geplant gewesen? Maria wurde plötzlich schwindelig, und sie übergab sich in den Schnee. Die Tränen flossen, der Rauch brannte in den Augen. Die Müdigkeit benebelte ihre Gedanken. Wenn nur Linda am Leben war!! Alles andere war unwesentlich. Maria stieg in den weißen Ford. Sie musste zurück, jeden Tipp aus der Öffentlichkeit verfolgen. Arbeiten, bis alle Kraft zu Ende war, nicht aufgeben. Niemals aufgeben!

«Das ist nicht möglich. Er muss sich geirrt haben.» Ragnarsson-Sturm marschierte im Besprechungsraum auf und ab. «Er war wegen des Blutverlusts vielleicht nicht ganz bei Bewusstsein, übermüdet, im Schock oder angetrunken. Das kann gar nicht stimmen! Sein Bewusstsein muss doch irgendwie getrübt gewesen sein. Ist doch klar, dass es nicht Disa Månsson gewesen sein kann, die ihn in den Bauch gestochen hat. Das ist völlig unwahrscheinlich! Sind die sich je begegnet? Weiß sie überhaupt, dass er Polizist ist?»

«Er sagt, er sei sicher, dass es Disa Månsson war. Er hat das Phantombild gesehen. Seine Freundin lieferte die gleiche Personenbeschreibung. Der Anzug, den Disa trug, und der Mantel, den sie in der Garderobe zurückgelassen hat, sind bei Direktor Sved gestohlen worden.»

«Denkt diese Frau ein einziges Mal normal? Können Frauen überhaupt normal denken? Wer kann eine Frau verstehen?», fabulierte Sturm, während er am Tisch auf und ab wanderte und seinen Überlegungen Nachdruck verschaffte, indem er nach jedem Satz mit der Faust auf den Tisch schlug. «Die Medien sind hinter uns her wie reißende Wölfe! Die Menschen in Kronköping leben in Schrecken. Die ganze Stadt ist menschenleer, obwohl Silvester ist. Wir werden von besorgten Eltern, von Kleintierhaltern und Vegetariern, die sich zu Unrecht beschuldigt vorkommen, pausenlos angerufen. Was sollen wir denn tun, Hartman? Was sollen wir noch tun?», rief Sturm. «Gibt es jemanden, der mir sagen kann, was wir tun können?»

«Der Einzige, der eine Ahnung davon hat, wie Disa Månsson denkt, ist Professor Höglund. Sein Zug kommt in etwa einer Stunde auf dem Bahnhof an. Was die Frauen betrifft, so könntest du es dir leisten, hin und wieder beeindruckt zu sein, finde ich. Maria Wern hat in Uppsala außerordentlich gute Arbeit geleistet. Ohne ihren Einsatz im Fall Disa Månsson würde die Presse dich in dieser Situation längst auseinander genommen haben. Ich finde, sie hat eine Anerkennung verdient. Ich schlage jetzt vor, dass jeder sich an seine Arbeit macht, und dann sehen wir uns hier wieder, wenn der Professor gekommen ist. Arvidsson, bitte besorge uns eine Karte über den Berg und die Schießbahn. Die Forstverwaltung, der der größte Teil des Gebietes gehört, müsste eine aktuelle Karte haben, denke ich. Edith Bäcklund hat ausgesagt, dass Disa in ihrer Kindheit an einer Stelle gewesen sei, wo sie sich unter einer Klippe eine Hütte bauen konnte. Es gibt unzählige Gehöfte auf dem Berg, viele sind verlassen. Das kann natürlich auch total falsch sein, aber wir müssen irgendwo anfangen. Ruf alles Personal zusammen, das du kriegen kannst. Leider können wir auf Silvesterfeiern keine Rücksicht nehmen.»

Das Messer hatte zu tun bekommen. Die Wut und die Aufregung hatten sich gelegt. Noch waren es viele Stunden bis zum Sonnenaufgang. Disa stieg am Rastplatz aus dem Auto, steckte sich eine

Zigarette an und blies einen Ring zum Mond hinauf. Sie fühlte sich innerlich völlig leer, müde und gefühllos. Der nächste Schritt war ein Opfer zur Besänftigung der Götter. Sie würde Odin bitten, die Feinde mit Schwäche und Unverstand zu schlagen. Sie würde darum bitten, dass das Kind sich erholte, damit sie ihre Reise fortsetzen konnten. Jetzt musste sie Opfertiere heranschaffen, im Schutz der Dunkelheit. Am besten Federvieh. Irgendwie meinte Disa, dass Odin Federvieh bevorzugte. Er selbst reiste ja in Vogelgestalt. Hugin und Munin, sein Gedanke und sein Gedächtnis, reisten in Vogelkörpern umher. Disa trat ihre Zigarette aus und stieg ins Auto. Bis zu Lindes Geflügelhof war es nicht weit. Sie würde es nicht wagen, ganz heranzufahren. Vielleicht konnte sie ja sogar einen Hund erwischen. Mit Widerwillen schielte Disa auf ihre bandagierte Hand.

«Mama!» Emils kleine Arme klammerten sich ganz ganz fest an Marias Hals. «Der dumme Doktor wollte, dass ich auf der Kinderstation liegen sollte. Aber da wurde Papa richtig wütend, und da durfte ich hier liegen bleiben. Ich hab meinen Teddy mitgenommen, aber nicht meine Schnecke. Ich will meine Schnecke haben. Papa sagt, dass alles verbrannt ist. Er hat gesagt, dass wir eine neue Schnecke kaufen, aber ich will keine neue, ich will die Schnecke, die ich hatte! Ist alles verbrannt?»

Maria nickte traurig.

«Alles ist verbrannt, nicht mal die Zahnbürsten sind noch da.»

«Auch kein Klopapier? Ist Linda nach Hause gekommen? Stell dir vor, wenn sie nach Hause kommt, und da ist nur ein Haufen Asche übrig.» Maria atmete tief ein:

«Sie ist immer noch weg.»

«Und Berit ist auch weg. Das habe ich im Fernsehen gesehen. Dann ist sie ja wohl bei Berit, weißt du. Ist wirklich alles verbrannt?» Maria nickte.

«Dann ist Omas Kissen auch verbrannt?»

«Ganz sicher.»

«Gut. Das ist wirklich gut», freute sich Emil. «Oma sieht wie eine Mumie aus. Ich habe geschrien, als ich sie gesehen habe: Aaaaahhh, und da hat sie auch geschrien. Ich habe sie erschreckt.»

Maria sah, dass Krister im Bett nebenan aufwachte. Wahrscheinlich hatte Emils Schrei ihn aus dem Schlaf gerissen.

«Ich bin wach. Linda? Was ist mit Linda? Man kommt sich fürchterlich vor, wenn man hier liegen muss und nichts tun kann.»

«Ich werde Morgan vom Zug abholen. Wir glauben, dass er uns helfen kann.»

«Steht es so schlecht? Ihr wisst also nicht, wo sie ist?» Krister wurde blass vor Angst.

Maria nickte, nahm ihren Mann fest in den Arm und ging dann zur Tür, ohne Emil ihr Gesicht zu zeigen. Der Korridor verschwand in einem Nebel aus Tränen. Eine Eisenfaust schloss sich um ihre Eingeweide, presste das Weinen in ihren Hals. Maria hastete aus der Eingangshalle und wurde von einem Fotoblitz gelähmt.

«Sind Sie Maria Wern, die Mutter des entführten Mädchens?» Ein blonder Mann mit einem weißen Block in der Hand drängte sich an dem Fotografen vorbei.

«Wir bieten Ihnen 5000 Kronen für ein Interview an. Man kann sich ja denken, dass Sie Geld brauchen können, wo das Haus jetzt abgebrannt ist. Wenn Sie so freundlich wären und sich ins Auto setzen, können wir in aller Ruhe …»

«Wenn Sie nicht zur Seite gehen, werde ich Ihnen Ihren Block persönlich in den Hals drücken.»

«Das verstehe ich nicht – 6000, sagen wir 6000. Mehr können wir nicht anbieten. Aber dann will ich natürlich alles über die Morde und den Brand wissen. Ein oder zwei Fotos vor der Ruine, das wäre wirklich klasse …»

Mehr konnte der Mann nicht sagen, bevor ein zielsicheres Knie ihn in den Schritt traf. Der schwarz gekleidete Journalist sackte zusammen und fiel wimmernd in das Auto neben den Fotografen.

«Was habe ich denn falsch gemacht? Ich habe ihr 6000 angeboten. Du hast es selbst gesehen. Worüber soll ich denn nun schreiben? Verdammt! Misshandlung? Ich habe mal in der Kneipe einen Polizisten gehört, der seine Kolleginnen als militante Mösen bezeichnete, kann man so was schreiben, was meinst du?»

«Daran würde ich nicht mal denken», brummte der Fotograf.

34 Stinkwütend ging Maria zum Parkplatz. Sie hatte die Beherrschung verloren, war an die äußerste Grenze ihrer Geduld getrieben worden. Ein Polizist soll der Vorschrift nach nicht mehr Gewalt anwenden als notwendig. Ein guter Polizist bewahrt in jeder Situation die Ruhe, lässt Provokationen an sich abprallen und kommentarlos zu Boden fallen.

Dieser Journalist war nicht eigentlich kriminell, sondern nur ungeheuer provozierend. Maria hatte im Laufe der Jahre Kollegen kennen gelernt, die unnötig derb zugepackt hatten. Sie hatte das mit großem Missfallen beobachtet. Es bereitete ihr Kummer, solche Seiten an sich selbst zu entdecken. Was sollte Sturm sagen, wenn er Überschriften wie «Polizistin ruiniert Familienplanung eines Journalisten» sah. Er war empfindlich, was Headlines anging. Mitten in diesen Überlegungen erblickte sie Linda. Da stand sie in ihrem roten Overall unter der Straßenlaterne beim Parkscheinautomaten. Neben ihr auf dem Parkplatz eine Gestalt in grünem Parka.

Maria konnte nicht mehr atmen, ihr Mund wurde trocken. Sie rieb sich die Augen, das Kind stand immer noch da. Maria hetzte los, hoffte, dass Disa sie nicht entdecken würde, ehe es zu spät war. Sie riss das Kind auf ihren Arm und rannte los, rannte um ihr Leben über den Parkplatz und auf das Gelände des Krankenhauses. Disa kam hinterher. Die Schritte näherten sich schnell. Maria lief stolpernd durch die gefrorenen Rabatten. Ihre Beine fühlten sich steif wie Holzstäbe an. Ach, wenn sie es doch schaffen könnte! Linda war schwer. Mit einer Hand fasste Maria an die Glastür. Die Pistole, warum hatte sie die Pistole nicht eingesteckt?

«Halt, was fällt Ihnen ein», rief eine Männerstimme, und gleichzeitig spürte Maria eine Hand auf ihrer Schulter. Eine Männerstimme … Maria drehte das Gesicht des Kindes zu sich her. Ein rundes erstauntes Gesicht ragte aus der Mütze. Ein Paar großer brauner Augen betrachtete Maria. Das war nicht Linda! Die Anspannung hatte ihr einen teuflischen Streich gespielt. Maria übergab das Kind seinem Vater, entschuldigte sich und brach in Tränen aus.

Der Besprechungsraum stank nach Käsesocken, abgestandenem Kaffee und verkorksten Mägen. Hartman schloss das Fenster und fuhr sich mit den Händen durch seine wilden Haare, rückte die Fliege zurecht. Der Anzug sah aus, als hätte er ihn in einem Müllcontainer gefunden.

Arvidsson lag halb über dem Tisch und starrte wie ein hypnotisiertes Huhn in seine Kaffeetasse. Ragnarsson-Sturm ließ nervös seinen Kaffeelöffel auf dem Tisch kreiseln, Runde um Runde. Hartman blickte ihn verärgert an.

«Bitte, Herr Professor, Sie haben das Wort.»

«Ich muss eine Sache bekennen, eine nicht sonderlich ehrenhafte Sache», ließ sich der Professor schamhaft vernehmen und holte tief Luft. Maria starrte ihren alten Freund verständnislos an. «Ich habe Disa Månsson gekannt, seit sie eine junge Frau war. Kurz nachdem meine Frau gestorben war, hatten wir ein Verhältnis miteinander. Ich war einsam. Sie war zufällig da. Es war niemals mein Bestreben, nicht meine Absicht, aber es kam doch so. Weihnachten habe ich Berit Ask im Hause von Maria Wern wiedergetroffen. Wir fühlten uns zueinander hingezogen. Sie kam mir irgendwie bekannt vor, aber erst als wir intimen Kontakt hatten und ich die Brandnarben auf ihrem Rücken sah, begriff ich, wer sie eigentlich war. Dreißig Jahre älter und mit operiertem Gesicht, aber die Augen waren dieselben.»

«Warum hast du nichts gesagt?», rief Maria bestürzt. «Warum hast du nichts zu mir gesagt?»

«Das war eine Sache der Ehre. Versteh mich nicht falsch. Ich war der Ansicht, dass sie gute Gründe hatte, sowohl diesen Dick Wallström als auch den Gynäkologen umzubringen. Gemäß der Moral alter Zeiten war sie ganz einfach gezwungen, sich zu rächen, um ihrer Ehre nicht verlustig zu gehen. Ich kann das aus ihrer Perspektive betrachten und aus eurer.»

«Eine Sache der Ehre!», platzte Maria los. «Sie hat mindestens vier Menschen ermordet. Außerdem haben wir in dem Brunnen bei dem Gehöft, das ihrer Mutter gehört, einen Schädel gefunden. Sie hat mein Kind! Vielleicht ist Linda gar nicht mehr am Leben! Sie hat mein Haus angezündet, und du sprichst von Ehre!»

«Verzeih mir, Maria.» Der Professor wurde abwechselnd rot und bleich. Er versuchte seine Hand nach Maria auszustrecken, aber sie konnte sie nicht nehmen. Tränen liefen ihr über die Wangen. Sie schüttelte den Kopf. «Ich werde alles tun, was in meiner Macht steht, um euch zu helfen. Glaub mir, Maria! Ich bin völlig verzweifelt», stammelte der Professor. Hartman legte seine Hand auf Marias Schulter.

«Erzählen Sie weiter. Für uns ist das alles hier völlig unbegreiflich. Wissen Sie, was sie mit dem Kind vorhat?»

«Ich glaube schon. Ihr ist ein Kind geraubt worden. Es wurde bei ihr gegen ihren Willen eine Abtreibung vorgenommen. Das Kind wäre ein Mädchen gewesen, hat sie mir erzählt. Darum hatte sie Anspruch auf ein neues Kind. Ich glaube jedenfalls, dass sie so denkt.»

«Aber das ist doch absurd.» Arvidsson starrte dem Professor direkt in die Augen.

«Als die medizinische Wissenschaft, die Wissenschaftler, die

Oberpriester unserer Zeit, ihrem Kind das Leben nehmen konnten, gab sie die Denkweise unserer Zeit auf und legte keinen Wert mehr auf unsere Moral. In der Psychologie spricht man von Regression, wenn jemand einen Schritt in der Entwicklung zurückgeht, weil die Belastungen im Leben zu groß werden. Disa Månsson regredierte nicht im üblichen Sinne – sie trat einen Schritt in der Geschichte zurück. Sie wollte nicht mehr länger ein Teil unserer Zeit, unserer Sitten, sein. Sie suchte sich eine andere Lebensanschauung, ging zurück zu dem, was ihr Vater hoch schätzte. Henrik Månsson widmete sich intensiv seiner Forschung über die Wikingerzeit im Norden. Disa verehrte ihren Vater.»

«Der Kopf, den wir im Brunnen gefunden haben, kann der etwas mit den Opfern zu tun haben? Kann Disa ihn dort hineingelegt haben?» Hartman zog sich am Ohrläppchen, sodass es ganz rot wurde. Arvidsson überlegte still für sich, dass der andere sich wohl auf diese Weise wach hielt.

«Odin bewahrte das Haupt des Riesen Mimir in seinem Brunnen auf. Von dem abgeschlagenen Kopf bekam er Rat in magischen Dingen, ungeheuer wertvolle Kenntnisse. Dieser Schädel ist für Disa sicher sehr wichtig, außerordentlich wichtig! Vielleicht ist er das Kostbarste, was sie hat. Es würde mich nicht wundern, wenn der Kopf einmal auf Henrik Månssons Leib gesessen hätte. Er gab ihr Halt und Rat, als er noch am Leben war.»

«Was glauben Sie, was Disa jetzt tun wird?»

«Ich glaube, sie wird den Göttern opfern. Bestimmt fühlt sie sich verfolgt. Der Feind ist mächtig. Sie braucht Odins Unterstützung, wenn sie gewinnen will. Sie hat keine Angst zu sterben. Einem Nahkampf wird sie nicht ausweichen. Diejenigen, die im Kampf sterben, kommen nach Walhall, das ist ehrenvoll. Wer an Altersschwäche oder Krankheit stirbt, kommt nach Hel, in die Unterwelt, ein sehr viel beklagenswerteres Dasein.»

«Was wird sie den Göttern opfern?» Maria fiel es schwer, mit fester Stimme zu sprechen.

«Tiere. Hähne, Kälber, Schafe, was immer sie kriegen kann, vielleicht Haustiere.»

«Das können wir nicht an die Öffentlichkeit geben. Das ist ja völlig wahnsinnig», fauchte Sturm und ließ den Kaffeelöffel auf den Boden fallen, machte eine Drehung auf dem Stuhl und beugte sich hinunter. Als er sich wieder aufrichtete, befand er sich Auge in Auge mit Hartman, der ans Fenster gelehnt dastand.

«Ich glaube, genau das sollten wir tun», sagte dieser und lächelte seinen aufgeregten Chef beruhigend an. «Ich meine, wir sollten die Zoogeschäfte anrufen und eine weitere Hotline für Besitzer von Kleintieren einrichten, deren Tiere verschwunden sind. Jedes verschwundene Tier wird durch eine Stecknadel auf der Karte markiert. Wo sie sich verdichten, müssen wir das Gebiet durchsuchen. Wir müssen auch weiterhin die Bevölkerung bitten, verlassene Gehöfte und Hütten am Berg und unten an Kronviken zu kontrollieren. Natürlich werden wir sie warnen, sie bitten, äußerst vorsichtig zu sein, nicht zu nahe ranzugehen, eben einfach zu melden, wenn die Häuser bewohnt aussehen, obwohl dort gewöhnlich niemand zu Hause ist.»

«Wie sieht es denn mit Ek aus?», wollte Sturm wissen, der sich etwas überfahren vorkam und das Thema wechseln wollte.

«Der wird wohl eine Zeit lang fasten müssen», antwortete Arvidsson ernst. «Das Messer ging durch den Darm. Er sollte gerade in den OP, als ich kam. Es besteht das Risiko, dass er ein Stoma bekommt, also eine Tüte auf dem Bauch, jedenfalls vorübergehend.»

«Dann wird er längere Zeit fehlen.»

«Er hat sich bereits bei den Schwestern beliebt gemacht. Als ich in das Zimmer kam, tauschten sie gerade Kochrezepte aus», fuhr Arvidsson fort und sank wie ein Klappmesser in seinem Stuhl zusammen. «Ich verstehe nicht, wie er das schafft … überall laufen ihm die Frauen nach. Ich würde nie auf den Gedanken kommen, mich in so einer Situation über Rezepte zu unterhalten, niemals.

Außerdem waren seine beiden geschiedenen Frauen da und saßen auf seiner Bettkante, hübsche Mädchen, alle beide. Wie macht er das?»

Das erste schwache Morgenlicht tastete sich in die kalte Küche. Disa wachte mit steifen Gliedern und dickem Kopf auf. Die Kälte biss in ihre Wangen. Aus der Holzkiste, in die sie die Kleine gelegt hatte, um selbst Platz auf dem Küchensofa zu haben, hörte sie ein andauerndes Weinen. Fluchend zog Disa sich die Stiefel an und stand mühsam auf. Mit vor Kälte steifen Fingern machte sie Feuer im Herd und schlug ein Loch in die Eisschicht, die sich über Nacht auf dem Wassereimer gebildet hatte.

Sie brauchte einen Kopf, jemanden, den sie um Rat fragen konnte, jemanden, dem sie ihre geheimsten Dinge anvertrauen konnte. Heute würde sie den Göttern opfern und ihr Blut mit dem des Kindes vermischen. Danach gehörte es ihr in alle Ewigkeit. Die Tiere im Stall würden es nicht mehr länger ohne Wasser aushalten. Heute musste das Opfer stattfinden. Sie würden das Opferfleisch kochen und essen, danach mit vollen Mägen satt einschlafen. Disa würde den Met fließen lassen und Lieder singen, die direkt dem Geist des Honigtranks entsprangen. Es sollte ein Fest geben. Disas Magen knurrte. Sie nahm eine Hand voll Erdnüsse und drückte Linda die Hälfte davon in den Mund. Das Weinen war so störend. Sie musste das Kind zum Schweigen bringen, ehe das Geräusch ihr auf die Nerven ging. Linda starrte mit fieberglänzenden Augen an die Decke. Die Nase leuchtete rot vor Kälte. Plötzlich verschluckte sie sich, begann kräftig zu husten und erbrach sich. Disa starrte angeekelt auf das Kind und wandte sich ab. Linda seufzte tief. Der Husten ließ etwas nach. Die glänzenden Augen wurden wässrig. Tränen liefen über die roten Wangen. Disa nahm etwas Zeitungspapier, würgte und wischte das Erbrochene ab. Sie war enttäuscht, betrogen! Wütend ging sie hinaus auf die Treppe, holte tief Luft. Über Nacht war es kälter geworden. Die Eiszapfen, die am Dach hingen, glitzerten in der Morgensonne. Die Nasenlöcher klebten von der Kälte zu. Disa bibberte mit der Flickendecke über den Schultern. Eine Katze, einen Hahn und ein Ferkel hatte sie im Stall. Das hätte vielleicht ausgereicht, aber Disa wollte sich vergewissern, dass die Götter ihre Gabe wohlwollend aufnahmen. Zwei Tiere mehr, vielleicht Gänse. Anders in Ols hatte um diese Zeit Gänse. Bis dorthin war es nicht weit. Disa hatte im Schuppen ein Paar Ski gesehen, alte Holzbretter mit Lederriemen. Das Auto wäre zu sehr aufgefallen. An einem solchen Neujahrstag schliefen die Leute vielleicht länger. Das sollten sie jedenfalls. Gänse waren ja nicht gerade Tiere, für die man wie für Kühe am frühen Morgen aufstehen und sie melken musste.

Das Weinen des Kindes drang durch die dünnen Wände nach draußen. Disa schob sich ein paar Mal kräftig mit den Skistöcken an, um von dem Geräusch wegzukommen. Die Schneekruste war hart, leicht glitt sie durch den Wald, den Hang hinunter. Disa war kräftig und durchtrainiert. Die Abendgymnastik fünf Mal in der Woche und die Anabolika hatten das Ihre dazu beigetragen. Disa dachte an die Gänse. Eigentlich war es schwierig mit Gänsen, die konnten kräftig zubeißen, aber das war nicht das Schlimmste. Einmal, als Kind, war Disa bei Anders in Ols von den Gänsen gejagt worden. Die hatten sie angefaucht, gefaucht wie böse Geister. Deren bösartige gelbtrübe Augen hatten ihr direkt in die Seele gestochen.

Sie hatte einen Sack mitgenommen. Man musste den Gänsen einen Sack über den Kopf ziehen, damit sie nicht mit den Flügeln schlagen konnten. Danach brauchte man nur ein Beil … Unterhalb des Stalls stand ein Auto geparkt. Disa fuhr hin und rieb an der Scheibe, der Schlüssel steckte im Zündschloss. Das waren die Nornen, die Göttinnen des Schicksals, die das so geplant hatten. Das wusste Disa im gleichen Moment. Das hieß nichts anderes, als dass sie zuerst einen Kopf beschaffen und dann das Opfer darbringen sollte. Disa lachte laut. Wie schön, sich auf den Weg zu machen, nicht in dem kalten Haus sitzen zu müssen, ohne zu wissen, was sie mit dem Kind anfangen sollte. Bald würde sie an Odins Weisheit teilhaben. Disa drehte den Schlüssel um und wischte den Rückspiegel ab. Sie lächelte sich selbst zu. Sie wusste, welcher Kopf am besten in den Brunnen passte. Da gab es keinen Zweifel.

35

«Gibt es noch etwas, an das du dich erinnern kannst? Sagte Disa, als du ihr Linda brachtest, irgendwas, wohin sie gehen wollte oder was sie vorhatte? Versuch dich an jedes Wort zu erinnern.»

«Ich weiß nicht, ich bin so müde, ich kann kaum einen klaren Gedanken fassen.» Maria zog ihr offenes Haar zusammen und rieb sich die Augen mit den Handrücken.

«Sie war fasziniert von meiner Halskette.»

«Ich hab auch dagesessen und sie angeguckt. Sie sieht aus wie die Kopie eines mittelalterlichen Grabfundes, vielleicht keltisch. Ich hab so was noch nie gesehen. Das ist sehr hübsch», sagte der Professor vorsichtig.

«Berit, ich meine Disa, neckte mich deswegen. Sie fragte, woher ich das hätte, und dann lächelte sie auf so eine komische Art. Ich dachte, sie wäre neidisch. Als ich ihr sagte, ich hätte sie von Krister bekommen, da lachte sie lauthals los. ‹Vom Zwerg Krister!›, sagte sie. Ich weiß nicht, ob ich es richtig gehört habe, ob sie wirklich Zwerg gesagt hat.»

«Das hat sie wohl», bestätigte der Professor und zog verlegen an seinem dünnen Bart.

«Wieso meinst du das?»

«Sie glaubt, du seiest Freyja.»

«Na, vielen Dank. Was hat der Schmuck damit zu tun?» Erstaunt merkte Maria, dass der Professor richtig verlegen wurde. Er errötete bis unters Kinn, kniff in die Bügelfalten seiner Hose und starrte auf die Schuhe.

«Freyja bekam … nein, ich kann nicht. Das ist so peinlich.»

«Nun leg schon los, wir müssen hier weiterkommen. Ich bin erwachsen.» Der Professor räusperte sich und blickte geniert um sich. Da saßen so grässlich viele Leute mit offenen Mündern um ihn herum. Dankbar hätte er sein sollen, er, der es sonst so liebte, viel Publikum zu haben. Aber in diesem Augenblick hätte er sich gewünscht, allein mit Maria sprechen zu können.

«Freyja bekam dieses Schmuckstück, den so genannten Brisingenschmuck, als Bezahlung für vier Tage währende erotische Ausschweifungen mit vier Zwergen», ließ sich der Professor vernehmen, bevor seine Stimme kläglich versagte.

«Machst du Witze? Glaubt sie so was von mir?» Mitten in allem Unglück konnte Maria sich ein Lachen nicht verkneifen. Der Professor drehte und wand sich unsicher, wusste nicht, ob er Maria ansehen durfte oder besser nicht.

«Kannst du mir jemals verzeihen, Maria? Ich war der Ansicht, Disa würde sich an das halten, was ihr Glaube ihr zu tun gebot. Ich meinte, es ginge einfach um eine andere Moralauffassung als die unsere. Das hätte ich einleuchtend gefunden. Fast akzeptabel. Aber nach dem, was ich heute gehört habe, muss ich meine Meinung ändern. Jetzt glaube ich, sie ist seelisch krank, ernsthaft gestört.»

Hartman räusperte sich. Es fiel ihm schwer, allzu schnelle Stimmungswechsel zu akzeptieren. Sein Lächeln hing noch in den Mundwinkeln, und das Glitzern in den Augen hatte sich noch nicht wieder gelegt.

«Wir haben überlegt, ob wir die Hilfe der rechtspsychologischen Abteilung in Anspruch nehmen sollen. Meint ihr, die könnten uns helfen?»

In diesem Moment wurde die Tür des Besprechungsraumes aufgerissen, und Arvidsson stürzte Hals über Kopf herein. Er war so aufgeregt, dass er beinahe kein Wort herausbrachte.

«Die haben sie! Die Polizei in Uppsala hat sie festgenommen!»

«Linda! Wo ist Linda?»

«Sie war nicht dabei. Disa weigert sich, überhaupt etwas zu sagen.» Arvidsson traute sich kaum, Maria anzusehen.

«NEEEIIN!» Maria schlug die Hände vors Gesicht und holte tief Luft. «Ich muss hin. Ich werde sie anflehen. Vielleicht will sie Geld haben oder mein Halsband. Linda ist krank. Sie kann an der Lungenentzündung sterben, wenn sie kein Penicillin bekommt. Früher sind die Menschen an Lungenentzündung gestorben. Sie hat vielleicht die ganze Zeit über kein Wasser und nichts zu essen bekommen. Was ist, wenn sie nun draußen in der Kälte ist?» Maria warf sich Arvidsson in die Arme und begann laut zu weinen. Arvidssons Herz wuchs in der Brust und wurde zu einem großen Klumpen im Hals. Später sollte er oftmals an diesen Augenblick zurückdenken. Bei ihm hatte sie Trost gesucht, nicht bei Hartman oder dem Professor. Mit großer Zärtlichkeit strich er ihr übers Haar. Dass er rot wurde, spielte jetzt überhaupt keine Rolle.

«Ich frage mich, ob wir einen Nutzen daraus ziehen können, dass sie meint, du seiest Freyja, ob es ihr Respekt einflößt oder ob es die Sache nur verschlimmert.» Morgan zog unzufrieden an seinem Bart und rückte die Brille zurecht, die auf der verschwitzten Nase verrutscht war.

«Sagt der Polizei in Uppsala Bescheid, dass wir mit einem Helikopter kommen», entschied Sturm.

In diesem Moment hätte Maria ihren Chef am liebsten umarmt. Erst später, als sie eingestiegen waren, Maria, der Professor, Hartman und Sturm, und sie durch den Motorenlärm mit halbem Ohr Sturms Kommentar hörte, fing sie zu argwöhnen an, dass er einfach sauer war, weil die Polizei in Uppsala Disa festgenommen hatte. Indem er in dieser Situation einen Helikopter einsetzte, demonstrierte er Stärke. Es ist unser Fall, wir kommen und übernehmen. Das war ein hässlicher Verdacht, aber denkbar.

«Wo haben sie sie gefunden?»

«Sie war auf dem Weg ins Akademische Krankenhaus, in die psychiatrische Station, wo ihre Mutter liegt. Die waren ja vorgewarnt, warteten auf sie, nachdem Wern da gewesen und mit ihnen gesprochen hatte. Ein aufmerksamer Pfleger rief die Polizei an, während ein anderer Disa Kaffee anbot und sich mit ihr unterhielt.»

«Obwohl die wussten, dass sie wegen vierfachen Mordes und einer Entführung gesucht wurde?»

«Die Schwester sagte, sie seien es dort gewohnt, mit aggressiven Patienten umzugehen. Das machen die ständig. Es kommt darauf an zu wissen, wo man in einem Minenfeld hintritt, sonst knallt es.»

«War Disa bewaffnet?»

«Sie hatte ein Messer. Das gab sie der Schwester, als die sie darum bat. Die Schwester hatte gesagt, sie würde so gern einmal die berühmte Waffe sehen, und das durfte sie dann.»

«Unglaublich!»

Sie bahnten sich einen Weg durch die Fotoblitze. Sturm hatte diesmal ausnahmsweise keine Kommentare, versprach aber, später vor die Presse zu treten. Sein viel zu weiter Mantel flatterte im Sog des Helikopters. Im Mundwinkel hing die Kippe wie ein Glühwürmchen. Kriminalinspektor Patrik Hedlund öffnete ihnen die Tür. Er warf Maria einen langen Blick zu, und sie versuchte zurückzulächeln. Sie wurden in den Vernehmungsraum geführt.

Vergeblich versuchte Maria an die alte Freundschaft zu appellieren.

«Es ist mein Kind. Du hast es mir geschenkt.» In Disas Augen loderte der Hass. «Du hast dich den Feinden angeschlossen. Ihr habt genommen, was mein war, das Gehöft, den Brunnen! Da sei Odin vor, dass ich dir erzähle, wo sich das Kind befindet! Darf ich sie nicht behalten, dann sollst du sie auch nicht haben. Sie wird vor Kälte sterben. Nifelhel, die neblige Unterwelt, wird sie an sich ziehen.»

«Können wir dir an Stelle des Kindes etwas anderes anbieten?», schlug der Professor vor.

«Meine Freiheit, meinst du? Ich bekomme den Jungen, Emil, als Geisel und einen Helikopter mit Besatzung. Ich habe das Recht auf ein Kind.»

Maria war, als hätte sie einen Peitschenhieb ins Gesicht bekommen. Eine wahnsinnige Forderung. Außerdem hatte Sturm bereits sein hübsches Gesicht in den Medien gezeigt und herausposaunt, dass Disa Månsson dank der systematischen und ehrgeizigen Arbeit der Polizei in Kronköping gefasst worden war. Jetzt standen Presse und Fernsehen bereit, mitzukommen und dabei zu sein, wenn Mutter und Tochter wieder vereint wurden, glücklich oder unglücklich. Der Nachrichtenwert war bei beiden Möglichkeiten gleich groß. Maria spürte den kalten Schweiß ihre Achseln herunterlaufen.

«Noch bist du nicht verurteilt. Aber es kommt ein Gerichtsverfahren auf dich zu», meinte Morgan. «Gibt es etwas anderes, was du dir wünschst?»

Maria starrte den Professor verständnislos an. Worauf wollte er hinaus? Es war doch klar, dass sie wegen Mordes verurteilt würde, und das musste sie auch begreifen, oder …?

«Ich habe nichts Unrechtes getan. Ich habe nie meinen Eid gebrochen. Was ich versprochen habe, habe ich gehalten. In offenem Streit habe ich Krieger nach Walhall geschickt, die sonst im Herbst ihres Alters in Nifelhel verrottet wären. Ich habe die Sitten eingehalten, habe den Göttern geopfert. Weshalb sollte man mich verurteilen?»

«Wenn das Kind stirbt, wenn du es verhungern lässt, hast du unschuldiges Blut an deinen Händen. Gibt es etwas, was wir dir im Austausch gegen das Kind geben können?»

Maria kämpfte mit ihrer Wut und ihrer fürchterlichen Unruhe. Aber ihr Gesicht verriet nichts davon, während die Verhandlungen andauerten.

«Entschuldige mich, ich glaube, wir ziehen uns ein Weilchen zurück», sagte der Professor und wies zur Tür. Sie gingen hinaus. Maria hielt den Professor am Ärmel seines Mantels fest.

«Worauf willst du hinaus?»

«Wie heißt die Frau, die bei euch die technischen Dinge bearbeitet?»

«Erika Lund?»

«Kann ich ihre Telefonnummer haben?»

«Was hast du vor?»

«Einen Tauschhandel. Disa soll ein Angebot bekommen, dem sie nicht wird widerstehen können. Ich weiß nicht, was das Gericht dazu sagen wird. Sicher ist es ein Vergehen gegen die Grabruhe oder das Zurückhalten eines Beweises oder wie das nun immer heißen mag, aber es kann das Leben deines Kindes retten.»

«Was willst du ihr denn anbieten?»

«Den Kopf aus dem Brunnen in einer Schüssel. Ich will ihn ihr eine Zeit lang leihen, und ich werde jedem raten, ihn Disa nicht wegzunehmen, das würde bedeuten, dass man um ein vorzeitiges Begräbnis bittet. Früher oder später bekommt sie Freigang, und dann will ich nicht derjenige sein, der seinen Eid gebrochen hat.»

Arvidsson war als Erster an dem kleinen Haus. Hinter ihm heulten die Sirenen des Krankenwagens. Auf dem Gehöft war kein Zeichen von Leben. Kein Rauch aus dem Schornstein, kein Schreien eines Kindes. Ein Auto stand mit Schnee bedeckt vor dem Stall. Arvidssons Kiefer verkrampften sich, er biss vor Angst die Zähne zusammen. Draußen waren es neun Grad minus. Wie kalt konnte es drinnen in der Hütte sein? Der Schnee knirschte unter den Stiefeln, als er losrannte. Die kalte Luft schmerzte in seiner Lunge. Der bleiche Mondschein verwandelte die Äste der Bäume in schwarze ausgemergelte Finger, die in der grabesähnlichen Stille nach dem Leben selbst griffen.

Die Tür war abgeschlossen. Arvidsson tastete unter den losen Dachpfannen nach dem Schlüssel und fand ihn. Das Scheinwerferlicht hatte ihn geblendet. Das Schlüsselloch lag im Schatten seines Körpers. Es war schwer, das Schlüsselloch zu finden. Die Tür wurde aufgedrückt. Eine Ratte lief über den Fußboden. Der Schein der Taschenlampe tastete sich Stück für Stück über den Küchenfußboden. Die Kälte war beißend. Kein Kind! Arvidsson schluckte. Panik rauschte durch seine Adern, hämmerte im Körper. Das Haus war leer! Wie sollte er das Maria beibringen? Er sah ihre Augen vor sich, groß und ängstlich. Der Lichtkegel suchte noch einmal. Ein kleines Stück einer Flickendecke guckte unter dem Deckel der Sitzbank heraus. Der Augenblick gefror zu Eis. Mit zitternden Händen hob Arvidsson den Deckel hoch. Wie bei einem Sarg, musste er denken. Ein regungsloses Bündel lag eingewickelt auf dem Boden der Bank. Eine kleine Nase sah aus der verschlissenen Flickendecke hervor. Wie konnte man so etwas mit einem kleinen Kind machen? Vorsichtig hob er Linda hoch und nahm sie in den Arm. Sie war unnatürlich kalt. Er suchte nach einem Puls am Hals, fand ihn aber nicht. Er versuchte mit der Hand über dem Gesicht des Kindes zu fühlen, ob er ein Atmen spüren konnte. Die Tür wurde geöffnet. Die Leute vom Krankenwagen übernahmen. Arvidsson blieb mit hängenden Armen, schwer wie Blei, stehen. Die Tränen liefen, kühlten seine Wangen. Maria! Wie würde sie das verkraften? Das Kind wurde in den Krankenwagen getragen. Arvidsson hörte, wie der Rettungssanitäter das Krankenhaus anrief:

«Sie atmet schwach. Sie lebt!»

EPILOG

Mit hocherhobenem Kopf betrat Disa Månsson den Gerichtssaal. Untadeliges graues Wollkostüm und weiße Bluse. Der lächerliche Kerl von Rechtsanwalt hatte sie nicht einschüchtern können. Im Gegenteil. Sie brauchte ihm nur ein wenig ins Gesicht zu pusten, damit sein Blick flackerte, und dann trat er schon ängstlich einen Schritt zurück. Er traute sich nicht einmal, mit ihr allein zu sein, der kleine Scheißer. Zwei große starke Männer hatte er jedes Mal mitgebracht, wenn er zu ihr kam.

Weswegen sollte sie verurteilt werden? Den Zweikampf hatte es zu allen Zeiten gegeben. Kampf und Streit waren etwas Ehrenvolles! Sie hatte denen doch nur Gutes getan. Odins Walküren hatten sich derer angenommen, die gekämpft hatten und gefallen waren. An den anderen beiden hatte sie Rache genommen, wie es die Sitte erforderte: Auge um Auge, Zahn um Zahn und Leben für Leben. Den gebrochenen Eid hatte sie gerächt. Das war ihre Pflicht, ihre ehrenvolle Aufgabe.

Der brillengeschmückte kleine Wurm hatte gesagt, dass er vor Gericht wohl keinen Freispruch erreichen würde. Der feige Lügenbold! Vielleicht würde sie von der Anklage der Kindesentführung freigesprochen, hatte er gesagt. Die Mutter hatte ihr krankes Kind ja schließlich freiwillig weggegeben. Das konnte zumindest als mildernder Umstand gelten, vielleicht. Wo die Mutter doch jetzt wieder mit der Kleinen vereint war und es so aussah, als ob sie durchkommen würde. Aber wegen Mordes würde sie verurteilt werden, mit etwas anderem war nicht zu rechnen. Der wusste doch überhaupt nichts von Recht und Gesetz, dieser kleine Wurm.

Disa Månsson blickte dem Richter tief in die Augen und setzte sich würdevoll auf die Anklagebank. Wenn diese traurige Formalität nur erst vorbei war, würde sie nach Hause auf den Hof fahren, nach Hause zu Henrik Månsson.

Mai 2019 gelesen